Zwei wie Pech & Flitter

WunderZeilen

Süß, aber plemplem

Ich dummes Ding glaubte in jenem Augenblick tatsächlich, leichtes Spiel zu haben. Wie man sich in einem Menschen doch täuschen kann.

Die junge Frau, die intensiv die Auslagen eines Juweliers am Markt studierte, wirkte ein paar Jahre älter als ich, hatte also die Zwanzig hinter sich gelassen, aber die Fünfundzwanzig noch nicht erreicht. Sie musste etwa einen Kopf kleiner sein als ich, trug ihr goldblondes Haar, um das ich sie beneidete, lang und offen, und schien, soweit ich das im Spiegelbild in der Scheibe erkennen konnte, ein hübsches, allerdings blasiert dreinblickendes Gesicht zu besitzen. Sie starrte allein auf die Geschmeide, die vor ihren Augen ausgebreitet waren, und bestimmt dachte sie gerade darüber nach, welcher ihrer Verehrer, von denen sie an jedem Finger zwei haben musste, wie alle diese blonden Hyänen, ihr eines davon schenken würde.

Ja, ich gebe zu, ich habe Vorurteile in Bezug auf blonde Geschlechtsgenossinnen, aber daran ist nur meine Stiefschwester schuld. Die trug auch so eine blonde Wolle auf dem Haupt, leuchtend und lockig und lockend für die Männerwelt. Zunächst stand wenigstens meine Mutter noch auf meiner Seite und begann nicht zu sabbern, sobald die Andere ins Zimmer trat. Aber nachdem die in ihrer Dummheit in den Brunnen vorm Haus gefallen und daraus goldbehängt zurückkehrt war, endete auch dieses Privileg. Von Stund an hieß es nur noch: Goldmarie hier, Goldmarie da. Dann erklärte mir meine Mutter gar, ich solle auch in den Brunnen springen. Und ich blödes Weib tat das tatsächlich, nur um wieder die Nummer Eins unter den Töchtern zu werden. Ich hätte gleich ahnen müssen, dass es nicht funktionieren würde. Schließlich kannte ich die Geschichte, die die andere Marie uns aufgetischt hatte. Und ich wusste genau, dass ich mir von ein paar Broten und Äpfeln nicht sagen lassen würde, was ich zu tun und zu lassen hatte. Und auch nicht von der alten Lügnerin, die ihr die Geschichte aufgetischt hatte, wenn sie die Betten aus dem Fenster ihres Hauses schüttele, schneie es auf der Welt. Entschuldigung, aber man muss sich das mal durch den Kopf gehen lassen: Sie lebte in einem Reich auf dem Boden eines Brunnens. Also, wenn ich es schneien sah, kam der Schnee stets von oben herab.

Sie kennen sicher das Ende vom Lied. Jeder verdammte Einwohner unseres Dorfes kannte es, und weil die es in die Welt hinaustratschten, kannte es auch bald jeder im Reich Tirgiswald. Ich schor mein Haar bis auf die Kopfhaut, denn das verklebte Gestrüpp ließ sich nicht mehr retten. Auch heutzutage trage ich meine jettschwarzen Haare kurz. Und wehe, jemand nennt es pechschwarz.

Die junge Frau vor mir aber schüttelte ihre blonden Locken. Einen Moment hatte ich den Eindruck, ihr Blick träfe mich aus dem Spiegelbild in der Scheibe, aber das war natürlich Einbildung. Sie konnte nicht wissen, dass ich an der Börse interessiert war, die locker am Gürtel ihres Kleides baumelte. Ich stand seitlich an eine Säule des Nachbarhauses gelehnt, halb dahinter verborgen. Von dort aus beobachtete ich meine Beute seit einiger Zeit. Sie war mir bereits aufgefallen, als sie quer über den Markt auf die Auslagen zuhielt. Ihr Gang besaß Zielstrebigkeit, ihr Blick verriet Interesse und die Haltung ihres Kopfs sprach von Würde. So schritten die hohen Herrschaften über den Markt, wenn sie dem Volk die Huld ihrer Anwesenheit gewährten.

Die junge Dame hatte die Geldkatze aus dem Ausschnitt gezogen, kurz nachdem sie an das Schaufenster getreten war, hineingeblickt und dann nicht wieder zurückgesteckt, sondern dort befestigt, wo sie jetzt noch hing. Aber nicht mehr lange, denn mich quälte der Hunger und vom Markt her kroch mir der Duft gebratener Würste in die Nase.

Ich weiß, dass ich die Arbeit nicht erfunden habe. Wenn ich das hätte, wäre sie nämlich nicht so anstrengend und ermüdend. Aber auch der Faulste muss hin und wieder etwas essen. Und wenn er nicht reich ist, bleibt ihm nichts anderes übrig, als sich der Mühsal einer Tätigkeit hinzugeben. Wie jedes einigermaßen gut aussehende Mädchen hätte ich mein Geld auf dem Rücken liegend verdienen können, aber so weit war ich nicht gesunken. Außerdem wusste ich von verschiedenen Krankheiten, die man sich dabei zuziehen konnte, und auch von Männern, die Freude dabei empfanden, Frauen zu demütigen und zu schlagen. Herzlichen Dank, darauf konnte ich genauso gut wie auf Arbeit verzichten. Also blieb noch das Beutelschneiden. Das war nicht so mühselig, aber einträglich genug, nicht jeden Tag der Tätigkeit opfern zu müssen. Man bedurfte nur für den Moment geschickter Finger und flinker Füße.

Ich zückte den schlanken Dolch, der mir stets gute Dienste leistete, wenn es darum ging, jemanden von der Last seines Besitzes zu befreien. Viele waren einfach unvorsichtig und hängten ihre Habe nur mit einem Lederriemen befestigt an den Gürtel. Wenn es ans nächste Bezahlen ging, wunderten sie sich dann, wohin das Geld verschwunden war.

Langsam trat ich um die Säule herum. Ich blickte kurz in das Gesicht des steinernen Satyrn, der seine Hände nach oben reckte, um den Balkon des Hauses gemeinsam mit seinem Partner auf der anderen Seite zu halten. Ich zwinkerte ihm zu, doch wie zu erwarten, reagierte er nicht.

Drei Schritte bis zu der Blondine. Ich stellte mich neben sie, als interessiere ich mich ebenfalls für die Auslagen.

»Hübsche Stücke«, sagte ich lapidar.

Sie hob den Blick zu mir, lächelte mich an und erwiderte: »Dachte ich auch die ganze Zeit. Man sollte sie alle besitzen.«

So siehst du auch aus, dachte ich. Inzwischen hatte meine Linke ihre Arbeit erledigt, ihr Geldbeutel ruhte in meiner Hand. Ich wandte mich ab. »Schönen Tag noch, Gnädigste«, sagte ich. Nachdem ich zwei Schritte Abstand gewonnen hatte, beschleunigte ich meinen Gang und verschwand in der erstbesten Gasse weg vom Markt. Ich wollte nicht in der Nähe sein, wenn das gnädige Fräulein seinen Verlust bemerkte. Ich lief in Richtung Fluss und Gerberviertel. Dort stank es so erbärmlich, dass eine feine Dame gewiss die Verfolgung aufgäbe, sobald die ersten Dämpfe ihr feines Näschen streiften. An der nächsten Ecke wagte ich einen kurzen Blick zurück, aber die Gasse lag still und verlassen. Und auch kein Geschrei oder Gezeter: „Haltet den Dieb!", ließ sich hinter mir vernehmen.

Ich bog an der Ecke ab, an der nächsten erneut und verlangsamte dann meinen Schritt. Ab jetzt hatte ich gewiss nichts mehr zu befürchten. Ich durfte nur nicht wieder zum Markt zurück. Dort hatte die Blonde bestimmt die Wache alarmiert. Aber ich kannte eine Schenke am jenseitigen Flussufer, wo das Essen vertrauenerweckender als die Kundschaft war. Der Wirt achtete peinlich genau darauf, keinen Ärger mit der Stadtwache zu riskieren, denn damit würde er nur seine Stammgäste vertreiben. Darum lag unter dem Tresen ein armlanger Knüppel mit Nägeln an einem Ende. Wer den einmal zu spüren bekam, stand so schnell nicht wieder auf und schwamm am nächsten Tag flussabwärts.

Ich erreichte das Gerberviertel. Hier roch es wie jeden Tag nach Urin und Exkrementen und all jenem Zeug, das diese Leute verwendeten, um aus Tierhäuten feinstes Leder zu fabrizieren. Keine Ahnung, wie viel sie mit ihrem Tagwerk verdienten, aber wenn es nach meiner Nase ginge, war es immer zu wenig. Ich hielt die Luft an und beeilte mich, die vom Wind abgewandte Seite zu erreichen. Meine Gedanken kehrten zu der Blondine vom Markt zurück, und ich stellte mir vor, wie sie sich direkt an dieser Ecke erbrechen würde.

Über mir schepperten Dachziegel und etwas Schweres landete auf meinen Schultern. Ich stolperte vorwärts und schlug der Länge nach hin. Dabei verfehlte ich mit dem Gesicht einen Hundehaufen nur knapp. Der ruhte jetzt praktisch direkt vor meiner Nase, denn ein Gewicht lastete auf meinem kurz geschorenen Haupt und drückte es zu Boden.

»Überraschung«, säuselte eine helle Stimme in mein Ohr. Ich erkannte sie wieder. Vor ein paar Minuten hatte ich sie vor dem Schaufenster eines Juwelierladens zum ersten Mal gehört.

Verdammt! Und ich hatte geglaubt, dies wäre ein guter Tag.

Sie hockte rittlings auf mir wie auf einem Gaul. Eine Hand drückte meinen Kopf nach unten, die andere tastete mich systematisch ab. Sie fand buchstäblich jede verborgene Tasche in meinem Gewand, selbst jene auf den Innenseiten meines Ausschnitts. Ungeniert grabbelte sie an meinem Busen herum, bis sie die Schleuder geborgen hatte, die sich dort verbarg. Hin und wieder musste in einer Gasse eine Laterne gelöscht werden. Da war ein geschleuderter Stein nützlich.

Der Dolch klirrte auf den Boden neben mir, ebenso ein kleines Stemmeisen und die leere Patronenhülse, die ein Andenken an einen abenteuerlichen Ausflug ins Nachbarreich darstellte. Schließlich baumelte die Geldkatze an dem durchtrennten Lederriemen vor meiner Nase.

»Wollen wir einmal nachsehen, was du da für Beute gemacht hast?« Ihre Stimme verriet eine diebische Freude an dem Spiel, das sie gerade mit mir trieb. »Halt, nein, du darfst raten. Also, wie viel ist wohl wert, was in diesem Lederbeutel steckt?«

»Das ist mir zu blöde«, knurrte ich. »Ruf die Wache, aber spiel keine Spiele mit mir.«

»Die Wache? Sollen wir wirklich Männer mit einer Angelegenheit belästigen, die wir auch unter uns klären können? Wir wissen doch beide, wie die sind: Grob, dumm, und statt auf Tatsachen starren sie uns am Ende nur in die Ausschnitte. Findest du das wirklich erbaulich?«

»Wenn du mich nicht der Wache übergeben willst, was soll dann dieser Zinnober?«

»Ich will mit dir reden. So von Schwester zu Schwester.«

»Wir sind keine Schwestern. Ich habe keine Schwester.«

Ich spürte die Spitze des Dolches in meiner Flanke. »Keine Lügen, Pechmarie. Ich weiß genau, wer du bist.«

»Woher?«

»Oh, nennen wir es gute Beobachtungsgabe.« Aus dieser Stimme konnte man Öl gewinnen. »So, und jetzt stehen wir auf und unterhalten uns wie zivilisierte junge Damen, die einen kleinen Spaziergang durch die Stadt unternehmen. Vergiss bitte nicht, dass ich deinen Dolch habe. Stichverletzungen sind schmerzhaft und hinterlassen Narben, die den Männern nicht gefallen. Männer sind so eitel. Sogar ihre Frauen sollen ihnen als Schmuck dienen.«

»Wer bist du, verdammt?«

»Nenn mich erst einmal eine Freundin. Später habe ich vielleicht einen Namen für dich.«

Himmel, wo war ich da nur reingeraten? Diese Blondine war zweifelsohne süß, hatte aber gehörig einen an der Waffel. Wie kam ich aus dieser Sache nur wieder raus?

»Ich stehe jetzt auf. Du wirst dich gesittet erheben und dann gehen wir Seite an Seite zurück zum Markt und reden miteinander.«

»Du willst mich also doch der Wache übergeben.«

»Unsinn, ich will etwas essen. Du hast doch sicher auch Hunger, oder? Wozu sonst hättest du das klauen sollen?« Wieder tanzte das Ledersäckchen vor meiner Nase. Im nächsten Augenblick spürte ich, wie der Druck an meinem Kopf nachließ und sich auch das Gewicht von meinem Rücken löste. Nur die Spitze des Dolches bohrte sich noch ganz leicht in meine Seite. Eine Hand griff nach meiner Linken. »Lass dich nicht so gehen«, sagte die Blonde. »Du kannst nicht den ganzen Tag müßig auf der Straße liegen und nichts tun.«

»Du hast die ganze Zeit auf mir gesessen, du Schlampe.«

»Für solche Worte wurde mein Mund mit Seife ausgewaschen«, erwiderte meine Peinigerin und zog mich auf die Beine. Sie war offenbar kräftiger, als ihre Statur vermuten ließ. »Außerdem sind das nur faule Ausreden, genauso faul wie das ganze Weib.«

Ich baute mich ihr gegenüber auf, stemmte die Arme in die Hüften und funkelte sie von oben herab an. »Du siehst auch nicht aus, als hättest du dein Leben lang hart für das Brot auf deinem Teller schuften müssen.«

»Nein, das nicht. Aber glaub nur nicht, deshalb wüsste ich nicht, wie hart das Leben mit uns Weibern umgehen kann. Da kommen wir gleich zu meinem ersten Wunsch: Beklau keine Frauen!« Es klang keineswegs wie ein Wunsch, als sie das sagte. »Und mein zweiter Wunsch ist, dass du mich zu einem Essen begleitest. Es gibt am Markt eine Schenke …«

»Dachte ich mir, dass du nicht zu den armen Weibern gehörst«, fiel ich ihr ins Wort.

»Mein dritter Wunsch wäre, dass du mich aussprechen lässt.«

»Wofür hältst du mich? Für die gute Fee?«

»Nein, aber ich halte dich für eine kluge junge Frau, die nur einen Makel besitzt: Sie ist, wie die einfachen Leute sagen, stinkend faul. Aber da du in den sechs Monaten, die du dich allein in einer fremden Stadt durchschlagen musstest, weder verhungert bist, noch totgeschlagen oder in den Turm gesperrt wurdest, musst du Grips haben. Umso mehr erstaunt mich, dass du das geklaut hast.« Einmal mehr hielt sie mir das Ledersäckchen vors Gesicht. »Ist dir nichts aufgefallen?«

»Was sollte mir auffallen, außer, dass es ein prall gefüllter Geldbeutel ist?« Ich schnaubte.

»Ah, prall gefüllt. Aber womit? Sieh ihn dir an! Siehst du die Kanten von Münzen irgendwo?«

Ich beugte mich näher heran, um mir die Sache genauer zu besehen. Da gab mir Blondchen mit einem Finger von unten einen Nasenstüber. »Brauchst du ein Augenglas, mein Liebchen? Aber gut, ich werde dir helfen.« Sie nahm den Beutel wieder dichter zu sich, zog ihn auf und drehte ihn um. Sand und ein paar Kiesel rieselten heraus.

Ich verfolgte das Schauspiel mit vermutlich sehr dümmlichem Gesichtsausdruck. »Wozu schleppst du einen Beutel Sand mit dir herum?«

»Für dich, Pechmarie.«

Bei diesen Worten kochte mein Gemüt über. »Nenn mich nicht so!« Ich stürzte mich auf sie, ohne zu bedenken, dass sie meinen Dolch bei sich trug. Sie wich meinem Angriff geradezu spielerisch aus, und als ich an ihr vorbeilief, traf ein Knie mein Gesäß. Nur mit Mühe konnte ich verhindern, erneut in der Gosse zu landen.

»Lass das.« Sie sagte die Worte, als sei ich eine lästige Töle, die sie ansprang, um an ihr zu schnüffeln.

Ich wandte mich um und funkelte sie an. »Wer bist du? Schickt meine Mutter dich? Meine Schwester?«

»Geduld, Marie, Geduld.«

»Geduld war aus, als ich geboren wurde«, giftete ich sie an.

Sie streckte die Arme zur Seite und rollte mit den Augen.

»Willst du wirklich meine Lebensgeschichte hören, während wir hier in einer Gasse stehen? Mir wäre es lieber, wir säßen gepflegt in einem Gasthaus, einen Humpen Bier vor uns, und sprächen dann.«

Ich atmete tief ein und aus. In mir herrschte immer noch der Drang, sie anzuspringen und ihr an die Gurgel zu gehen, aber eine leise Stimme wiederholte die Worte Gasthaus und Bier in meinem Kopf, die durchaus verlockend klangen. Ich gab also ein Knurren von mir, verschränkte die Arme vor der Brust und stampfte an ihr vorbei weiter die Gasse entlang. Mochte sie das als Zustimmung deuten. Zumindest hatte ich nicht direkt klein beigegeben.

Bis zum Markt liefen wir schweigend nebeneinander her. In Tirgisses gab es am Markt zwei Gasthäuser. Eines trug einen großen weißen Vogel in seinem Wappenschild und hieß ›Der Schwan‹. Das andere, noch vornehmere nannte sich ›Des Königs Haupt‹. Sie steuerte direkt auf dessen Eingang zu. Dort verkehrten nur die feinen Herrschaften der Stadt: Der Bürgermeister, die Handelsleute, die ihre Geschäfte am Markt führten, Händler, die Waren aus anderen Reichen nach Tirgiswald brachten, Beamte des Königs, Hoflieferanten. Ich sah an mir hinunter. Straßenstaub bedeckte die Vorderseite meines Kleides.

»Der Wirt wird mich für eine Dirne halten«, sagte ich.

»Dirne, Diebin? Wo ist da der Unterschied?«

»Das wird kein Unterschied für den Herrn Wirt sein, aber ich komme erstens da nicht rein, und zweitens ist es für mich durchaus ein Unterschied, denn ich gehöre niemandem.«

»Ich auch nicht mehr«, erwiderte sie. »Also sind wir doch irgendwie Schwestern. Aber für eine Stunde oder so solltest du meine Magd sein. Niemand achtet auf Dienstboten und so kommst du zu Speise und Trunk. Komm jetzt! Wenn du einen Beutel schneidest, bist du auch nicht so schüchtern.«

Der Gastraum wurde durch weit über den Tafeln schwebende Kronleuchter hell erleuchtet. Ein krasser Gegensatz zu den finsteren Spelunken mit festgetretenem Lehmboden, die ich sonst besuchte. Der Boden war aus feinen Holzbohlen, die aussahen, als würden sie jeden Tag poliert. Ich glaube, die feinen Herrschaften nennen so etwas Parkett.

Ein livrierter Herr trat auf uns zu. Das Blondchen hatte mich angewiesen, einen halben Schritt hinter ihr zu bleiben und ich, besser gesagt mein Magen, hielt mich daran.

»Gnä' Frau, womit kann ich dienen?«

»Ich benötige einen Tisch für mich und meine Magd, an dem wir ungestört essen und reden können. Ich muss ihr Anweisungen für eine Zeit der Abwesenheit geben.« Ihre Stimme klang nach einem süßen Lächeln und der feine Kellner reagierte entsprechend. Er deutete eine Verbeugung an und forderte sie auf, ihm zu folgen. Mich streifte er nur mit einem kurzen Blick.

Er geleitete uns zu einem Tisch in einer Nische, wo wir tatsächlich nicht von anderen Gästen gesehen werden konnten. Dann fragte er nach dem Begehr meiner Begleiterin. Ich blieb Luft für ihn.

Sie bestellte zweimal das Tagesmenü und je ein Glas Bier für uns beide. Der Kellner zog sich mit einer Verbeugung zurück.

»So, Marie, und jetzt sollst du erfahren, warum ich dich brauche«, sagte die Blonde.

»Erst will ich wissen, wer du bist, verdammt!«

»Zügele deine Zunge, sonst gebe ich dir deinen Dolch mit der Schneide voran zurück. Und es ist mir völlig gleich, dass du eventuell das weiße Leinen auf dem Tisch mit deinem Blut befleckst. Ich habe schon an schmutzigeren Orten gespeist. Du glaubst, du bist eine harte, mit allen Wassern gewaschene Frau. Dann lass mich dir deinen Irrtum erklären: Ich bin das Dreckstück von uns beiden. Du bist harmlos.«

Hatte ich schon erwähnt, dass sie süß, aber plemplem sein musste? »Wer bist du?«

»Ich bin eine Tote. Man kannte mich als Adelaide von Hopfenburg.«

Ich saß mit offenem Mund und brachte kein Wort heraus. In diesem Augenblick servierte ein Schankmädchen das Bier. Die angebliche einstige Prinzessin dieses und anschließende Königin des Nachbarreiches dankte mit einem Lächeln und nahm umgehend einen großen Schluck.

»Du kannst nicht Adelaide sein«, brachte ich schließlich heraus. »Sie ist ertrunken. Vor zwei Jahren. Alle Bänkelsänger erzählten wochenlang davon.«

Sie lachte trocken auf und stieß dann den überaus irren Satz hervor: »Wäre ich nicht ertrunken, wäre ich heute vielleicht wirklich tot.«

Mein Blick muss ihr gesagt haben, was ich von ihren Worten hielt.

»Hör schon auf so zu gucken, als sei ich ein toller Hund. Ich erzähle dir alles, dann verstehst du auch. Kannst du dir vorstellen, wie es ist, eine Prinzessin zu sein? – Oh, ich sehe an deinem Blick, dass du dir gerade den Himmel auf Erden ausmalst. Kann sein, bei manchen ist das auch so. Zunächst einmal bedeutet es, keine wirklichen Eltern zu haben, sondern einen König und eine Königin, die einen an eine Kinderfrau abgeben, damit sie für die herrschaftliche Erziehung sorgt. Man redet den Vater mit mein Herr König und die Mutter mit meine Frau Königin an. Aber nur, wenn sie ein paar Minuten entbehren können. Ansonsten ist man brav, sitzt für ein Porträt steif wie ein Stock auf einem Schoß, lernt, den Reichsapfel richtig zu halten und alle Sprachen der Nachbarreiche zu beherrschen.«

So langsam gewann ich das Gefühl, eigentlich eine sehr gute Zeit bei meiner Mutter gehabt zu haben. Der Kellner brachte die Vorsuppe und für ein paar Minuten aßen wir schweigend. Anschließend hob meine Begleiterin erneut an, zu erzählen.

»Wenn man Glück hat, ist die Kinderfrau nett und freundlich und ersetzt jenen Teil, den einem Vater und Mutter nicht geben können: Liebe. Aber meine Kinderfrau liebte ihren Rohrstock anscheinend mehr als Kinder. Zu allem Unglück war ich auch noch ein aufgewecktes Kind. Ich spielte ihr allerlei Streiche und büßte jeden schmerzhaft. Sie wollte mir mein vorlautes Mundwerk austreiben, hieß es immer, wenn sie meinen Mund auswusch. Seife schmeckt eklig, kann ich dir sagen. Leider ließ sich mein Mundwerk davon nicht beeindrucken. Ich möchte eher behaupten, das Gegenteil war der Fall. Findest du nicht auch?« Sie zwinkerte mir zu.

Der Kellner kam und holte die leeren Teller ab.

»Ich wurde älter und schnippischer. Die Rolle, die mir zugedacht war, wollte mir einfach nicht gefallen. Vielleicht bin ich einfach zu klug. Was denkst du?«

»Zumindest bist du ganz hübsch eingebildet«, erwiderte ich und sah mit Freude den Tellern entgegen, die gerade gebracht wurden.

»Oh, das bekam ich auch schon oft zu hören: hoffärtig, hochnäsig, gehässig, spitzzüngig, dünkelhaft. Ich glaube, ich kann die Liste noch beliebig verlängern. Und egal wie richtig oder falsch all diese Attribute sind, was mir widerfuhr, hatte ich nicht verdient. Es begann damit, dass mein Vater beschloss, ich müsse verheiratet werden. Verschachert träfe es besser, denn es ging darum, das Reich durch eine gute Partie zu sanieren. Alle möglichen heiratswilligen Prinzen wurden auf das Schloss geladen. Die, die nicht dumm waren, waren hässlich. Wahrscheinlich wussten die wirklich gut aussehenden und liebenswerten, wie es um das Reich stand. Tja, und wahrscheinlich trug auch mein Ruf dazu bei. Der Einzige, der einigermaßen vorzeigbar gewesen wäre, kam als letzter an die Reihe. Ich war zu diesem Zeitpunkt schon so außer mir, dass ich den Makel mit der Lupe suchte. Er hatte ein vorspringendes Kinn. Nicht viel, aber ich zog mich daran hoch und taufte ihn Drosselbart. Ich wusste damals noch nicht, dass ich besser den Fettklops vom Anfang genommen hätte.« An dieser Stelle deutete sie auf die Teller. »Wir sollten essen, sonst wird es kalt.«

Ich brauchte keine weitere Aufforderung. Es schmeckte köstlich. Ich glaube, ich hatte mein Lebtag kein so zartes Fleisch gegessen. Die Soße war ein Traum. Wenn ich je einen Mann fand, musste er so wohlhabend sein, dass wir uns so einen Koch leisten konnten.

»Träumst du?«

»Ja«, sagte ich. »Von einem Koch.«

Adelaide legte das Besteck zur Seite und lachte herzhaft. Dann schob sie den Teller ein Stück von sich.

»Bist du schon satt? Du kannst mir was von …«

»Psst.« Sie legte einen Finger an die Lippen, beugte sich vor und raunte: »Nicht so laut, sonst guckt nur der Kellner wieder.« Sie lehnte sich wieder zurück, langte in ihren Ausschnitt und zog ein längliches Döschen daraus hervor.

»Du hast da ja ein regelrechtes Warenlager.«

»Man muss auf alles vorbereitet sein.« Sie öffnete das Döschen und zog etwas heraus, was ich auf den ersten Blick nicht erkannte. Zum Glück, sonst wären mir vermutlich meine letzten Bissen wieder aus dem Mund gefallen, denn als ich mich ein wenig vorlehnte, erkannte ich den Schwanz einer Ratte.

»Was hast du …? – Oh, Gott!« Die Frage erübrigte sich gerade, denn ich sah, wie sie den Schwanz in der Soße wendete und unter den Rest Gemüse schob, sodass nur noch eine Spitze hervorlugte. Sie schraubte die Dose wieder zu, steckte sie zurück, woher sie gekommen war, und kreischte wie am Spieß.

Sekunden später stand der Kellner an unserem Tisch.

Mit schreckgeweiteten Augen deutete meine Begleiterin mit dem Zeigefinger anklagend auf die hervorlugende Schwanzspitze und stammelte nur immer wieder: »Da … da …«

Der Kellner besah sich das Malheur, schluckte, richtete sich wieder auf. »Das ist … Ich kann gar nicht …« Er wusste nicht, was er sagen sollte. Sein Gesicht glühte, immer wieder hüpfte sein Adamsapfel auf und ab.

»Ich werde umgehend ein neues Gedeck bringen lassen«, stammelte er schließlich und hob ihren Teller an.

»Sparen Sie sich das! Der Appetit ist uns gründlich vergangen.« Sie deutete in Richtung der Tür. »Und dieses Lokal schmückt sich mit einem Namen, der den König erwähnt. Ich frage mich, was seine Hoheit wohl davon hält, was einem hier serviert wird.«

»Gnä' Frau, das ist ein furchtbares Unglück für unser Haus. Es ist mir unbegreiflich, wie so etwas geschehen konnte. Ich kann nur inständigst darum bitten, Stillschweigen zu bewahren. Unser Haus kommt natürlich für die entgangene Freude eines genussvollen Mahles auf.« Der Kellner verbeugte sich zweimal. »Können wir Ihnen wenigstens noch ein Dessert servieren?«

Adelaide lächelte huldvoll. »Sie scheinen an dem Vorkommnis ja keine Schuld zu tragen. Daher will ich noch einmal Gnade vor Recht ergehen lassen. Bringen Sie uns noch ein Dessert, dann werden wir gehen und alles vergessen, was uns hier an Gräuel widerfahren ist.«

Eine erneute Verbeugung folgte.

»Du bist ein ausgekochtes Luder«, sagte ich, als der Mann außer Hörweite war.

»Was bleibt uns armen, geplagten Weibern auch anderes übrig. Bis zu jenem Tag, als mein Vater mich endgültig verstieß, war ich nur ein wenig vorlaut, verstehst du? Aber was danach geschah, hat mich verändert. Sehr verändert, mein Liebling.« Sie zwinkerte mir anzüglich zu. »Nachdem ich auch den letzten Heiratskandidaten vergrault hatte, bekam ich den Zorn eines Königs zu spüren. Ich landete nur darum nicht auf dem Hackklotz des Henkers, weil meine Mutter um Gnade für mich bat. Aber ich undankbares Stück – Originalton des Königs – sollte dem ersten Mann zur Frau gegeben werden, der ans Schlosstor klopfte. Am nächsten Morgen erschien in aller Herrgottsfrühe ein Spielmann mit schwarzem Rauschebart vor dem Tor. Der Gesichtsbewuchs verdeckte nicht nur das auffällige Kinn, sondern sein halbes Gesicht. Ich erkannte ihn tatsächlich nicht.

Er sang unterm Fenster des Schlafgemachs meiner Eltern. Mein Vater zögerte keine Minute, ehe er entschied, dass dieser Spielmann mein Gemahl werden sollte. Ich wurde wie ein Stück Vieh weggegeben.

Danach begann mein Martyrium, denn der Mann erwies sich als ein brutaler Kerl, der offenbar Freude dabei empfand, mich zu quälen und zu demütigen. Auf Knien musste ich durchs Haus rutschen und den Boden putzen, nur damit er wieder Kautabak darauf speien konnte, oder das Essen hinabwerfen, das ich ihm kochte. Er lehrte mich kochen, flechten, spinnen, töpfern und das Fürchten.

Die Geschichte, wie er mich zum Markte sandte und jedes Mal die Waren zerstörte, die ich verkaufen sollte, dürfte bekannt sein. Aber das sind nur die Dinge, die öffentlich wurden. Wie er mich im Bett behandelte, dass er Spaß daran hatte, sich gewaltsam auf mich zu werfen, mich zu schlagen und auf jede erdenkliche Weise zu demütigen, blieb im Dunkeln der Hütte, in der wir lebten.«

Mir stockte der Atem ob dieser Grausamkeiten, die mein Gegenüber berichtete. Auch ich hatte die Geschichte vom König Drosselbart durch Bänkelsänger gehört. Damals lebte ich noch bei meiner Mutter, die andere Marie erledigte die Hausarbeit und ich konnte mich dem Müßiggang widmen, den ich so liebte. Damals war mir die Geschichte als lustige Episode erschienen.

Unser Dessert wurde gebracht und wir verzehrten es so schweigend wie die Gänge zuvor. Kurz erschien der Kellner noch einmal und fragte, ob wir ein weiteres Bier oder Wein wünschten. Wir entschieden uns für ein Bier.

Nachdem es serviert worden war, setzte Adelaide ihren Bericht fort. »Als der König sich schließlich zu erkennen gab, glaubte ich, mein Martyrium sei vorbei. Ich nahm an, nun habe der Herr seine Rache gehabt, sei glücklich und zufrieden und würde mich behandeln, wie ein guter Mann eine Frau behandeln sollte. Nie erlag ich einem größeren Irrtum.

Natürlich gab sich der König in der Öffentlichkeit höflich und liebevoll. Er lächelte mich ständig an, küsste meine Hand und mein Haar voller Zartheit. Aber wenn wir allein waren, schlug er mich, stieß mich gegen die Möbel, zwang mich, ihm zu Willen zu sein, wann immer es ihn überkam. Er scherte sich nicht, ob Dienstboten, Bittsteller oder andere Untergebene im Raum waren. Er packte mich, zwang meine Schenkel auseinander und dann … Na ja, was Männer eben tun. Manchmal glaube ich, wäre er ein wildes Tier gewesen, wäre ich besser dran gewesen.

Ich hatte geglaubt, der brutale Spielmann sei die Verstellung gewesen, aber nein, das war sein wahres Wesen. Der freundlich lächelnde, höfliche König war die Verstellung.

Immer wieder mussten Ärzte bei uns am Hofe vorstellig werden, weil ich angeblich in meiner Dummheit gegen eine geschlossene Tür oder einen Schrank gelaufen oder vom Pferd gefallen war. Als er auch noch anfing, mich bei der Sache … du weißt schon … zu würgen, sagte ich mir, ich müsse fliehen.«

Der Kellner räumte die Dessertteller fort und fragte, ob wir noch einen Wunsch hätten. Adelaide erklärte, sie würde noch fünfzig Taler für ihr Schweigen erwarten. Schließlich habe sie gute Kontakte zu einem Verwandten des Königs, dessen Haupt im Namen des Gasthauses genannt werde. Der Mann verbeugte sich und erklärte, er werde das Geld umgehend herbeibringen. Einmal mehr lächelte meine Begleiterin huldvoll. Der Kellner zog sich zurück.

»Ich konnte allerdings nicht einfach fliehen. Ich wusste, mein Ehemann würde mich jagen lassen. Mir blieb nichts anderes übrig, als meinen Tod vorzutäuschen. Eines Nachts schlich ich aus dem Schloss. Am Fluss entkleidete ich mich von Kopf bis Fuß und warf die Kleider hinein. Ich konnte nur hoffen, dass ihr Auffinden ausreichen würde, mich für tot zu halten. Zu meinem Glück geschah es so. Aber meine Not war noch lange nicht zu Ende, denn ich besaß nunmehr nicht einmal Kleider am Leibe. Auch meinen Schmuck hatte ich zurückgelassen. Ihn zu versetzen hätte nur eine neue Spur bedeutet, falls ihn jemand ausfindig machte. Die ersten Taler verdiente ich auf die denkbar schrecklichste Weise, die aber für eine Frau mit nichts außer ihrer nackten Haut die einfachste ist.«

»So tief bin ich nie gesunken«, sagte ich.

»Sei glücklich. – Vom Ersten, der mich nahm, erbat ich mir Kleidung. Der war ein naiver Kerl, der nur seinen Spaß haben wollte. Eher höflich und zurückhaltend. Und so ungeschickt, wie er sich anstellte, als es zur Sache ging, schien er auch noch nicht allzu viele Weiber gehabt zu haben. Aber er kaufte mir Kleider. Nach drei Monaten konnte ich dieses Geschäft aufgeben und verdingte mich bei einem Töpfer, der mich allerdings öfter als seinen Ton betatschte. Daher verließ ich ihn. Möglicherweise ging ein bisschen Steingut dabei zu Bruch. Danach arbeitete ich bei einem Bäcker, der das Kneten auch an meinem Busen üben wollte. Ich bin zu der Einsicht gelangt, dass alle Männer Schweine sind. Und dafür sollen sie büßen. Ich nahm also das Geld, das ich bis dahin verdient hatte, besorgte mir noch ein paar schöne Kleider und wechselte erneut den Beruf. Zu jenem, den ich noch heute ausübe.«

»Und was treibst du?«

»Ich stehle. Aber ich gebe mich nicht mit so lächerlichen Geldbörsen ab wie du. Ich steige in ihre Häuser und Läden ein und räume ihre Vitrinen und Schmuckkästen leer. Aber für das, was ich wirklich vorhabe, brauche ich wenigstens eine Verbündete. Darum habe ich deinen Werdegang verfolgt, Marie.«

»Was hast du vor?«

»Ich werde die Schatzkammer meines Herrn Gemahls ausräumen. Ich werde ins Hopfenburger Schloss einsteigen und mir nehmen, was mir nach all diesen Qualen zusteht.«

»Du bist tatsächlich irre«, sagte ich und nahm einen Schluck Bier. »Wir sind zwei Frauen. Das Schloss von Hopfenburg wird von ich weiß nicht wie vielen Gardisten bewacht. Mit Waffen.«

Sie leerte ihren Krug in einem Zug, stellte ihn polternd wieder auf den Tisch und blickte mir in die Augen. »Wir werden üben, damit ich sehe, ob du verlässlich bist.«

»Üben?«

»Was denkst du, warum ich mir diesen Juwelier genau angesehen habe? Ach ja, du dachtest, ich suche mir ein hübsches Geschmeide aus. Aber das habe ich nicht nötig. Mir werden alle gehören, die da ausla…«

Sie sprach nicht zu Ende, denn in diesem Moment erschien der Kellner wieder am Tisch. Er stellte mit einer Geste der Demut einen Stapel Münzen auf den Tisch. »Lassen Sie dem König unsere besten Wünsche ausrichten«, sagte er.

»Oh, das werde ich.« Sie neigte das Haupt, griff nach dem Geld und ließ es in einer Tasche ihres Kleides verschwinden, die sich überraschenderweise nicht in ihrem Ausschnitt befand. Danach stand sie auf. »Marie, komm, wie müssen uns eilen!«, sagte sie in herrschaftlichem Befehlston. Bei diesen Worten erkannte ich zweifelsfrei, dass sie einmal bei Hofe gelebt und den Umgang mit Dienstboten gelernt hatte.

Sie stolzierte voran, ich folgte im besprochenen Abstand. Draußen schloss ich zu ihr auf, wir bogen in eine Gasse ein und brachen wie auf Kommando in schallendes Gelächter aus.

»Die Hälfte der fünfzig Taler gehört dir, wenn du meine Partnerin wirst«, sagte sie, nachdem wir uns wieder beruhigt hatten. Das klang natürlich nicht schlecht. Aber bei einem Juwelier einzusteigen, verlangte deutlich mehr Mumm, als einem Marktbesucher den Geldbeutel vom Gürtel zu schneiden. Nur mit einem Dolch und flinken Füßen war es da nicht getan.

»Weißt du«, sagte sie, während ich noch nachdachte plötzlich, »ich habe sie studiert, die Männer. Wie sie gehen, wie sie stehen, wie sie sich bewegen und reden. Aus all dem kann ich erkennen, was sie denken, was sie als Nächstes tun werden.«

»Das ist nicht möglich.«

»Ich wusste, was du tun würdest, wusste sogar im Voraus, welchen Weg du zur Flucht wählen würdest.«

»Aber ich bin kein Mann«, wandte ich ein.

»Inzwischen weiß ich auch uns Frauen zu deuten«, entgegnete sie.

»Das ist doch verrückt«, begehrte ich auf. »Niemand kann die Gedanken eines anderen Menschen lesen.«

»Probieren wir es aus«, sagte sie, lehnte sich lässig an die Hauswand hinter ihr und sah mir in die Augen. »Denk dir eine Zahl aus, die zwischen eins und zehn liegt. – Hast du?«

Ich nickte.

»Ich werde jetzt langsam rückwärts zählen«, erklärte sie und begann. »Zehn, neun …«

Bei drei stoppte sie. »Du hast die drei gewählt.«

»Das war Glück, pures Glück.«

»Gut, versuchen wir es noch einmal. Nimm jetzt eine Zahl zwischen zehn und zwanzig. Wenn du bereit bist, nicke, dann zähle ich wieder.«

Ich gehorchte. Bei fünfzehn hörte sie mit Zählen auf und erklärte, dies sei meine gedachte Zahl.

»Das ist Magie. Du bist eine Hexe!« Anklagend zeigte ich mit dem Finger auf sie.

Sie lachte. »Weißt du, was ein Buch ist? Kannst du lesen?«

»Klar kenne ich Bücher und lesen kann ich auch.«

»Dann ist dir sicherlich klar, was es bedeutet, dass ich in deinem Gesicht lesen kann wie in einem offenen Buch. Du wolltest die Zahl so sehr verheimlichen, dass du jedes Mal den Blick gelöst hast, wenn ich sie nannte.« Sie schnippte mir mit einem Finger gegen die Stirn. »Da drin war die Zahl und deshalb konntest du sie nicht verbergen.«

»Ach, Unsinn. Du konntest ja nicht hinter meine Stirn schauen.«

Sie winkte ab, warf die Arme in die Luft und rief: »Ach, vergiss es und komm.«

»Wohin?«

»Wohin wohl?« Sie sprang um mich herum wie ein junger Hund um seinen neuen Herrn. »Zu mir nach Hause natürlich. Wir sind jetzt Schwestern. Und Schwestern wohnen zusammen, oder nicht?«

»Ich brauche keine Schwester«, wehrte ich ab, aber ihre Art zu reden war so fordernd, dass ich ihr unwillkürlich dennoch folgte. Vielleicht war ich auch einfach nur neugierig, wie das Zuhause dieser Person wohl aussehen mochte. Immerhin war sie einstmals eine Prinzessin gewesen. Sie würde gewiss nicht ein Zimmer in einer kleinen Pension bewohnen wie ich.

Wir erreichten ein zweistöckiges Stadthaus, das bereits seit Jahren nicht mehr bewohnt sein konnte. Die Fenster der unteren

Etage waren mit Brettern vernagelt, bei denen in der oberen fehlten sämtliche Scheiben. Durch eines sah ich, dass die Wandbespannung teilweise verschimmelt war und sich in Streifen löste. Die Eingangstür hing schief in den Angeln, der ehemalige Vorgarten war eine Wildnis aus Brennnesseln, Kletten und Disteln.

»Ist es nicht herrlich?« Adelaide sprang in wilder Begeisterung vor dem schiefen Zaun auf und ab. Bei ihr mussten wenigstens genauso viele Latten fehlen wie bei diesem.

»Hier wohnst du?«

»Ja. Es ist perfekt! Hier kann ich tun und lassen, was ich will, und keiner kommt auf die Idee, mich zu stören.«

»Aber das ist eine Ruine.«

»Ruine? Meine Villa nennst du eine Ruine?« Sie versetzte mir einen Schlag mit der flachen Hand auf den Hinterkopf, dass mir Hören und Sehen verging.

Ich fuhr zu ihr herum und wollte sie packen, um ihr zu zeigen, dass man nicht so mit mir umsprang, aber sie war bereits über den Zaun gesprungen und lief auf den Eingang zu. Hatte ich schon erwähnt, dass sie süß, aber völlig irre war? Bestimmt, oder? Unschlüssig blieb ich auf der Gasse stehen, während sie mir vom Eingang her winkte, ihr endlich zu folgen. Worauf ließ ich mich nur ein? Vermutlich spukte es in diesem Gemäuer auch noch.

Schließlich siegte einmal mehr meine Neugier, die bekanntlich der Katze Tod ist. Aber ich war zum Glück ja kein Mäusejäger, sondern eine erfahrene, mutige Beutelschneiderin.

Da alle Fenster vernagelt waren, empfing mich Finsternis. Ich zuckte zusammen, als aus dieser heraus eine Hand nach mir griff. Darauf erklang ein helles Lachen.

»Hast du Angst? Das gefährlichste in diesem Haus sind wir, mein Liebchen.«

Das wollte ich gern glauben, wenngleich es mich nicht beruhigte.

Sie führte mich zu einer Treppe, bei der ich froh war, sie nicht sehen zu müssen. Jeder Schritt ließ ein anderes Knarren und Ächzen ertönen. Im Obergeschoss fluteten Licht und Luft durch die Räume. Zur derzeitigen warmen Jahreszeit mochte das ganz nett sein, aber wie sie hier den Winter verbracht hatte, schien mir ein Rätsel.

Wir betraten einen großen Raum mit Stuckdecke und einer Wandbespannung, die besser aussah als jene, die ich durch das Fenster gesehen hatte. Ich entdeckte keinen Schimmel. Der Raum besaß die Ausmaße eines Ballsaales. Vielleicht hatte er zu besseren Zeiten dieses Hauses sogar als solcher gedient. An dreien der Wände lehnten Hellebarden und Piken. Die vierte Wand wurde von einem riesigen Himmelbett, einem Vierposter, dominiert. Das Ding war so groß, dass sich eine ganze Familie darin zur Nachtruhe begeben konnte, ohne dass einer den anderen störte.

»Mein königliches Traumbett«, deklamierte Adelaide im Stile eines stolzen Besitzers, mit beiden Händen daraufweisend. Sie eilte an einem Tisch vorbei, der mitten im Zimmer stand. Drei Stühle waren um ihn gruppiert.

Unter den Fenstern lagen mehrere Musketen und eine Streitaxt, angesichts deren kolossaler Größe ich bezweifelte, sie anheben zu können. An einer Seite standen zwei Fässer, auf einem davon thronte ein ausgestopfter Rabe. Daneben zielte das Rohr einer kurzläufigen Kanone direkt auf die Eingangstür.

»Was hast du angestellt? Das Arsenal ausgeräumt?«

Sie zuckte mit den Schultern. »Ist das nicht schön?«

Schön wäre bestimmt nicht das Wort gewesen, das mir angesichts einer Waffenkammer als Erstes in den Kopf gekommen wäre. Wozu brauchte sie das alles? Man könnte eine kleine Armee mit dem Inhalt dieses Raumes ausrüsten.

Mein Blick fiel auf ein Objekt, das angesichts dieser Sammlung zur Schau gestellter Kriegsgeräte ebenso absurd unpassend erschien wie das Bett. Direkt den Fenstern gegenüber an der Wand, flankiert von mehreren Morgensternen, stand ein Frisiertisch mit einem wunderschönen ovalen Spiegel, dessen Rahmen eindeutig vergoldet, wenn nicht aus purem Gold war. Auf dem Tisch standen ähnlich durcheinander wie die Waffen in diesem Raum Tiegel, Schälchen und Flacons in verschiedenen Größen und Formen.

Ich trat näher und nahm das eine oder andere Gefäß zur Hand. Adelaide tanzte, anders kann ich es nicht nennen, heran, nahm mir einen Tiegel aus der Hand und strich sich die darin enthaltene rote Farbe auf die Lippen.

»Wir sind Frauen. Wir müssen uns schminken.« Sie gab mir den Tiegel zurück. Ihr Mund leuchtete rot wie eine frische Wunde in ihrem ansonsten eher blassen Gesicht. »Aber nicht um den Männern zu gefallen, sondern uns selbst.«

Sie nahm einen weiteren Tiegel zur Hand und gab etwas von seinem Inhalt links und rechts auf ihre Wangen, die daraufhin zwei rosa Kreise zeigten. Schließlich griff sie nach einem Flacon, dessen Inhalt grün schimmerte wie ein altes Kirchendach. Sie schüttete etwas davon in ihre Linke und fuhr damit kurzerhand durch ihr Haar. Sofort zeigten sich grüne Strähnen in der blonden Mähne. Sie beugte sich vor, begutachtete sich im Spiegel und wandte sich wieder zu mir um.

»Na, wie findest du das?«

»Gewöhnungsbedürftig«, sagte ich vorsichtig. Vorhin, als ich etwas ihrer Ansicht nach Falsches gesagt hatte, kassierte ich einen Schlag gegen den Hinterkopf. Inmitten all der Mordinstrumente in diesem Raum wollte ich kein Risiko eingehen.

Im nächsten Augenblick sprang sie bereits an mir vorbei. »Komm, ich zeige dir den Rest. Unten gibt es noch viel mehr zu sehen. Das wird dir gefallen.«

Das bezweifelte ich.

Adelaide verschwand in einem Nebenraum, zu dem eine schmale Tür neben dem Schminktisch führte. Bei einer späteren Besichtigung meinerseits entpuppte sich dieser Raum als Badezimmer. Sie kehrte kurz darauf mit einer Kerze in einem silbernen Leuchter zurück. Wenn man von dem Ergebnis ihrer merkwürdigen Schminktechnik absah, die sie eher wie einen Jahrmarktsgaukler aussehen ließ, wirkte sie mit dem Leuchter in der Hand und durch den stolzen Blick in ihren Augen tatsächlich wie eine Prinzessin, die sich anschickte, ihre Räumlichkeiten für die Nacht aufzusuchen. Die Art, wie sie vor mir gemessenen Schrittes einherging, unterstrich diesen Eindruck.

Sie griff nach Stahl und Zunder auf einem Regalbrett bei der Tür, das mir bisher nicht weiter aufgefallen war. Angesichts der sonstigen Möblierung des Raumes kein Wunder. Nachdem sie die Kerze entzündet hatte, warf sie das Feuerzeug zurück und verkündete »Du wirst staunen.«

Daran wiederum hatte ich keinen Zweifel.

Sie winkte mir, ihr zu folgen. Wir stiegen die Treppe hinab, die diesmal seltsamerweise keine Geräusche von sich gab. Im Licht der Kerze konnte ich nun auch Teile der Einrichtung der unteren Etage erkennen. Sie sah bei Weitem weniger martialisch aus als jene oben. Die Räume waren allesamt finster, aber noch vollständig möbliert.

Die Tische, Stühle, Schränke, Sekretäre und sonstigen Einrichtungsgegenstände mussten kostbar sein. Intarsien schmückten fast alle dem Betrachter zugewandten Flächen. Auf den meisten Tischen und Kommoden standen Vasen aus Porzellan, die mit Motiven aus der freien Natur bemalt waren. Einer der Räume beherbergte eine kleine Ausstellung porzellanener Tiere. Alle Möbel waren von den Wänden abgerückt, an denen ich hier und dort Schimmelflecken erblickte.

»In diesem Haus kannst du jetzt leben. Du bist herzlich eingeladen. Natürlich wohnen wir oben. Das hier …« Sie bereitete die Arme aus. »… ist nur für ungebetene Besucher.«

»Wo soll ich schlafen?« Ich schaute sie ratlos an.

»Oben, neben mir, im Traumbett.«

»Äh … Ich habe ein Zimmer in der Stadt.« Sollte ich wirklich mit einer Frau in einem Bett schlafen?

Sie stellte den Leuchter zu Boden und sprang um mich herum wie ein aufgeregtes Fohlen. Dabei legte sie immer wieder die Hände in bittender Geste aneinander. »Bleib, Marie, bleib. Ich habe das Alleinsein so satt.«

Ich war unschlüssig. Was ich von ihr bisher gesehen und gehört hatte, klang einfach verrückt. Um Zeit zu gewinnen, fragte ich: »Wem hat das hier alles mal gehört?«

»Dem Meisterdieb«, sagte sie, ohne zu zögern. An meiner Miene erkannte sie wohl, dass diese Auskunft ein wenig zu knapp geraten war. Doch statt einer sinnvollen weiteren Erläuterung fragte sie: »Was weißt du über Luchse?«

»Luchse?«, echote ich ziemlich dümmlich.

»Ja, Luchse. Das sind Raubkatzen, die in den Wäldern leben. Haben lustige Ohren mit einem Pinsel oben dran und so gut wie keinen Schwanz. Aber sie sehen so gut, dass es sprichwörtlich ist. Nie gehört?«

»Doch, aber wie kommst du vom Meisterdieb zu Luchsen ohne einen Zwischenhalt?«

»Luchse haben große Reviere im Wald, in dem jeweils immer nur ein Exemplar jagt. Wenn ein Luchs in das Revier eines anderen eindringt, kämpfen sie, bis einer von beiden sich zurückzieht. Und bei großen Dieben ist es ähnlich. Der Meisterdieb war ein schlauer Bursche. Er hat alles, was du hier siehst, durch ehrlichen Diebstahl erworben. Und noch viel mehr. Inzwischen besitzt er bestimmt ein ähnliches Anwesen irgendwo sonst auf der Welt.«

»Warum ist er gegangen?«

»Ein anderer Luchs hat ihn vertrieben. Ich.« Sie zeigte mit dem ausgestreckten Zeigefinger auf ihre Brust.

»Wie hast du ihn vertrieben? Bist du bei Nacht und Nebel mit deiner Kanone an seinem Bett aufgetaucht?«

Sie lachte, sprang auf mich zu und umarmte mich. »Du bist lustig, weißt du das?«

»Nein, weiß ich nicht.«

Sie ließ wieder von mir ab. »Bist du aber. – Kannst du dir nicht denken, wie ich ihn losgeworden bin? Es war ganz einfach. Ich habe ihn bei der Wache verpfiffen. Aber ich bin kein Unmensch …« Sie zögerte einen Moment, neigte den Kopf und legte eine Hand nachdenklich an eine Wange. Nach kurzer Überlegung fuhr sie fort: »Jedenfalls meistens nicht. Ich habe ihm einen Brief geschrieben, dass jemand ihn angeschwärzt habe und er verduften müsse. Das tat er in jenem Augenblick, als die Stadtwache in Mannschaftsstärke an der Vorderfront des Hauses auftauchte. Man hat hierzulande nie wieder von ihm gehört. Und dann bin ich hier eingezogen, nachdem ich das Haus vorbereitet hatte.«

»Was meinst du mit vorbereitet?«

»Na, denkst du, ein Haus verfällt in so kurzer Zeit. Ich kann dir gar nicht sagen, was für eine Arbeit es war, oben alle Scheiben rauszuschlagen und den Schimmel in die Wände zu schmieren.«

»Du hast … was?«

»Ach ja, ich vergaß. Ich sollte in deiner Gegenwart das Wort Arbeit nicht allzu oft in den Mund nehmen. Es stößt dich ab.«

»Nicht so sehr wie das Wort Schimmel«, entgegnete ich.

»Es ist notwendig gewesen. Ich wollte meine Ruhe haben und keine plötzlich auftauchenden Leute, die Besitzansprüche an das Haus stellen. Weil es so rasch verfiel, hieß es bald in der Stadt, es sei verflucht. Der Meisterdieb habe das getan, weil man ihn verriet. Der Aberglaube ist nicht auszurotten, oder?« Sie nahm mich bei der Hand und zog mich die Treppe hinauf hinter sich her.

»Hier werden wir gemeinsam unsere Rache an der Männerwelt planen.« Mit ausgebreiteten Armen drehte sie sich im Kreis. Dann eilte sie ins angrenzende Schlafgemach und warf sich aufs Bett. »Komm her, es ist wunderbar, als ob man auf Wolken ruht. Nur nicht so feucht.«

Und ich tat das irrste, was ich bisher in meinem Leben getan hatte: Ich blieb.

Ich drehe durch

Am Mittag des nächsten Tages kehrte ich kurz zu meiner alten Heimstatt zurück. Ich packte meinen spärlichen Besitz zusammen, drückte der Zimmerwirtin die ausstehende Miete in die Hand und sagte ihr, sie sähe mich nie wieder. Zum Abschied hielt ich ihr die Hand hin, die sie tatsächlich schüttelte. Bei dieser Gelegenheit nahm ich die Hälfte des Mietgeldes wieder an mich, denn der Preis für das Zimmer war wirklich Wucher gewesen. Anschließend zog ich in Adelaides Haus ein.

Eines muss ich sagen: Sie behandelte mich sehr gut. Den größten Teil der nächsten beiden Tage durfte ich in dem tatsächlich traumhaften Bett verbringen und verschlafen. Nur hin und wieder kam sie herein und erzählte von ihren Plänen den Juwelier am Markt betreffend. Was sie erzählte, erschien mir streckenweise allerdings so wirr, dass ich einfach nicht folgen konnte. Die alten Leute sagen, die Länder Genie und Wahnsinn lägen nur einen Spannen breit voneinander entfernt. Ich glaube, sie haben recht.

Am Morgen des dritten Tages nach meinem Umzug stand meine Gastgeberin allerdings kurz nach dem ersten Hahnenschrei am Bett, zerrte an meinem Arm und kommandierte: »Steh endlich auf, du Schlafmütze!«

Ich öffnete die Augen und blinzelte Adelaide verschlafen an. Was hielt sie da über dem Arm? Sah aus wie eine Uniform. Ich stemmte mich in die Höhe, öffnete die Augen vollständig und stellte fest, dass mich meine erste Einschätzung nicht getrogen hatte.

Ich deutete auf das Kleidungsstück, das eindeutig zu einem Husaren gehörte. »Was hast du damit vor?«

»Ich? Nichts. Du wirst das tragen. Steht dir viel besser als mir.« Sie legte eine Hand auf ihr Haar. »Wegen deiner Frisur.« Die Uniform landete neben mir. »Nun zieh dich endlich an, damit wir anfangen können.«

»Anfangen können? Womit?«

»Damit, dich in einen Mann zu verwandeln. Genauer gesagt, in einen Husaren.«

Ich setzte mich vollständig auf und starrte mein Gegenüber entgeistert an. »Was ist das für ein verrückter Einfall?«

»Der Einfall ist nicht verrückt, er ist genial.« Sie stemmte die Hände in die Hüften. »Jetzt diskutier nicht länger, sondern kleide dich an. Ich will sehen, wie dir die Uniform steht.«

Ich schaute auf die Bekleidung, auf Adelaide und wieder zurück. Schließlich schwang ich mich herum, erhob mich und kleidete mich an, wenngleich ich auch nicht wusste, wozu das gut sein sollte.

»Sieht schneidig aus«, kommentierte Adelaide, als ich fertig vor ihr stand.

»So, und jetzt erklär mir bitte, was dieser Tanz soll.«

»Na, was wohl? Wir werden ein hübsches Paar abgeben, wenn wir dem Juwelier am Markt einen Besuch abstatten. Du als Husar und ich als deine Braut.« Sie sprang einmal mehr um mich herum wie ein aufgeregter Welpe und zog meinen Rock mal hier, mal da straff. »Wusste ich's doch, was mein Herr Exgemahl konnte, können wir ebenso gut.«

Ich drehte mich im Kreise, um ihr beim Sprechen ins Gesicht sehen zu können, während sie weiterhin um mich herummarschierte. »Himmel, bleib stehen! Was genau hast du vor?«

»Ich will herausfinden, wo die Magie verborgen ist, die den Juwelier bei Nacht vor Dieben schützt. Ich weiß bereits, dass er irgendeine Art Feenmagie nutzt. Aber ich will wissen, wo sie untergebracht ist und – wichtig, wichtig – wie man sie ausschaltet.«

Endlich blieb sie stehen. »Damit du ordentlich Eindruck schindest, habe ich dir ein Hauptmannsgewand besorgt. Ich bin deine Verlobte, der du ein feines Geschmeide schenken willst. Natürlich wird mir keines recht sein.«

»Natürlich nicht«, flüchtete ich mich in Sarkasmus. »Warum stürmen wir nicht einfach mit ein paar von deinen Waffen in den Laden und machen dem Mann ein bisschen Dampf? Wozu hast du das ganze Zeug überhaupt, wenn du am Ende doch heimlich des Nachts einsteigen willst?«

Adelaide stampfte auf wie ein wütendes Kind. »Du bist einfallslos wie ein Mann! Ja, guck nur wie ein Frosch, den man gegen die Wand geworfen hat. Genau so machen es Männer. Mit Gewalt. Man muss glauben, sie verfügen über gar kein Gehirn, das sie einsetzen könnten, um sich was Schlaueres einfallen zu lassen. Wir machen es aber subtil.«

»Sub… was?«

»…til. Mit Witz.«

Sie deutete mit einem Zeigefinger an die Schläfe. Dann packte sie entschlossen meinen Arm und zerrte mich vor den Spiegel. »Du siehst wirklich eindrucksvoll aus, Herr Hauptmann. Übrigens heißt du Markus. Ich dachte mir, einen Namen, der so ähnlich wie Marie klingt, kannst du dir gut merken. Oder wäre dir Peter wie Pech lieber?«

»Soll ich dir meine Faust zum Kosten geben?« Ich wandte den Kopf und versuchte, finster zu gucken, aber sie grinste so breit, dass auch ich nicht ernst bleiben konnte.

Im nächsten Moment hatte sie mich erneut gepackt und zog mich hinter sich her wie einen störrischen Esel. »Komm frühstücken. Heute wird nicht im Bett gegessen.« Beiläufig griff sie nach einem der Säbel an der Wand. Sie wog ihn in der Hand, führte jeweils einen Streich nach links und rechts aus und nickte dann. »Der ist wunderbar.«

Sie hatte an diesem Morgen aufgetafelt, als erwarte sie hochherrschaftliche Gäste. Allein vier Sorten Käse standen zur Auswahl, von Wurst, Brot und Obst gar nicht zu reden. Außerdem gab es Eier, gekocht und gebraten. Ich starrte das Angebot ratlos an. »Wer soll das alles essen?«

»Du bist ab heute ein Mann, da muss ich zusehen, dass du bei Kräften bleibst.« Sie ließ sich nieder, nahm sich eine Scheibe Brot, spießte einen Apfel auf ein Messer und begann zu speisen.

Als wir uns vom Tisch erhoben, fühlte ich mich wie aufgebläht. Während wir die Reste der Mahlzeit zusammenräumten, erklärte sie mir, dass sie einen Teil davon am Nachmittag ins Waisenhaus bringen werde.

»So hat wenigstens noch jemand was davon«, sagte sie. »Sonst fressen es eh nur die Ratten.«

»Im Haus gibt es Ratten?«

»Nur im Keller. Die sind niedlich, wenn sie mit ihren kleinen Schnauzen an deinen Beinen schnuppern. Findest du nicht?«

Ich ersparte mir einen Kommentar, der sowieso auf taube Ohren gestoßen wäre, denn für Adelaide galt ihre Meinung als Gesetz, zumindest in ihrem Haus. Wenn ich ihr widersprach, schaltete sie auf Durchzug.

»Denk nicht an die Ratten, die tun uns nichts. Aber die Wache wird uns vor den Richter schleifen, wenn wir uns bei unserem Vorhaben beim Juwelier erwischen lassen. Darum müssen wir jetzt üben. Zuerst das Gehen.«

»Ich bin schon groß, ich kann schon gehen«, sagte ich.

Adelaide wedelte mit der Rechten. »Na dann los, zeig es mir.«

Ich ging ein paar Schritte, drehte mich auf dem Absatz und kehrte zu meinem Platz zurück. Bevor ich den letzten Meter absolviert hatte, bedeckte Adelaide ihr Gesicht mit beiden Händen und schüttelte den Kopf. »Du läufst wie ein Weib, Mann!«

»Ich bin ein Weib.«

»Aber nicht, wenn wir gemeinsam unser Opfer besuchen. Da bist du Hauptmann der Husaren. Weißt du denn gar nicht, wie die Kerle laufen? Die wiegen sich nicht in den Hüften, als wären sie auf dem Tanzboden. Es gibt zwei Arten, wie ein Mann zu laufen. Entweder sie latschen, als gäbe es keine ödere Beschäftigung, als sich auf seinen Füßen fortzubewegen, oder sie schreiten den Weg entlang, als gehöre ihnen, wenn schon nicht die Stadt, so zumindest die Straße.« Sie machte mir vor, was sie meinte.

»Wenn du das so gut kannst, warum spielst du nicht den Mann?«

Sie griff sich in ihre Locken. »Mit diesen Haaren?«

»Die kann ich dir schneiden.«

Bei schnei… stand sie direkt vor mir, schaute mir von unten her ins Gesicht und reckte einen Zeigefinger meiner Nase entgegen, als wolle sie darin bohren.

»Untersteh dich! – Statt solche Dummheiten von dir zu geben, wirst du jetzt fein hin und her laufen, bis du es wie ein Mann kannst.«

Ich versuchte, es ihr nachzumachen, aber ich konnte meine Hüften einfach nicht davon überzeugen, nicht von einer Seite zur anderen zu wiegen.

»Das ist ja grausam. Man wird dich für einen Sodomiten halten. Da ist es ja besser, sie erwischen uns beim Diebstahl.« Erneut lief sie mir vor, wie sie sich vorstellte, dass ein Hauptmann der Husaren die Straße entlangliefe. Dann erklärte sie: »Wir gürten dir mal den Säbel um, vielleicht fällt dir die Bewegung dann leichter. Mag sein, erst die Waffen lassen die Männer sich wie Männer fühlen.«

Das Ergebnis des Experimentes war niederschmetternd, denn ich verhedderte mich mit den Beinen in der am Gürtel hängenden Scheide und wäre beinahe der Länge nach hingeschlagen.

»Eigentlich dachte ich, ich könne meinen Plan mit deiner Hilfe noch umsetzen, bevor ich sämtliche Zähne verloren habe«, kommentierte Adelaide. Dann baute sie sich vor mir auf, erlöste mich von Gürtel und Säbel, band sie sich selbst um die Hüfte und marschierte los. Bei ihr sah die Bewegung tatsächlich ungemein selbstbewusst und kraftvoll aus. Sie reckte das Kinn leicht in die Höhe, als könne sie trotz ihrer eher geringen Körpergröße allen anderen auf den Kopf spucken.

»Ich lern' das nie!«

»Und ob, sonst muss ich mir irgendeine Strafe für dich einfallen lassen. Vielleicht pikse ich dich mit der Hellebarde in den Hintern.« Sie nahm eine von der Wand und wog sie in der Hand. »Die fühlt sich gut an«, erklärte sie.

Ich marschierte mit einem flauen Gefühl im Magen, aber anscheinend mit deutlich mehr Enthusiasmus weiter, denn die Stangenwaffe wurde zunächst wieder an die Wand gelehnt. So ging ich bis zur Mittagsstunde weiter im Raum auf und ab. Adelaide gewährte mir eine Pause und begab sich auf den Markt. Meine Beine fühlten sich an, als sei ich bereits einmal um die Stadt herumgelaufen. Vielleicht kam das vom Weg so ungefähr hin. Ich hatte nicht gezählt, wie oft ich den Raum bereits durchquert hatte. Ich zog meine Schuhe aus und begutachtete meine Füße, konnte zum Glück jedoch keine Blasen entdecken.

»Das ist gut«, erklang Adelaides Stimme in diesem Moment von der Tür her. »Ich habe dir nämlich etwas mitgebracht.« Und schon flog mir ein Paar Stiefel entgegen. Ich sprang zurück, um nicht getroffen zu werden. »Sie werden ein wenig zu groß sein, aber es gibt leider keine Husarenstiefel für Frauen.«

»Wo hast du die her?«

»Sag ich nicht!« Es fehlte nur, dass sie mir die Zunge herausstreckte. Aber mir war klar, dass irgendwo in der Stadt ein junger Soldat barfuß herumrannte und seine Stiefel suchte.

Während ich die beiden Knobelbecher anprobierte, breitete Adelaide das Mittagsmahl auf dem Tisch aus. Es erwies sich als ähnlich üppig wie das Frühstück.

»Das habe ich bezahlt«, verkündete sie voller Stolz.

Ich fragte mich, ob ich ihr das abkaufte, langte aber dennoch herzhaft zu, denn das Training hatte mich hungrig werden lassen und es sah auch nicht so aus, als käme ich vor der Nacht zur Ruhe.

Das Laufen in Stiefeln erwies sich als noch schwieriger als in den flachen Tretern, die ich bisher getragen hatte, zumal meine Füße deutlich zu viel Spielraum besaßen. Adelaide ging nach einer weiteren Übungsstunde nach unten und kehrte mit einem Stapel alter Nachrichtenbriefe zurück.

»Reiß dir etwas davon klein und stopf die Stiefel damit aus, damit sie nicht so schlappen!«, kommandierte sie und setzte sich sofort wieder in Bewegung. Diesmal brachte sie eine Pelzmütze herbei, die sie mir auf den Kopf stülpte wie einen Teewärmer. Sie trat drei Schritte zurück, beäugte mich kritisch, kam erneut heran und rückte an der Kopfbedeckung herum. Diese Prozedur wiederholte sich zweimal, ehe sie mit meinem Anblick offensichtlich zufrieden war.

»Schön gerade laufen«, sagte sie. »Sonst rutscht dir das Ding nach vorn in die Stirn und du stehst im Dunkeln.«

Das erschien mir nicht das einzige Problem. Die Mütze wärmte ungemein. Ich spürte bereits Schweiß von meinem Kopf in den Nacken rinnen. Dazu kam das trampelige Gehen, der Säbel, der an meiner Hüfte baumelte, die verfi… – oh, jetzt hätte ich beinahe ein höchst unanständiges Wort benutzt – die elenden Stiefel. An meiner gedanklichen Wortwahl erkannte ich allerdings, dass ich mich immer besser in die Rolle des Mannes hineinlebte. Die redeten ja ständig so, als ließe sich die Welt am besten mit Fäkalien und unkeuschen Handlungen beschreiben.

Am Abend fiel ich wie ein gefällter Baum ins Bett. Meine Füße brannten, mein Rücken schmerzte und meine Haare sahen aus, als hätte ich sie in die Ölkanne gehalten. Ich lag regungslos da, während Adelaide neben mir im Bett kniete und die Matratze beben ließ, indem sie auf und nieder hüpfte.

Sie kniff mich in die Wange. »Schläfst du schon?«

»Wie sollte ich, wenn du hier Leibesübungen machst?«

»Und ich dachte, du wärst vielleicht erschöpft nach all diesen Gängen durch unsere Heimstatt.«

Sollte ich mir vielleicht die dem Bett am nächsten stehende Streitaxt greifen und ihr damit eins überbraten?

Ich wusste nicht, wie gefährlich das wäre. Sie war ungemein flink und ich spürte jeden Knochen im Leibe. Mein Körper war solche Anstrengungen nicht gewöhnt. Nicht einmal bei der Alten im Land unter dem Brunnen hatte ich mich an einem Abend so zerschlagen gefühlt.

Statt also handgreiflich zu werden, sagte ich lediglich in resigniertem Ton: »Kannst du nicht mit dem Gehopse aufhören?«

»Klar kann ich.«

Sie sprang in die Luft, drehte sich in der Bewegung und landete ausgestreckt auf dem Rücken im Bett. Augenblicklich schloss sie die Augen. Ich tat es ihr gleich und war wenig später im Traumland.

Der nächste Morgen begann so wie jener am Vortag, bereits sehr zeitig. Die Sonne konnte kaum hinter dem Horizont hervorgekrochen sein. Ich wurde in einem Traum, in dem ich auf einem weißen Schimmel über eine blühende Sommerwiese ritt, plötzlich aus dem nahen Wald von Räubern angegriffen. Einer packte mich an der Schulter und zerrte mich vom Pferd. Ich wurde wach und schaute in Adelaides lächelndes Gesicht. Sie hielt meinen Arm gepackt, war also eindeutig der üble Räuber gewesen.

»Hoch mit dir, du Schlafmütze.« Sie ließ mich los, warf die Hände in die Höhe und rief: »Das habe ich davon, mich mit der Pechmarie einzulassen!«

In weniger als einem Wimpernschlag war ich aufgesprungen und stürzte mich auf sie. »Nenn mich nicht so! Vor allem nicht so früh am Morgen!«

»Es ist Schlag neun vorbei.« Sie hielt meine Handgelenke umklammert, um sich davor zu bewahren, die Augen ausgekratzt zu bekommen.

Mein Zorn verebbte, ich betrachtete sie genauer. Sie trug ihre Haare an diesem Morgen zu seitlichen Zöpfen gebunden, wie man sie spätestens ab dem achten Lebensjahr nicht mehr trägt. Und jeder dieser Zöpfe schillerte in mehreren Farben, die allenfalls Alchemisten in ihren Laboren zu sehen bekamen.

»Was ist? Ach, mein Haar, was? Findest du nicht auch, dass Haare viel mehr Farben haben sollten, als die Natur uns gewährt? Warum dürfen wir nicht so bunt aussehen wie die Vögel oder die Schmetterlinge?«

Was sollte ich darauf sagen? Dass Vögel vermutlich mehr Geschmack besaßen, was Farbkombinationen betraf? »Denkst du, ein Husar wird eine Jungfer freien, die solche Farben in ihren Haaren zur Schau stellt?«

»Natürlich nicht.« Sie klang richtiggehend entrüstet, als habe sie nicht mit einer so dummen Frage gerechnet. »Aber zum Juwelier gehen wir erst morgen, bis dahin ist das alles wieder verschwunden. Da bin ich die anständige, gesittete junge Dame, die einst jedermann von mir erwartet hat zu sein.« Sie sprang aus dem Bett. »Und jetzt quatsch nicht länger, sondern komm. Wir haben viel vor. Du musst heute sitzen lernen.«

»Ich kann sitzen. Das lernt man als Kind noch vor dem Laufen.«

»Das du gestern auch nicht konntest«, parierte sie meinen Einwand.

Nach dem Frühstück platzierte sie einen Stuhl nahe am Fenster, deutete darauf und hieß mich setzen. Ich gehorchte.

»Genau das habe ich erwartet, Marie. Du sitzt da wie ein verschüchtertes Mädchen. Hast du noch nie einen Mann sitzen gesehen? Zunächst einmal hat der nicht die Knie zusammengepresst, als wolle er ein Eichenblatt dazwischen festhalten. Dann hockt er nicht auf der Stuhlkante, als wäre die Sitzfläche zu heiß.« Sie wedelte mit den Händen in meine Richtung. »Rück zurück bis du die Lehne in deinem Rücken spürst. Streck dich, aber reck den Busen nicht vor, der verrät dich. Und nimm die Knie auseinander, damit du die ganze Sitzfläche füllst. Du trägst keinen Rock. Keiner sieht deine Unterkleider, wenn du die Beine spreizt.«

Ich versuchte, mich in eine entsprechende Position zu bringen.

»Das sieht schon überzeugender aus. Aber du hast immer noch diese leicht verschüchterte Haltung. Du bist ein Mann. Und nicht nur das. Du bist ein Hauptmann der Husaren. Heb den Kopf ein wenig, denn du siehst selbst auf jene herab, die gerade vor dir stehen, während du sitzt. Bildlich gesprochen. Und guck ein wenig streng, als wolltest du beim nächsten falschen Wort deinen Säbel benutzen.« Sie drehte sich im Kreise. »Wo ist der eigentlich?«

»Liegt neben dem Bett.«

Sie wies mit ausgestrecktem Arm in die entsprechende Richtung. »Los, geh und hole ihn!« Nie zuvor hatte eine Person so zu mir gesprochen, höchstens ich zu meiner güldenen Schwester, bevor sie in den Brunnen gestürzt war. Ich biss die Zähne zusammen und stiefelte los.

»Du gehst schon wieder wie ein Weib«, rief Adelaide mir nach. Eilig änderte ich meinen Schritt. Ich legte keinen Wert darauf, einen weiteren Tag lang im Zimmer auf und ab zu spazieren.

Ich legte den Säbel um, kehrte zum Stuhl zurück und versuchte, mich zu setzen, dabei verhedderte ich mich mit dem vertrackten Ding in einer der Armlehnen.

»Ah ja«, sagte Adelaide bloß.

Schließlich saß ich doch.

»Du kannst gleich wieder aufstehen.«

Ich schlug mit der flachen Hand auf die Armlehne. »Warum?«

»Weil wir jetzt üben müssen, wie du dich mit gegürtetem Säbel setzt, Marie. Was soll irgendjemand von meinem Verlobten halten, wenn der sich bei den einfachsten Verrichtungen so dämlich anstellt?« Sie verschränkte die Arme unter den Brüsten. »Du blamierst mich ja bis auf die Knochen. Der Juwelier wird denken, ich hätte keinen Besseren abbekommen, weil mir irgend ein Makel anhaftet.«

Ich sprang auf. »Das ist mir zu blöde! Ich haue ab!« Mit diesen Worten stürmte ich aus dem Zimmer und die Treppe hinab.

Ich hatte vermutet, sie würde mir folgen, aber als ich an der Haustür stand und lauschte, hörte ich keine Bewegung hinter mir. Was tat das Biest? Stand sie gar auf dem Dach, um mir wieder auf den Buckel zu hopsen, wenn ich nach draußen trat? Diesmal mit einer Hellebarde in der Hand?

Ich schlich zur Treppe zurück und horchte, aber nicht einmal das Piepsen einer Maus war zu hören. Adelaide stand oder saß entweder völlig regungslos da oder befand sich nicht mehr im Haus. Vorsichtig streifte ich die Stiefel von den Füßen und legte sie behutsam ab, die ganze Zeit lauschend, ob sich etwas über mir regte. Dann schlich ich in Strümpfen auf Zehenspitzen wieder nach oben. Ich musste wissen, wo dieses verrückte Weibsbild sich aufhielt, sonst konnte es mir passieren, ich fand mich im nächsten Moment als Schaschlik wieder.

Sie saß seelenruhig auf dem Übungsstuhl und grinste von einem Ohr zum anderen, als ich im Türrahmen sichtbar wurde.

Dann sprang sie auf, klatschte in die Hände und rief: »Ich wusste doch, dass du deine beste Freundin nicht im Stich lassen würdest.« Allerdings fiel mir auf, dass das Fenster hinter ihr offen stand und links und rechts vom Stuhl je eine Pistole lag. Hätte sie wirklich auf mich geschossen, wenn ich auf der Straße erschienen wäre? Ich fragte lieber nicht nach.

Sie sammelte rasch die Waffen ein, als sie meinen Blick bemerkte, deutete auf den Stuhl und sagte: »Setz dich, Markus.« Mit Schwung warf sie die Pistolen in eine entfernte Ecke.

Ich ließ mich auf dem Stuhl nieder, wobei ich mich bemühte, den Säbel mit einer eleganten Bewegung aus dem Wege zu schieben, sodass er mich nicht behinderte. Das gelang ganz leidlich, allerdings saß ich nach Adelaides Meinung wieder viel zu weit vorn auf der Sitzfläche und auch meine Beine waren wieder zu dicht nebeneinander.

»Wenn dir das mit dem breitbeinigen Sitzen schwerfällt, kannst du auch ein Bein über das andere legen. Ich verstehe gar nicht, warum den Kerlen das nicht unangenehm ist. Sie quetschen dabei doch ihre Kronjuwelen. Überhaupt Hosen! Für uns wären die viel weniger ein Problem. Denkst du nicht?«

Ich schüttelte den Kopf. »Darüber habe ich noch nie nachgedacht.«

Adelaide enthielt sich jeden weiteren Kommentars und ich übte Hinsetzen und Aufstehen mit Säbel. Mitten in der Übung bemerkte sie meine Stiefellosigkeit, eilte nach unten und brachte mir die Dinger. Gehorsam zog ich sie wieder an, trainierte noch ein wenig Auf- und Ablaufen, bis sie schließlich verkündete, nun könne sie sich wohl mit mir am nächsten Tag in der Stadt blicken lassen. Ich atmete auf. Noch einen Tag länger hätte ich diese Tortur nicht durchgehalten. Ich war eben nicht für Arbeit geschaffen.

Am nächsten Tag brachen wir nach dem Frühstück auf. Ich in Uniform, die Wollmütze auf dem Kopf, mit Säbel gegürtet und in Stiefeln steckend, sie in einem duftigen weißen Kleid, das eines Engels würdig gewesen wäre.

Am Markt herrschte bereits rege Betriebsamkeit. Bauern verkauften an verschiedenen Ständen die Erzeugnisse ihrer Tätigkeit. Eine junge Frau hielt zwei zappelnde Hühner an den Beinen in die Höhe und pries deren Fleisch als zart. Nebenan verkaufte ein Metzger Schinken und Würste aus dem Rauch und einen Stand weiter saß eine hutzlige Alte, die mit irdenem Geschirr handelte. Ihre Ware ruhte bis auf ein paar Ausstellungsstücke, die wohl Kundschaft anlocken sollten, in geflochtenen Körben, um sie vor unvorsichtigen Marktbesuchern zu schützen.

»So hätte ich's auch machen müssen«, kommentierte Adelaide auf die Frau deutend. »Dann hätte mein lieber Herr Gemahl mir nicht all meine Ware zerschlagen können. Oh, wie ich mich geschämt habe, als ich heimkam und bekennen musste, was geschehen war. Und er saß da und hat geflucht und mich eine dumme Gans und unfähig zu nur irgendwas geschimpft. Ich wette, nachdem ich das Zimmer verlassen hatte – er schickte mich zum Brunnen, Wasser holen – hat er schallend über mich gelacht. In jener Nacht ist er so über mich hergefallen, dass ich am nächsten Morgen grün und blau war. Und bei mir braucht es mehr als eine Erbse!«

Ich erkannte in ihrem Gesicht den Zorn, der bei der Erinnerung in ihr hochgekocht war. Ich hoffte nur, sie würde ihn nicht nachher an mir auslassen, weil ich auch als Husar verkleidet war. Noch immer war ich mir nicht sicher, wie weit ich ihr trauen konnte.

Wir erreichten den Laden des Juweliers. Sie baute sich vor dem Fenster auf, hängte sich bei mir ein und quietschte, während sie auf ein Schmuckstück deutete: »Ist das nicht allerliebst, mein Schatz?« Dann raunte sie: »Los, sag was!«

»Ja, mein Liebling«, antwortete ich.

»Meine Güte«, zischte sie, »ein Schauspieler ist an dir gewiss nicht verloren gegangen. Da sind ja Steine enthusiastischer.« Sie wandte sich mir zu. »Wir sind ein Liebespaar. Verstehst du?«

»Ja, klar.«

»Ein frisch verliebtes Liebespaar. Da musst du ein bisschen Gefühl zeigen.«

»Ich war noch nie verliebt«, bekannte ich.

»Ach, du grüne Neune. Müssen wir das auch noch üben? Los, küss mich!«

»Wie bitte?«

»Du sollst mich küssen. Wir müssen das nachher im Laden vielleicht auch tun, um glaubhaft zu sein.«

Ich beugte mich vor und gab ihr einen Schmatz auf die Wange.

»Ich bin deine Verlobte, nicht deine Mutter.«

»Aber wir können doch nicht hier in der Öffentlichkeit …«

»Das ist der Bauernmarkt. Diese Leute wissen, woher die kleinen Ferkel, Kälbchen und Kinder kommen. Glaub mir.« Sie hob den Kopf und hielt mir ihre Lippen entgegen.

Ich senkte meine darauf. So verharrte ich einen Augenblick mit angehaltenem Atem, dann hob ich den Kopf wieder.

»Also, wenn ich ganz gegen meine Überzeugung doch noch einmal etwas mit einem Mann anfange, dann suche ich mir bestimmt einen leidenschaftlicheren Küsser.« Sie verzog den Mund zu einem Ausdruck der Skepsis. Ich wusste nicht, ob diese meiner Art zu küssen oder ihrer Vorstellung von einem Mann galt. »Besser gehts wohl im Augenblick nicht.« Sie strahlte schon wieder von einem Ohr zum anderen wie der Sonnenschein persönlich. »Dann wollen wir mal.« Mit diesen Worten bewegte sie sich Richtung Eingang und drückte die Klinke nieder.

Die Tür schwang auf, ein Glöckchen in einem hinteren Raum schlug an. Da musste irgendeine verborgene Magie wirken, die Kunden ankündigen sollte.

Ich riss mir die Mütze vom Kopf und klemmte sie unter den Arm. Was für ein Genuss, wieder frische Luft durch meine Haare ziehen zu spüren.

Ein Mann mit Kneifer und streng in der Mitte gescheiteltem Haar trat durch einen Torbogen auf der gegenüberliegenden Seite des Raumes. Er verzog die Lippen zu einer Art Lächeln, das allerdings wirkte, als stamme es von einer verzauberten Holzpuppe, die sich an derartige Muskelbewegungen erst gewöhnen musste. Ich schätzte das Alter des Herrn auf etwas über vierzig. Er war kräftig gebaut, aber nicht dick. Seine Bewegungen wirkten gemessen, als wolle er nicht zu viel Kraft für sie aufwenden. Wenn er den Kopf bewegte, geschah dies leicht ruckartig wie bei einem Vogel.

»Guten Tag, die Herrschaften. Womit kann ich dienen?«

Ich erntete einen leichten Rippenstoß. »Sag was, du bist der Mann«, flüsterte meine Begleiterin hinter mir.

»Guten Tag. Ich möchte meiner Verlobten ein Geschenk offerieren, damit sie erkennt, wie sehr ich ihr zugetan bin.«

»Oh, da finden wir gewiss genau das Richtige.« Der Juwelier wandte den Blick Adelaide zu und lächelte ein wenig natürlicher. Wenn Herr Hauptmann hier Platz nehmen wollen.« Eine Hand wies auf zwei Stühle, die vor einem mit Samt bezogenen Tisch in der Nähe des Durchgangs standen.

Ich ließ mich nieder, wobei ich darauf achten musste, mich nicht mit der Säbelscheide in dem Sitzmöbel zu verheddern, drapierte das Monstrum von Mütze auf meinem Schoß und wartete. Adelaide setzte sich an meine Seite und strahlte mich an, als sei sie tatsächlich bis über beide Ohren verliebt.

»Was stellt sich der Herr Hauptmann vor? Einen Ring, eine Kette mit Anhänger oder vielleicht einen Armreif? Die sind gerade sehr in Mode.« Der Juwelier schaute von ihr zu mir und wieder zurück.

»Zeigen Sie uns die Armreife, bitte«, sagte Adelaide ohne Umschweife, dann blickte sie mich verschämt an. »Das ist dir doch recht, Liebster?«

»Was immer du dir wünschst, mein Liebling.« Ich versuchte mich an einem ähnlich debilen Gesichtsausdruck wie sie.

Der Juwelier verschwand in seinen hinteren Räumen. Interessiert sah sich Adelaide in dem Raum um. Ihr Blick blieb besonders an einem kleinen hölzernen Schränkchen direkt neben der Tür hängen. Ich vermutete, dass nicht allein die Schnitzarbeit ihre Aufmerksamkeit fesselte. Auch mir fiel ein silbriger Glanz auf, der dieses Möbel umgab, ein typisches Zeichen für Feenmagie.

Ich studierte auch den Rest des Raumes. Eigentlich hatte ich eine Reihe von Vitrinen erwartet, aus denen Schmuckstücke die Kauflustigen mit ihrem Strahlen bezauberten. Stattdessen umgaben uns getäfelte Wände, vor denen hin und wieder Tische wie jener standen, an dem wir saßen. Vor jedem stand ein Paar Stühle und auf der der Vertäfelung zugewandten Seite ein weiterer. Über allem strahlten Leuchter, die sowohl an den Wänden als auch an der Decke hingen. Außer im Schaufenster gab es im vorderen Teil dieses Ladens kein Schmuckstück zu bewundern.

Der Mann, der uns bediente, kam mit einer Art Tablett zurück, das ebenfalls mit schwarzem Samt bezogen war. Darauf lagen vier goldene Armreife, jeder üppig mit strahlenden Schmucksteinen bedeckt und in seiner eigenen Farbe schimmernd.

»Zu ihrem Haar passen diese Smaragde ganz hervorragend«, begann der Juwelier, nachdem er das Tablett abgestellt und sich gesetzt hatte. Bei diesen Worten hielt er Adelaide einen Armreif entgegen, die sofort gierig zugriff und ihn anlegte.

Sie drehte und wendete den Arm im Licht der unzähligen Leuchter an den Wänden, die den ganzen Raum taghell erstrahlen ließen. Sie rümpfte ihr Näschen, schüttelte den Kopf und gab das wertvolle Stück zurück. Dann schnappte sie nach einem weiteren Armreif. Er zeigte dunkelrote Steine, die ich für Granate hielt. »Der gefällt mir«, sagte sie.

Sie wandte sich mir zu: »Was denkst du?« Gleichzeitig mit der Frage erntete ich einen leichten Tritt gegen das Schienbein.

»Die sind viel zu dunkel für deine helle Haut«, sagte ich, weil ich ja streiten sollte. In Wahrheit fand ich sie sehr passend, weil sie umso klarer strahlten.

»Was soll denn das heißen?« Jetzt funkelte Adelaide mich grimmig an. »Bin ich dir zu blass?«

»Aber nein, Scha...« Weiter kam ich nicht.

»Ha! Darum glotzt du der Ernestine immer so hinterher, wenn wir ihr beim Spaziergang begegnen.« Sie schaute den völlig teilnahmslos blickenden Juwelier an und erklärte: »Deren Mutter kommt aus Arbersarien, da ist es wärmer und es liegt am Meer. Die Menschen da liegen den ganzen Tag am Strand in der Sonne und lassen sich bräunen.«

»Arbersarien!«, jubelte der Angesprochene. »Ich habe ein paar wunderbare Ketten aus diesem Land. Die Menschen dort verstehen es, Schönheit und Eleganz in einzigartiger Weise zu vereinen.«

»Ketten stehen dir sowieso besser als Armreife«, sagte ich.

Ihr Blick schwang zu mir zurück. Eine steile Falte zeigte sich zwischen ihren Brauen. Sie blieb einen Moment sichtbar, dann glättete sich die Stirn wieder und sie erwiderte: »Also gut, wenn du es sagst.« Sie lächelte den Juwelier an und winkte ihn fort. »Holen Sie die Ketten.«

Kaum war er verschwunden, sah sie sich wieder nach dem Kästchen neben der Tür um. »Ich möchte nur wissen, wie das da funktioniert. Aber das bekommen wir schon heraus.« Sie schaute zu mir. »Du machst das ganz gut, aber du musst mehr Widerspruchsgeist entwickeln. Wenn ich sage, es ist Tag, musst du sagen, es sei Nacht, selbst wenn die Sonne hoch am Himmel steht. Du versuchst dein Bestes, Marie, aber du wirkst nicht überzeugend dabei.«

»Und ob ich überzeugend bin!« Ich warf mich in die Brust.

»Zieh deinen Busen ein, auch wenn er nicht überwältigend ist. Er ist weiblich genug, um besser in der Uniform versteckt zu bleiben.« Ich sank ein wenig in mich zusammen.

Unser Gastgeber tauchte wieder auf. Erneut brachte er eines jener samtbezogenen Tabletts mit, die die zu offerierenden Schätze bargen. Ich war gespannt, worauf er diesmal seine Hoffnungen gesetzt hatte.

Er nahm Platz und breitete die Preziosen vor uns aus. Es handelte sich ausschließlich um goldene Ketten. Einige trugen vollständig aus Gold geformte Anhänger, die Tiere, allegorische Figuren oder mystische Objekte darstellten. Andere Ketten trugen einen in einen goldenen Rahmen gefassten Edelstein oder eine Perle. Die Steine waren kunstvoll geschliffen und glitzerten und blinkten, als gelte es, die ganze Welt mit ihrem Strahlen zu erleuchten.

Der Juwelier nahm eine Kette zur Hand und hielt sie Adelaide so hin, dass sie über beide Hände lief und der Anhänger nach vorn herabhing, wie er es am Ende am Hals täte.

Adelaide beugte sich vor, griff vorsichtig zu und hielt den Anhänger näher an ihre Augen, als wolle sie sein Lichtspiel bewundern. Es handelte sich in diesem Fall um einen Smaragd, groß wie eine Haselnuss. Ich konnte mir nicht vorstellen, dass es in der Stadt Menschen gab, die so viel Geld besaßen, dass sie sich derartiges Geschmeide leisten konnten. So jemand musste mindestens Fürst, wenn nicht gar König sein.

»Der ist ja wunderschön«, hauchte Adelaide gerade und damit hatte sie voll und ganz recht.

»Was kostet die Kette?«, fragte ich.

Der Preis ließ mich scharf die Luft einziehen. Ich hatte mir eine Summe vorgestellt und mich geringfügig verschätzt. Nach unten.

»Die nehmen wir.«

»Aber mein Schatz, das ist sehr viel …«

»Hast du nicht gesagt, ich sei ein halbes Königreich wert?«, unterbrach sie mich barsch, ohne dass das Lächeln von ihrem Gesicht verschwand, denn der Juwelier war inzwischen aufgestanden und um uns herumgetreten, um ihr den Schmuck zur Probe anzulegen.

»Natürlich habe ich das gesagt und es ist wahr. Aber ich besitze kein halbes Königreich.«

Adelaide sah zu dem Juwelier auf, der hinter ihr stand und gerade den Verschluss schloss. »Soll ich wirklich so einen Geizhals heiraten?«

»Gnädiges Fräulein, Ihr Verlobter ist vermutlich von dem Wert dieses Steins ein wenig überrascht worden. Ich habe noch weitere Ketten mit ähnlichen Anhängern zu erschwinglicheren Preisen.«

»Warum zeigst du die nicht gleich, Kerl?« Ich musste den Zorn nicht einmal spielen. Offenbar versuchte dieser Juwelier, seine männlichen Kunden in Gewissensnöte zu bringen, um seinen Gewinn in die Höhe zu treiben.

»Ich wähle immer jenes Stück, das am besten zur jeweiligen Dame oder zum jeweiligen Herrn passt. Und Eure Verlobte ist so prachtvoll, dass sie des Schmucks einer Prinzessin würdig ist.«

»Ach!« So langsam kam ich in Schwung. »Und ich bin ja lediglich ein Hauptmann der Husaren, nicht wahr? Mir steht also so eine Braut nicht zu, oder was?« Ich sprang auf.

Der Juwelier trat eilig einen Schritt zurück. »Das habe ich keineswegs sagen wollen.« Sein Blick flog zu dem Säbel an meiner Hüfte. Meine Rechte lag auf dem Griff.

»Liebling, sei brav, setz dich wieder.«

Adelaide klopfte auf den freien Stuhl. Ich schnaufte, ließ mich nieder und sie erklärte: »Markus ist sehr temperamentvoll. Genau das liebe ich an ihm.« Unversehens bekam ich einen Schmatz auf die Wange. Sie nahm die Kette wieder ab, legte sie neben das Tablett und erklärte: »Zeigen Sie uns bitte ein etwas preisgünstigeres Stück.«

Ich sah, wie der Juwelier etwas Schweiß von seiner Stirn wischte. Dann nahm er eine weitere Kette zur Hand. Selbst ich, die keineswegs mit derartigem Schmuck aufgewachsen war, erkannte, dass sie dünner gearbeitet war. Sie wog also weniger in Gold. Den Anhänger bildete ein geschliffenes Herz.

»So etwas wird zur Verlobung sehr gern gekauft«, sagte er und deutete auf den herzförmigen Stein. »Schließlich steht dieses Symbol für die Liebe.« Er lächelte schmierig und legte Adelaide die Kette in die Hand. Für jene zuvor war er eigens aufgestanden, um sie ihr anzulegen. Bei dieser musste sie sich selbst oder ich mich bemühen. Als geübter Gentleman erhob ich mich und half meiner Braut.

»Was kostet dieses Stück?«

Der Preis war noch immer eindrucksvoll, aber ich konnte mir vorstellen, dass er für einen ranghohen Offizier bezahlbar war. Nur nicht für mich, jedenfalls behauptete ich das und ich sprach frei heraus. »Das ist immer noch zu teuer.«

»Ich drehe durch!«, keifte Adelaide und sprang auf. »Du schleppst mich zu diesem Juwelier, angeblich um mir ein Geschenk zu kaufen, und dann ist dir nichts recht, was mir gefällt. Du bist ein Scheusal!«

Ohne Zögern stürmte sie auf die Ausgangstür zu, den Schmuck noch immer um den Hals.

»Gnädiges Fräulein, warten Sie!«, rief der Juwelier, sprang ebenfalls auf und eilte ihr hinterdrein.

Noch ehe er sie erreichte, gellte ein Ton durch den Raum, den ich für den Schrei einer Banshee hielt, und direkt vor der Tür materialisierte sich ein eisernes Gitter, dass Adelaide den Weg versperrte. Auch vor den Schaufenstern erschienen welche. Sie fuhr herum und stampfte mit dem Fuß auf. »Wie könnt Ihr es wagen, uns hier einzusperren?«

»Ihr tragt noch immer ein Schmuckstück, das nicht bezahlt ist«, sagte der Juwelier. »Das hat die Magie erkannt und hindert Euch daran, zu gehen.«

»Ich will aber nicht gehindert werden! Keine Sekunde länger verbringe ich mit dem da ...« Sie deutete mit ausgestrecktem Arm auf mich. »... in einem Raum.«

»Gebt mir die Kette, gnädiges Fräulein, dann löse ich umgehend den Zauber.« Der Juwelier hielt ihr seine geöffnete Rechte am ausgestreckten Arm hin. Offenbar wollte er nicht näher als unbedingt nötig an sie herantreten. Er behandelte sie wie ein Schausteller einen Bären, den er neu zur Dressur gekauft hat.

Ich hatte mich inzwischen ebenfalls erhoben und war zu ihr getreten. »Gib dem Mann sein Eigentum zurück. Dann können wir gehen. Wir reden ganz in Ruhe über alles und kommen später noch einmal wieder.« Den letzten Teil sagte ich dem Juwelier zugewandt.

»Das klingt nach einem vernünftigen Vorschlag«, erwiderte er.

Adelaide löste die Kette von ihrem Hals und ließ sie in die noch immer ausgestreckte Hand fallen. Der Juwelier schob das Kleinod in die Hosentasche, trat um uns herum und an die Feenkiste neben der Tür. Er murmelte ein paar Worte, die ich nicht verstand, und die Gitter lösten sich in Rauch auf.

»Küss mich!«, raunte Adelaide mir ins Ohr.

»Ich will dir noch einmal verzeihen«, sagte sie laut.

Eilig beugte ich mich vor und presste meine Lippen auf ihre.

»Ah, alles wird wieder gut!«, hörte ich den Juwelier hinter mir erfreut ausrufen. »Wollen Sie vielleicht doch gleich noch weitere Stücke ansehen?«

»Ich denke, ich muss mit meiner Verlobten noch einmal darüber reden, wie viel ein Hauptmann der Husaren als Sold erhält«, entgegnete ich.

»Beehren Sie mich bitte anschließend wieder. Ich stehe einer so bezaubernden jungen Dame gern zu Diensten.« Mit diesen Worten trat er zur Tür und riss sie für uns auf. Wir verließen den Laden.

Draußen atmete ich auf.

Wir kehrten in unser Heim zurück. Adelaide warf sich schwungvoll rückwärts aufs Bett, strampelte mit den Beinen, boxte in die Luft und drehte sich dann auf den Bauch. »Du warst großartig, mein Liebster«, sagte sie und zwinkerte mir zu. »Als du die Hand an den Säbelgriff gelegt hast, dachte ich tatsächlich, du machst diesen Juwelier kalt.«

»Was erlaubt er sich auch, darüber zu befinden, ob ich für meine Verlobte der Rechte bin.«

»Du bist voll in deiner Rolle aufgegangen. Ich war fasziniert.« Sie rollte wieder auf den Rücken. »Heute ruhen wir aus, aber morgen Abend ziehen wir los und versorgen uns mit ein bisschen Schmuck, den wir zu Geld machen können.«

»Kennst du jemanden, der ihn dir abkauft?«, fragte ich nach.

Sie federte in Sitzposition, warf die Haare nach vorn und blinzelte mich durch diesen Vorhang an.

»Was dachtest du denn? Dass ich am nächsten Morgen zu dem Juwelier gehe und sage, ich hätte da was auf der Straße gefunden und wolle Finderlohn? Am Stadtrand lebt ein Trödler, der ein gutes Nebeneinkommen hat, indem er gestohlene Ware aufkauft und in den Nachbarstädten wieder verkauft. Natürlich bekommen wir nur einen Teil des wahren Wertes der Beute.

Aber man kann nicht wählerisch sein, wenn man keinen Nachweis hat, woher das Zeug stammt, das man feilbietet.«

Ich nickte. Dieses Problem kannte ich auch. Hin und wieder hatte ich die eine oder andere Uhr oder auch mal einen Siegelring aus Silber in der Unterstadt bei einem der Wirte verhökert. Aber mit Gold brauchte ich dem nicht zu kommen. Das nahm ihm seine Kundschaft nicht ab.

Für die Nacht geboren

Wir vertrödelten den Rest des Tages. Am Abend gingen wir in die Weststadt in ein Gasthaus und gönnten uns ein richtiges Menü mit Vorsuppe und Dessert.

Die Weststadt ist nicht ganz so nobel wie die Gegend um den Markt herum, aber auch nicht so verkommen wie die Unterstadt, in deren Wirtshäusern Skepsis hinsichtlich der Zutaten einer Mahlzeit sehr angebracht ist. Am besten folgt man dort dem Wirt in die Küche und sieht zu. Hüten sollte man sich dort außerdem vor jeglichen Getränken, die mit Wasser zubereitet werden.

Es gilt der Grundsatz: je feuriger, desto sicherer. In der Weststadt hingegen ist das Bier rotzfrei und Wasser stammt bei den meisten Gasthäusern aus einem Brunnen und nicht aus der Abwasserrinne am Haus.

Der nächste Tag begann wieder in aller Herrgottsfrühe, und wer mir erzählen will, davon könne ja keine Rede sein, wenn man um Schlag neun aus dem Bett geworfen wird, weiß einen gesunden Schlaf nicht zu schätzen.

»Was muss ich heute üben?«, knurrte ich, ehe ich die Augen aufschlug.

»Gehen«, kam die lapidare Antwort.

»Aber das kann ich doch inzwischen.«

»Heute geht es nicht darum, wie ein Kerl durch den Raum zu poltern, sondern sich leiser als eine Maus über die Dielen zu bewegen. Schließlich wollen wir den Herrn Juwelier nicht wecken, wenn wir ihn heute Nacht besuchen. Der wohnt über seinem Laden.«

Ich schwang mich aus dem Bett, richtete mich auf und vollführte barfuß ein paar Schritte. »Ich kann sehr gut schleichen, hörst du?«

»Na ja, ohne Schuhe kann das jeder. Zieh dich an. Das Frühstück steht wie immer schon bereit.« Sie ging zum Tisch hinüber und wandte sich um. »Wir müssen außerdem an deiner Arbeitsmoral arbeiten.«

»Ich habe keine Arbeitsmoral.«

»Eben.«

Wir frühstückten.

Anschließend verschwand Adelaide in der unteren Etage und kehrte kurz darauf mit einem Paar Schuhe zurück, das sehr dünne Sohlen aus Kautschuk besaß. Ich streifte sie über. Sie passten, als hätte jemand sie extra für mich geschustert.

»So, jetzt lauf die Treppe hinab und komm wieder rauf. Wehe, ich höre dich!«

Das Miststück musste die Stufen manipuliert haben, während ich noch schlief. Ich wusste genau, dass sie noch nicht so erbärmlich gequietscht und geknarrt hatten, als wir tags zuvor nach Hause gekommen waren. Nur jemand, der fliegen konnte, kam jetzt noch hinauf, ohne ein Geräusch zu verursachen.

»Ach, du bist das. Ich dachte schon, ein Stier wäre ins Haus eingedrungen und stürmte die Treppe herauf.«

Ich stürzte auf sie zu und packte sie am Kragen. »Du hast die verdammte Treppe verhext! Warum? Nur um mich verhöhnen zu können?«

Sie machte einen halben Schritt rückwärts und bewegte dabei irgendwie die Beine, und statt, dass ich sie von den Beinen riss, landete ich der Länge nach auf dem Boden. Sie stand über mir, die Hände in den Hüften und schüttelte den Kopf. »Behandelt man so seine Freundin?«

»Das könnte ich dich ebenso fragen.«

Ich rappelte mich bei diesen Worten wieder auf und klopfte imaginären Staub von meiner Kleidung.

»Glaubst du wirklich, jeder Hausbesitzer sorgt umsichtig dafür, dass ein Einbrecher auf seinen Dielen keinen Laut verursacht? Denk doch mal nach! Was würdest du denn machen?«

Zerknirscht musste ich zugeben, dass ich ganz gewiss für singende Dielen sorgen würde, wie man diese Art Diebessicherung hierzulande nannte.

Adelaide hopste an mir vorbei und winkte mit einem Finger. »Komm mit. Ich zeige dir, worauf du achten musst. Diese Treppe ist wie der Glöckchenmann, den ihr Taschendiebe zum Üben benutzt.«

Ich besaß leider keine solche Puppe mit kleinen Schellen. Stattdessen hatte ich an eine alte Jacke, die mir eine Vogelscheuche zur Verfügung stellte, ein paar Metallplättchen paarweise übereinander genäht und dieses Kleidungsstück dann an zwei Nägel an der Wand aufgehängt. Das hatte für meine Zwecke reichen müssen. Ich erzählte Adelaide auf dem Weg nach unten davon. Unter uns ächzten und stöhnten die Stufen.

Auf dem Weg zurück nach oben zeigte mir Adelaide all die kleinen Besonderheiten, die einem verrieten, dass ein Dielenbrett knarren oder klappern würde, wenn man an dieser oder jener Stelle darauf trat. Zielsicher setzte sie ihren Fuß stets so, dass die Stufe darunter schwieg. Hin und wieder überwand sie zwei Stufen mit einem einzigen großen Schritt, um eine einzelne Unbezwingbare, wie sie diese nannte, nicht zu betreten. Glücklich am oberen Ende angekommen, hieß sie mich zur anderen Zimmerecke gehen und dort warten. Sie wollte die Treppe ein wenig verändern, um die Schwierigkeiten an anderer Stelle zu setzen. Dann sollte ich es erneut versuchen. Hinzu kam die Schwierigkeit des Hinabsteigens, denn hier hatte man die kommenden Stufen nicht vor, sondern weit unter sich liegen.

Ich glaube, ich habe nahezu eine Stunde gebraucht, ehe ich wieder unten neben Adelaide stand, die nach mir gerufen hatte, immerhin jedoch meinen Weg in aller Stille zurückgelegt. Statt eines Lobes bekam ich zu hören: »Warum hat das so lange gedauert? Wir haben doch keine Ewigkeit beim Juwelier.«

»Da müssen wir auch keine Treppen steigen.«

»Bist du dir da so sicher? Der Mann ist zwar nach hinten gegangen, aber woher willst du wissen, dass es dort kein Stiegenhaus gibt, um erst in einen Keller oder einen Teil der oberen Etage zu gelangen, wo er seine Schätze aufbewahrt? Viele Schatzkammern befinden sich in Kellergewölben. Geh jetzt wieder hinauf. Aber beeil dich ein bisschen.«

Ich tat wie geheißen. Nachdem ich nach oben geschlichen war, hörte ich Adelaide wieder an der Treppe werkeln. »So, jetzt komm nach unten, wir wollen uns ein Gasthaus suchen, wo wir zum Mittag essen können. Aber sei leise, denn sonst gibt es nur Wasser und Brot, die Mahlzeit, die im Gefängnis täglich serviert wird. Zur Übung.«

Ich gab mir diesmal noch mehr Mühe und bis zur letzten Stufe gelangte ich sowohl zügig als auch geräuschlos. Als ich die allerdings betrat, schrie sie auf wie ein sterbendes Pferd. Verdammt!

»War das dein Ernst mit Wasser und Brot?«

»Mein voller Ernst. Aber dafür müssen wir nicht erst in ein Gasthaus. Das habe ich auch in der Küche. Geh wieder rauf und warte.«

Zehn Minuten später saßen wir bei Tisch. Vor jedem von uns lag ein Kanten Brot, der wenigstens eine Woche alt sein musste. Das Wasser in unseren Krügen roch ebenfalls, als stände es bereits ein paar Tage so herum.

»Muss das sein? Und warum isst du das Gleiche wie ich? Du bist doch problemlos über die Treppe gekommen.«

»Es muss sein. Und wenn wir heute Nacht erwischt werden, so lande ich ebenso im Turm wie du. Allerdings müsste ich eigentlich nicht üben. Dieses feine Mahl gab es bei meinem Gatten als Spielmann an jedem zweiten Tag für mich. Er selbst aß natürlich jene Mahlzeit, die ich für ihn zubereitet hatte. Wenn er jedoch daran geschnuppert und sie nicht für gut genug befunden hatte, so stellte er mir nur diese Art Fraß hin. Dazu bemerkte er noch, er wolle mich nicht ebenfalls mit meiner Mahlzeit quälen, die noch schlechter wäre. Manchmal verzehrte er alles, oft aber nur ein paar Bissen und warf den Rest auf den Boden. Er war ein böser Mann, wahrhaftig.«

Ich konnte nach dieser Auslassung nur nicken. Ich war zu erschüttert, um etwas zu erwidern.

Nach dem Essen gönnte sie mir ein paar Minuten Ruhe, ehe wir weiterübten. Als die Sonne sank, beherrschte ich jeden Weg auf dieser verwünschten Treppe, ohne das leiseste Geräusch zu verursachen. Ich wusste allein an der Lage der Stufe, daran wie das Licht auf sie fiel und Schatten warf, kleinste Unebenheiten zu erkennen, die auf ein späteres Knarren oder Quietschen schließen ließen. Ich las die Spalten der Umfassung und die Risse im Holz wie Anleitungen für den richtigen Auf- oder Abstieg.

Nach meinem letzten Weg stand Adelaide am oberen Treppenabsatz und klatschte Beifall. »Du bist tatsächlich so gut, wie ich gehofft hatte. Ich wüsste niemanden, der diese Stufen nach nur einem Tag Übung bezwingt. Ich habe drei gebraucht.«

Ich glotzte sie mit großen Augen an. »Und das sagst du mir erst jetzt?«

»Ich wollte deinen Ehrgeiz nicht dämpfen, Marie. Du hast in deinem Leben so viel Pech gehabt.« Ja, so war sie eben. Immer bereit für eine aufbauende Bemerkung, die ich ihr am liebsten in den Mund zurückgestopft hätte.

»Jetzt schmollst du schon wieder«, sagte sie. »Morgen früh, so viel steht fest, kannst du dich Edelsteinmarie nennen. Wie klingt das?«

»Besser«, sagte ich, trat ans Fenster und bewunderte das Abendrot. Ich fragte gegen die Scheiben: »Wann ziehen wir los?«

»Nach Mitternacht. Dann sind nur noch der Nachtwächter und ein paar Trunkenbolde unterwegs, die den Heimweg nicht mehr finden. Und die jungen Damen, die ihr Geld auf dem Rücken liegend verdienen. So werden wir nicht enden, du und ich, ganz gewiss nicht.«

Die Zeit verging schleichend.

Mich befiel ein Gefühl, als steckte ich in dem zähen Leim eines Fliegenfängers fest. Das Abendessen verlief beinahe schweigend. Zwei, drei Mal setzte Adelaide dazu an, Konversation zu treiben, aber all ihre Bemühungen prallten an meinen einsilbigen Antworten ab.

Andere Menschen in einer derartigen Lage wurden zappelig. Sie rannten durch ihre Räume, als gelte es einen Wettlauf zu gewinnen. Setzten sich bald hier, bald da, sprangen wieder auf und so weiter. Ich wurde träge. Eine erdrückende Last ruhte auf meinen Schultern, die ich kaum zu tragen in der Lage war. Ich ließ mich aufs Bett fallen, starrte an die Decke und sah einer Spinne zu, die ihr Netz wob.

Adelaide war in den unteren Räumen verschwunden. Vielleicht dekorierte sie den Schimmel um oder dressierte Ratten. Von draußen drang stündlich die Stimme des Nachtwächters herein, der die Zeit ausrief und verkündete, alles sei gut.

Im Haus war es keineswegs kalt, aber ich fröstelte dennoch. Ich war eine Beutelschneiderin, eine Taschendiebin. Bis vor wenigen Tagen übte ich mein Handwerk auf dem Markt und in den belebten Straßen der Stadt aus. In der Nacht in fremde Häuser einzudringen, entsprach nicht meinem Naturell. Aber diese

Adelaide hatte mich mit ihrem ganzen Wesen verzaubert und gefangen genommen.

Kaum verkündete der Nachtwächter die Geisterstunde, da kehrte Adelaide nach oben zurück. Sie hüpfte wie ein übermütiges Kind herein, klatschte in die Hände und rief: »Gleich ziehen wir los! Freust du dich schon? Ich ja.« Sie trat an meine Seite, lehnte sich mit einem Arm auf das Fensterbrett und deutete mit dem anderen zu den Sternen hinauf. »Das ist meine Zeit. Ich bin für die Nacht geboren, wenn der Mond scheint, die Sterne blinken und Eulen und Fledermäuse die einzigen Wesen sind, die um die Häuser streifen. Auch sie sind auf Beute aus.«

»Wozu brauchen wir eigentlich das Geld aus diesem Raub? Warum ziehen wir nicht gleich los, um diese Schatzkammer auszuräumen?«

»Wir benötigen dafür ein paar Dinge. Eine Kutsche zum Beispiel. Und natürlich Pferde. Außerdem einen Frack, einen Hut, eine Katze und ein Rad Käse.«

Ich wandte mich vom Anblick des Nachthimmels ab und starrte sie an. Was war das für eine unmögliche Zusammenstellung von Hilfsmitteln für einen Raubzug?

»Schau mich nicht so an, als gehörte ich in die Obhut eines Irrenarztes. Wenn man in eine gut gesicherte Schatzkammer eindringen will und einem keine kleine Armee zur Verfügung steht, braucht man halt einen raffinierten Plan.«

»Und der beinhaltet eine Katze mit Hut?«

»Nicht direkt.« Adelaide klatschte in die Hände, sprang auf mich zu, ergriff meine Schultern und schmetterte: »Lass dich überraschen!«

»Mir wäre es lieber, ich wüsste, worauf ich mich einlasse«, sagte ich.

»Du solltest doch inzwischen wissen, dass du dir in dieser Beziehung bei mir niemals sicher sein kannst. Genieße einfach das Zusammensein mit mir.« Sie ließ mich los und ging zum Schminktisch, wo sie sich im Spiegel kritisch betrachtete.

»Äh …« Was sollte ich darauf erwidern? Dass ich dies etwa so sehr wie das Zusammensein mit einem Drachen genießen könnte? Das wäre gelogen. Ihre Art, die Dinge alle von der spielerischen Seite her zu betrachten, übte inzwischen einen starken Reiz auf mich aus. Hin und wieder spürte ich das Verlangen in mir, wie sie durch die Räume zu hüpfen, mich des Lebens zu freuen und den Pfarrer einen guten Mann sein zu lassen. Aber eine leise Stimme im Hintergrund warnte mich weiterhin, dass so ein Verhalten nicht gut und so eine Lebenseinstellung auf Dauer nicht gesund sein konnte. Irgendjemand würde ihr eines Tages eine ellenlange Rechnung präsentieren. Und mir leider auch.

Adelaide sah mich an und runzelte die Stirn. »Du grämst dich zu sehr und zu oft. Man könnte denken, diese Frau aus der Unterwelt habe das Pech nicht über, sondern in deinen Kopf geschüttet. Jetzt sind all deine Gedanken viel zu düster.« Sie trat wieder an mich heran, legte einen Finger unter mein Kinn und drückte es nach oben. »Kopf hoch!« Dann sprang sie zurück, aus dem Zimmer und die Treppe hinab.

Wieder war ich allein in dem stillen Raum und schaute in die Finsternis hinaus. Dieses Warten zehrte viel mehr an meinen Nerven als irgendein Diebstahl am helllichten Tage. Ich war wirklich niemand, der für seinen Fleiß berühmt war, aber wenn eine Arbeit anlag, so wollte ich sie so schnell wie möglich erledigt und hinter mir liegend wissen.

Der neue Tag hatte seit fast einer Stunde begonnen, da kehrte Adelaide aus den unteren Räumen zurück. Ich erkannte sie kaum wieder. Sie, die sonst zu farbenprächtigen oder weißen Kleidern tendierte, stak in einem eng am Körper liegenden Kleidungsstück von grauer Färbung und einem Paar ebenso eng anliegenden Hosen gleicher Farbe. Beide Teile waren nicht einheitlich grau, sondern wiesen unterschiedlich große, scheinbar ziellos verteilte Flecken auf. Ihr helles Haar trug sie unter einer dunklen Haube verborgen.

Adelaide trat an den Esstisch heran und warf ein Kleiderbündel darauf, das sich als ein weiterer Satz ebensolcher Stücke erwies, wie sie am Leibe trug. »Zieh dich um, es geht los!«, kommandierte sie.

Ich griff nach den Hosen und betrachtete sie skeptisch. »Warum sehen die so aus, als seien sie hundertmal in Gerberbrühe gewaschen worden?«

»Weil ich sie genau so behandelt habe. Jetzt schwatz nicht.«

Ich gehorchte, schlüpfte aus meinen Kleidern und legte die seltsamen Gewänder an. »Warum sind sie nicht schwarz?«, fragte ich, während ich meine Arme durch die Ärmel des Obergewandes zwängte.

»Weil Schatten nicht schwarz sind. Kennst du nicht den Spruch: Nachts sind alle Katzen grau? Und nicht nur die. Die ganze Welt zeigt sich in der Dunkelheit in verschiedenen Abstufungen dieses Tons. Eine Person in Schwarz stäche genau so deutlich hervor wie eine in grellem Weiß. Aber diese fleckigen Kleider lassen uns mit den Schatten verschwimmen.«

Ich wedelte mit der Haube herum und deutete auf mein dunkles Haar. »Aber die brauche ich sicherlich nicht.«

Adelaide ging im gemessenen Schritt eines Pfaffen um mich herum. Schließlich schüttelte sie den Kopf. »Du hast recht.«

Ich legte die Haube auf den Tisch zurück. Adelaide packte mich sofort an der Rechten und zog mich hinter sich her. »Auf gehts.«

Auf der unteren Etage griff sie, bevor wir das Haus verließen, nach einer ebenfalls grauen Umhängetasche. Sie warf sie sich über die Schulter und wir traten auf die nächtliche Straße hinaus.

Wir liefen durch menschenleere Gassen, die nur von wenigen Fackeln schwach erleuchtet wurden. Selbst der repräsentative Marktplatz lag still und verlassen da. Aus einer Seitenstraße vernahmen wir das Grölen eines Betrunkenen und kurz darauf das Zetern eines gestörten Schläfers, er werde gleich den Nachttopf ausleeren. Ansonsten schien die Stadt gänzlich im Schlaf zu liegen.

Wir bewegten uns die ganze Zeit über dicht an den Häusern entlang. An jeder Straßenecke lugte Adelaide erst in die angrenzenden Gassen hinein, ob sich dort zufällig einer der Nachtwächter herumtrieb. Aber die befanden sich auf ihren Runden offenbar in anderen Teilen der Stadt oder hockten irgendwo zusammen und würfelten oder spielten Karten, bis die Zeit für den Ausruf der nächsten Stunde heranrückte.

An der Tür zum Geschäft des Juweliers kramte sie kurz in der Tasche und brachte ein Bündel von dünnen Metallhaken an einem Ring zum Vorschein. Sie hielt mir einen davon vor die Nase und erklärte: »Ein Allesöffner. Praktische Sache für Leute wie uns.«

»Ich habe so was bisher nicht gebraucht«, erwiderte ich.

»Pah! Beutelschneider! Ein armseliges Volk ohne künstlerische Ambitionen.«

»Was soll an Diebstahl eine Kunst sein?«, fragte ich.

»Alles. Und jetzt schweig!« Sie beugte sich vor und schob einen der Allesöffner vorsichtig ins Schloss. Eine Weile schob und drehte sie den Metallhaken hin und her, dann zog sie ihn wieder hinaus und wählte aus dem umfangreichen Vorrat am Ring einen weiteren. Ich hätte nicht zu sagen vermocht, was diesen vom ersten oder all den anderen unterschied, aber bei diesem vernahm ich nach weiteren Sekunden ein leises Klicken. Dann drückte Adelaide die Klinke nieder und wir schlüpften in den Laden hinein. Sie schloss hinter uns die Tür, wandte sich sofort nach rechts dem Feenkasten zu und murmelte: »Makabar venturii.«

Ein leises Geräusch antwortete ihr aus dem Kasten, das wie ein Husten klang.

»Woher weißt du das Schlüsselwort?«

»Der Juwelier hat es doch benutzt.«

»Aber nur geflüstert«, sagte ich.

»Lippenlesen. Ach, du musst noch so viel lernen, mein Schatz. Ich weiß ja gar nicht, wo ich anfangen soll.«

»Denkst du, ich habe mich auf die Dieberei verlegt, um zu lernen und zu arbeiten?«, fragte ich so scharf, wie flüsternd möglich war. Adelaide kicherte zur Antwort lediglich.

»Komm jetzt, wir müssen nach hinten«, kommandierte sie dann. »Wir wollen schließlich nicht in den Morgenstunden den Inhaber hier begrüßen.« Sie trat ein paar Schritte vorsichtig weiter in das Kontor hinein, förderte aus ihrer Tasche eine kleine Laterne und Streichhölzer hervor und entzündete das Licht. Schwach erhellte es uns den weiteren Weg.

Tatsächlich gab es einen Bereich hinter dem Laden, in dem der Juwelier bei unserem Besuch immer verschwunden war, wo lediglich eine Treppe in die Tiefe führte. Also lagerte er seine wertvolle Ware tatsächlich in einem Keller. Die Stufen bestanden im Gegensatz zu jenen in Adelaides Haus aus solidem Stein. Die Gefahr von knarrenden Dielen bestand nicht. All die Übungsstunden erwiesen sich als überflüssig. Das raunte ich Adelaide zu.

»Nichts, was man lernt, ist je überflüssig«, flüsterte sie zurück. »Eines Tages wirst du mir dankbar sein.«

Sie ging voran, ich folgte ihr unmittelbar. Auf der untersten Stufe stoppte sie so abrupt, dass ich in sie hineinlief und in den eigentlichen Kellergang hinabstieß. Sie stieß ein überraschtes Quieken aus. Ich sah inzwischen, was ihr plötzliches Zögern verursacht hatte. Auf einem einfachen Stuhl saß ein junger Mann mit lockigem Haar und Spitzbart mitten im Gang.

Er sprang auf. Seine kurzzeitige Verwirrung deutete darauf hin, dass er ein Nickerchen gehalten hatte.

»Oh, meine Damen«, sagte er, »hat der Herr Doberdan Euch eingeschlossen?«

»In der Tat«, sagte Adelaide, ohne mit der Wimper zu zucken. Mit drei Schritten stand sie vor dem Wachtposten, denn um einen solchen handelte es sich wohl, auch wenn dieser nicht zu den hellsten seiner Zunft zu gehören schien. Sie streckte die Hand aus, der junge Mann ergriff sie.

»Adelaide Hochstätten, sehr erfreut«, stellte sie sich mit einem falschen Namen vor und legte gleichzeitig die Linke auf die Schulter des Jünglings. »Wie heißt du?«

»Hans.« Der Wächter lächelte dümmlich.

Sie blickte ihm direkt von unten in die Augen. »Hans, du bist ein schöner Mann«, sagte sie.

Hans schaute verblüfft.

»Und jetzt schlaf!« Sanft drückte sie ihn auf den Stuhl zurück. Er hatte die Augen bereits wieder geschlossen.

Ich schlich näher. »Was ist mit ihm? Hast du ihn verhext?

»Man nennt das Mesmerismus. Es ist eine Art Zauberei, aber ohne all dieses Gewedel mit einem Zauberstab. Man sagt seinem Gegenüber, was man von ihm möchte und es gehorcht«, erklärte Adelaide. »Ich werde ihn wecken, wenn wir gehen. Natürlich muss ich ihm vorher sagen, dass wir niemals hier waren. – So, und jetzt komm weiter. Die großen Schätze müssen hier lagern, wozu sonst säße hier dieser Tropf.«

»Wo hast du all das gelernt?«

»Im Schloss des Königs Drosselbart. Lesen war dort meine einzige Beschäftigung, die nicht entweder schmerzhaft oder hirnerweichend war. Und einiges habe ich mir später von Jahrmarktsgauklern abgeschaut. Hast du noch nie gesehen, wie einer von denen einen armen Tölpel, der sich freiwillig meldet, wie ein Huhn gackern oder einen Hund bellen lässt? Und das sind die harmlosen Scherze.«

Nach diesen Ausführungen legte sie einen Finger an die Lippen und wir schlichen weiter.

Zum Ende hin weitete sich der Gang zu einem Raum, an dessen Wänden ringsum Vitrinen standen. Hinter Glas ausgebreitet lagen all jene Schmuckstücke, die der Juwelier sein Eigen nannte. Ich erkannte einige wieder, die wir zuvor vorgeführt bekommen hatten.

Adelaides Augen leuchteten und ihr Mund zeigte ein so breites Lächeln, dass ich fürchtete, ihre Mundwinkel rissen ein.

Ehrfürchtig klappte ich den Deckel der ersten Vitrine auf und griff zu.

»Warte, nicht den billigen Tand«, sagte Adelaide und deutete auf die Ausstellungsstücke auf der entgegengesetzten Seite des Raumes.

Auch ich erkannte auf den ersten Blick, dass diese in Gold gefassten gewaltigen Klunker ein Vielfaches dessen wert sein mussten, was in den vorderen Ausstellungskästen lag. Hier lagerten Stücke, die wenigstens für Fürsten und Grafen, wenn nicht gar für Könige und deren Bräute, Frauen und Gespielinnen gedacht waren.

»Für alles haben wir sowieso nicht genügend Platz. Da werden wir uns doch nicht mit Krempel belasten, den jeder Plebs der Stadt sich leisten kann.« Adelaide klappte die erste dieser Schatzkisten mit Glasdeckel auf und griff zu. Eine Weile wühlte sie in den Preziosen, als wolle sie ihre Hände in Gold und Edelsteinen waschen, dann schaufelte sie alles in die Tasche.

Ich wandte mich der benachbarten Vitrine zu und füllte deren Inhalt ebenfalls in Adelaides Tasche. Zwei weitere der Schaukästen leerten wir auf diese Weise, dann war der Platz unserer Tragehilfe erschöpft.

»Das muss leider genügen«, sagte Adelaide und ich hörte deutlich, wie sehr sie diesen Umstand bedauerte.

Wir kehrten reich beladen zu dem jungen Mann zurück, der mit nach vorn geneigtem Kopf auf seinem Stuhl saß und leise schnarchte.

Adelaide gab mir die Tasche zum Halten, legte die Linke auf eine Schulter des Mannes und hielt die Rechte dicht neben die andere. »Hans, ich werde jetzt von zehn rückwärts bis eins zählen«, sagte sie mit einschmeichelnder Stimme. »Bei eins werde ich deine Schulter berühren. Du wirst erfrischt erwachen, aber die Augen nicht öffnen. Erst, wenn du das Wort Licht hörst, schlägst du die Augen auf. Du wirst dich nicht an mich und auch nicht an meine Begleiterin erinnern. Niemand war in dieser Nacht in diesen Räumen. Hast du verstanden, Hans?«

»Ja.«

»Du wirst auf deinem Stuhl sitzen bleiben und den Gang beobachten, bis am Morgen der Herr Doberdan herunterkommt oder nach dir ruft. Hast du auch das verstanden, Hans?«

»Ja.«

Adelaide begann zu zählen. Bei eins tippte sie den jungen Mann kurz mit einem Finger an. Er hob den Kopf, hielt die Augen aber weiterhin fest geschlossen.

Ich hätte so etwas niemals für möglich gehalten, hätte mir jemand nur davon berichtet. Aber ich sah es mit eigenen Augen, also musste ich es glauben.

Wir liefen zur Treppe. Adelaide hieß mich vorangehen. Sie lugte noch einmal um die Ecke in den Gang hinein und sagte laut und deutlich: »Licht!« Dann eilte sie mir nach.

Im Verkaufsraum löschte Adelaide die Lampe. Wir liefen zur Tür und hinaus. Draußen empfing uns die Stille der Nacht. Über uns blinkten die Sterne. Aus weiter Ferne hörte ich Hufgetrappel. Irgendwo rüstete sich jemand für einen Ritt.

»Na«, fragte Adelaide, »war das ein tolles Stück?«

Ich klopfte auf ihre Tasche. »Zumindest ein erfolgreiches.«

»Komm, gehen wir heimwärts. Das muss gefeiert werden.« Sie jauchzte und rannte im Zickzack durch die Straßen.

Irgendwo öffnete sich ein Fenster. »Ruhe, versoffenes Weibsvolk!«, brüllte jemand. Und dann plätscherte etwas auf das Pflaster. Vermutlich entleerte der in seiner Ruhe Gestörte seinen Nachttopf in die Gasse. Zum Glück befand ich mich auf der anderen Straßenseite. Eine Fuhre Pech war wahrlich genug an Dreck, der je über mir entleert worden war.

In Adelaides Heim angekommen verschwand diese im Keller und kehrte mit einer bauchigen Flasche zurück, die sie am Hals gepackt trug. Die Flasche war wenigstens doppelt so groß wie jene, die ich bisher in Schankwirtschaften gesehen hatte. »Schaumwein aus dem Tal des Rosace. Gerade gut genug, um unseren Triumph zu feiern.«

Sie trat mitten ins Zimmer, schüttelte die Flasche kräftig und winkte mir, zu ihr zu treten.

»Gläser?«, fragte ich.

»Brauchen wir nicht. Glaubst du, die Räuber im Wald trinken aus fein geschliffenen Kelchen? Ha!« Mit einem Knall löste sich der Korken und der Flascheninhalt schoss wie aus einem Springbrunnen heraus. Ein Großteil regnete auf meine Haare zurück. Gut, immer noch besser als der Inhalt eines Pisspotts.

»Kopf in den Nacken, Mund auf!«, kommandierte Adelaide und ich gehorchte. Sie hatte so einen Ton am Leibe, dass ich einfach parieren musste.

Ich prustete und kämpfte mit der Flüssigkeit, die sich in sattem Strahl in meinen Mund ergoss. Geradezu verzweifelt schluckte ich, um nicht an dem edlen Gebräu zu ersaufen.

Endlich nahm auch sie einen kräftigen Schluck und ich konnte wieder Atem schöpfen. »Meine Güte, was ist das für ein Gesöff?«, brachte ich keuchend heraus.

»Das Beste, was man auf der Welt überhaupt bekommen kann. Jede Flasche dreißig Taler mindestens.«

»Wozu müssen wir überhaupt einen Juwelier ... ups ...« Ich hatte plötzlich das Gefühl, der Boden unter mir würde leicht schaukeln. »... einen Juwelier ausräumen, wenn du so was im Zimmer verteilen kannst?« Ich deutete auf die Spritzer rundherum.

Sie winkte ab. »Die lagen noch im Keller rum. Müssen vom Meisterdieb stammen.« Sie nahm einen kräftigen Schluck aus der Flasche und drückte sie mir in die Hand. »Bedien dich selbst, ja? Mir ist jetzt nach Tanzen.«

»Tanzen? Mitten in der Nacht?«

»Warum nicht? Außerdem will ich diese traurige Kleidung loswerden. Ich brauche Farbe, um fröhlich zu sein.« Mit diesen Worten zog sie als erstes die Haube vom Kopf und schüttelte ihr helles Haar, dann zog sie, ohne zu zögern, den Überwurf aus. Unter dem dunklen Stoff trug sie ein blütenweißes Korsett.

Sie trat an mich heran und zerrte auch an meinem Gewand. »Los, zieh das aus. Du läufst sowieso viel zu oft in Schwarz herum. Man könnte meinen, du seist andauernd zu einer Beerdigung eingeladen.«

»Ich mag schwarz.«

»Keine vernünftige Frau mag schwarz. Das schlägt aufs Gemüt, wenn man sich andauernd so im Spiegel sieht.« Sie sah an mir auf und nieder, deutete dann mit ausgestrecktem Arm auf mich und rief: »Ha! Ich weiß, was dir stehen könnte.« Sie wandte sich ab und sauste aus dem Zimmer.

Ich ließ mich auf einen Stuhl fallen, nahm noch einen kräftigen Schluck aus der Flasche und harrte der Dinge, die als nächste auf mich zukämen. Vielleicht würden sie mir zur Abwechslung gefallen. Ich drehte die Flasche in der Hand und betrachtete sie eingehender. An dieses Getränk könnte ich mich gewöhnen. Wenn von der Beute beim Juwelier ein paar Taler übrig blieben, nachdem Adelaide besorgt hatte, was sie nach ihrer Meinung für den Besuch in der Schatzkammer König Drosselbarts brauchte, würde ich sie bitten, Nachschub von diesen Schätzchen zu besorgen.

Adelaide kehrte mit einem Kleid über dem Arm zurück. Es war ein Traum aus Seide und Spitze in Scharlachrot. Ich fürchtete allerdings, es fiele bei mir ein wenig zu knapp aus, denn meine Gastgeberin war einen guten Kopf kleiner als ich geraten. Sie warf mir das Teil zu. »Los, probier mal an! Nur nicht so schüchtern. Ich drehe mich auch um.«

Sie trat an den Schminktisch heran. Oh, natürlich zeigte nun ihr Rücken ins Zimmer, aber schließlich hing da ein großer Spiegel vor ihr. Schnell begriff ich jedoch, dass sie mir keinerlei Beachtung mehr schenkte, sondern damit beschäftigt war, ihr Gesicht und ihre Haare zu bemalen.

Ich schälte mich also aus den grauen Gewandungen und schlüpfte in das rote Kleid. Falsch! »Ich zwängte mich in das Kleid« beschreibt den Vorgang genauer. Obwohl ich bei Weitem nicht so weibliche Körperformen wie Adelaide vorzuweisen habe, spannte das Teil in Höhe des Dekolletés. Und der untere Saum lag weit oberhalb meiner Knie. Wenn ich so durch die Stadt lief, würde mich jedermann für eine Dame der käuflichen Liebe halten. Ich schaute auf meine Füße und langsam an mir hinauf.

»So kann ich doch nicht herumlaufen.«

Adelaide wandte sich mir zu. Ihr Mund sah aus wie eine klaffende, blutige Wunde. Ihr Haar war auf einer Seite himmelblau und auf der anderen gelb wie Sonnenblumen. Sie klatschte in die Hände, sprang auf mich zu, packte meine Schultern und krähte: »Du siehst fantastisch aus, mein Schatz.«

»Ich sehe aus wie eine Hure.«

»Wie die hübscheste Hure der Welt. Komm, lass uns tanzen!«

Schon hielt sie meine Rechte nach oben, legte meinen anderen Arm um ihre Taille und ihre freie Hand an meine Schulter. Dann begann sie laut und falsch zu singen. Da ich noch immer stocksteif in der Gegend herumstand, verstummte sie wieder.

»Was ist los? Kannst du nicht tanzen?«

»Nein«, gestand ich. »Außerdem bist du ein Weib. Zwei Weiber tanzen nicht miteinander.«

»Wer sagt das?«

Ich zuckte mit den Schultern. »Es gehört sich einfach nicht.«

Sie lachte schallend, trat einen Schritt zurück, deutete mit dem Finger auf mich und krümmte sich vor Lachen. »Das … oh, Gott … das gehört sich nicht? Und das sagt mir jemand, der gerade einen Juwelier beraubt hat.« Sie schlug sich auf die Schenkel. Ich war nahe daran, ihr links und rechts eine Ohrfeige zu verpassen, bezähmte stattdessen meinen Zorn und stampfte nur mit einem Fuß auf.

»Hör mit dem blöden Gelache auf!«, schrie ich sie an.

Sie lachte weiter. »Ich kann nicht.« Eine Hand wedelte zum Tisch hinüber, wo die Flasche stand. »Der Schaumwein …« Sie prustete. »Und dein Gesicht gerade …« Eine neue Lachsalve unterbrach sie. Dann stürmte sie auf mich zu, umarmte mich und barg ihren Kopf an meiner Brust. »Wir müssen zusammenhalten, Schwester«, sagte sie plötzlich völlig ernst. »In dieser Welt voller bösartiger Kerle müssen wir einfach immer zusammenhalten.«

Mein Zorn legte sich. Ich zog sie an mich und hielt sie fest. Was immer dieser sogenannte König ihr angetan hatte, musste ihren Geist für immer beschädigt haben. Sie konnte nichts für ihre Art, die Dinge zu sehen und andere zu behandeln. Irgendwann in der Vergangenheit war etwas in ihr zerbrochen und auf eine Art wieder zusammengewachsen, wie dies nicht der Natur entsprach. Ich hatte so etwas schon bei Männern gesehen, die in einem Krieg gekämpft hatten und dabei schwer verwundet worden waren. Manchmal standen bei ihnen Gliedmaßen in absurden Winkeln vom Körper ab. Und so wie bei denen Arme oder Beine falsch wieder zusammengewachsen waren, so musste es in Adelaides Kopf aussehen. Sanft wiegte ich sie in meinen Armen und summte ein altes Wiegenlied.

Ich führte sie zum Bett, legte sie sacht hinein und kroch dann neben sie. Ich hielt sie, wie mich meine Mutter gehalten hatte, als ich noch klein und ihre einzige Tochter gewesen war, wenn ich mir beim Spiel eine Schramme oder Beule zugezogen hatte. An ihren gleichmäßiger werdenden Atemzügen erkannte ich, dass sie einschlief. Auch ich schloss die Augen.

Könige und Königinnen

Wir erwachten einander umarmend, wie wir eingeschlafen waren. Ein wenig erschrocken fuhren wir auseinander, aber sofort danach grinste Adelaide wieder breit. »Wir waren ein bisschen übermütig letzte Nacht«, sagte sie, sprang aus dem Bett und eilte nach unten, um Frühstück zu besorgen.

Ich quälte mich aus den Kissen, tappte durch den Raum und starrte in den Spiegel. Die Frau darin sah genauso elend aus, wie ich mich fühlte. In meinem Kopf arbeitete ein Hammerwerk. Dieses Blubberwasser aus Rosenthal war offensichtlich nichts für die Tochter meiner Mutter. Ich schleppte mich ins Badezimmer, da mein Körper sich der Flüssigkeit entledigen wollte.

Als ich erleichtert und gewaschen zurückkehrte, stürzte Adelaide an mir vorbei, offenbar auch von einem dringenden Bedürfnis getrieben. »Deck den Tisch!«, rief sie mir an der Tür zum Gelass zu.

Arbeiten zu müssen ist furchtbar. Früh am Morgen vor der ersten Mahlzeit arbeiten zu müssen, ist die Hölle. Oder die Holle, wie ich zu sagen pflege. Ich fügte mich dennoch in mein Schicksal. Hin und wieder musste ich meine Tätigkeit unterbrechen, meinen Kopf halten und hingebungsvoll stöhnen.

Adelaide kehrte zurück und sah aus wie das blühende Leben. »Heute ist ein großer Tag!«, trompetete sie mir ins Ohr, eilte zum Schminktisch und begann, sich herzurichten. Seltsamerweise hübschte sie sich nicht auf, sondern legte sich dunkle Ringe unter den Augen und schwarze Streifen auf Wangen und Stirn zu, die an Ruß erinnerten.

»Was wird das?«, fragte ich.

»Wir gehen in die Unterstadt, da können wir nicht herumlaufen, als wüssten wir, dass es gut und richtig ist, sich täglich zu waschen.« Sie beäugte mich skeptisch. »Du wäschst dich doch jeden Tag, oder?«

Ich nickte. Ja, hin und wieder fing ich eine Katze und wusch diese, wie meine Mutter die spezielle Technik genannt hatte, bei der nur sehr wenig Körperoberfläche mit Wasser in Berührung kam, aber im Grunde wusch ich zumindest meine Hände jeden Tag.

Ich war offensichtlich nicht sehr überzeugend gewesen. Adelaide stemmte die Fäuste in die Hüften und kam in einer Art auf mich zugeschritten, die mir das Blut in die Wangen trieb.

Ich rechnete instinktiv damit, dass sie unterwegs nach einer Waffe greifen und mich damit traktieren könnte. Stattdessen baute sie sich direkt vor mir auf und presste ihre Nase an meinen Hals. Sie schnüffelte wie ein Hund auf einer Schweißfährte und arbeitete sich von der Kehle abwärts bis in Höhe des Schritts voran.

Schließlich richtete sie sich wieder auf und erklärte: »Das muss besser werden, Schwester. Du willst doch am Ende nicht wie ein Kerl stinken, oder?«

Mal sollte ich wie ein Mann gehen, sitzen oder stehen, dann wieder nicht wie einer riechen. Mit dieser Person hatte ich es wahrhaftig nicht leicht.

»Heute will ich das noch mal durchgehen lassen, weil wir uns in Gefilde begeben, wo so ein Geruch noch als überaus gepflegt durchgeht. Aber ab morgen ziehe ich dir die Ohren lang, wenn du ungewaschen in den Tag startest.«

Ich glaube, bei dieser Sache kam die Prinzessin in ihr durch. Manche von denen können eine Erbse durch ein Dutzend Daunendecken spüren, andere riechen einen Darmwind von einem Ende der Stadt am anderen. Aber wenn das gnädige Fräulein von Hopfenburg solchen Wert darauf legte, würde ich in Zukunft mehr Zeit im Bad verbringen.

Adelaide stürzte sich in den nächsten Minuten auf das Frühstück. Sie aß an diesem Morgen für drei. »Alkohol macht mich immer hungrig«, erklärte sie, weil ich sie fasziniert anstarrte.

Mit einem energischen Schlag der flachen Hand auf den Tisch hob sie schließlich die Tafel auf. Sie rülpste lautstark und ich fragte mich, ob das zu den Übungen gehörte, die sie in Anbetracht unseres heutigen Ausflugszieles durchführte oder sie für einen Augenblick tatsächlich ihre Manieren vergessen hatte. Wobei – Unsinn, ihre Manieren wechselte sie im Minutentakt. Sie konnte eben noch einen vollendeten Hofknicks vollführt haben und im nächsten Augenblick wie ein Bierkutscher fluchen.

Sie trug das Geschirr nach unten. Über die Schulter rief sie mir zu: »Und du mach dich für den Gang in die Unterstadt bereit. Heute kannst du Schwarz tragen, sogar im Gesicht.« Sie kicherte, während sie die ersten Stufen nach unten nahm.

Ich trat an den Schminktisch heran und betrachtete, was sie bereitgestellt hatte. Eine Schale enthielt offenbar Ruß und daneben stand eine, deren Inhalt verdächtig nach Wagenschmiere aussah. Vorsichtig tunkte ich einen Finger in das schwarze Zeug und tupfte etwas davon auf meine Wangen. Dann betrachtete ich mich im Spiegel. Ich schauderte. Der Anblick der schwarzen Flecken auf meiner Haut brachte die düstere Erinnerung an jenen Moment zurück, als sich das Pech über mich ergossen hatte.

Voller Zuversicht war ich durch jenes Tor geschritten. Natürlich regte sich bereits damals der Verdacht in mir, dass ich nach Ansicht der Alten kein Gold verdient hätte. Zu brüsk, zu abweisend war sie all die Zeit zu mir gewesen. Nie hatte ich ein Lächeln auf ihren Lippen gesehen, wenn sie mit mir sprach. Erst bei diesem Abschiedsgruß, als sie mir die Hand reichte und mit der anderen auf das Tor deutete, zogen sich ihre Mundwinkel in die

Höhe. Zu spät begriff ich, dass es ein heimtückisches Grinsen gewesen war.

Ich senkte den Kopf und stützte die Hände auf den Tisch.

»Schau mich mal an«, sagte Adelaide hinter mir. Ich hatte gar nicht bemerkt, dass sie wieder nach oben gekommen war.

Ich wandte mich um.

»Ach, das ist viel zu wenig.«

Ich war noch zu benommen von der Erinnerung, um zu reagieren, als sie beherzt hinter mich in die Tiegel griff und mir eine Fuhre wovon auch immer ins Gesicht klatschte und verschmierte. Sie strahlte mich an. »So sieht das ausgezeichnet aus«, verkündete sie. Dann stellte sie sich auf Zehenspitzen, sodass unsere Gesichter einander näher kamen. »Und gräm dich nicht, es ist erstens nur für kurze Zeit und zweitens kein Pech. Pech wird es nie wieder für dich sein, Schwester.«

Ich unterdrückte Tränen, die sich aus meinen Augen schleichen wollten. Schon packte Adelaide mich an der Hand und zog mich mit sich, ehe ich einen weiteren Blick in den Spiegel werfen konnte. »Lass das Trübsal blasen! Das schadet dem Teint.«

Sie eilte erneut aus dem Raum und kehrte mit einem Bündel Kleider zurück, das man bestenfalls als Lumpen bezeichnen konnte. Sie breitete alles auf dem Boden aus und sagte: »Such dir was Hübsches aus.« Nicht ganz einfach bei diesem mottenzerfressenen Plunder.

Schließlich standen wir wie zwei Landstreicherinnen eingekleidet und beschmiert bereit, uns in die finsteren Gegenden der Stadt zu begeben. Dort hatte ich meine Karriere als Beutelschneiderin begonnen, immer auf der Hut, immer in Gefahr einen Zahn oder den halben Kiefer zu verlieren, falls man mich erwischte.

»Und jetzt los!«, rief Adelaide. »Auf zu den Königen und Königinnen der Gosse.«

Im Untergeschoss verschwand sie kurz und kehrte mit einem Sack zurück, der aussah, als habe man Kohlen in ihm geschleppt. Ich vermutete, er enthielt unsere Beute. Eine bessere Tarnung konnte es für die wertvollen Stücke kaum geben. Niemand, der nicht Bescheid wusste, erwartete in diesem Gepäck Schätze von solchem Wert.

Adelaide hielt mir den Sack hin und öffnete ihn. Ich warf einen Blick hinein. Er enthielt Kartoffeln.

»Wo ist …?«, setzte ich an.

»Drunter.« Sie zog den Sack wieder zu und warf ihn sich über die Schulter. »Wir werden uns mit dem Tragen abwechseln. Ich trage ihn bis zu dieser Haustür und du bis zur nächsten, die wir öffnen müssen.«

»Ich soll den Sack bis zur Unterstadt schleppen?«, jammerte ich.

»Du bist größer, kräftiger und nicht so blond wie ich. Drei Gründe, warum du besser geeignet bist, den Sack zu tragen.«

»Was hat die Haarfarbe damit zu tun?«

»Nichts, aber mir fiel so schnell kein anderer dritter Grund ein.« Adelaide lachte schallend, vermutlich über das Gesicht, das ich nach dieser Antwort aufsetzte.

Nachdem wir das Haus verlassen hatten, nahm sie tatsächlich die Beute samt Kartoffeln von der Schulter und drückte sie mir in die Hand. Gehorsam lud ich sie mir auf. Wahrscheinlich hatte Adelaide irgendwann unbemerkt auch bei mir diesen Mesmerismus-Trick angewandt und ich parierte nur deshalb wie ein braves Hündchen, was immer sie von mir verlangte.

Wir umgingen die Gegend um den Markt und wandten uns nach Osten in Richtung Stadtrand. Dort führten alle Wege zu einer Senke hinab, durch die sich ein schmaler Bach wand, der Braache hieß. In einer der Kneipen dort unten hatte mir jemand mal erzählt, dies sei der eigentlich älteste Teil der Stadt, die

Keimzelle sozusagen. Inzwischen wohnten dort unten jene Menschen, die den Reichtum der Oberstadt erwirtschafteten, ohne etwas davon abzubekommen. Ein Teil von ihnen hatte sich allerdings dazu entschlossen, dieses ungerechte Spiel nicht mehr mitzuspielen. Sie verlegten sich darauf, sich ihren Anteil auf die eine oder andere unredliche Weise zu holen. Wer einen Dieb, Betrüger, Hehler oder gar Mörder suchte, wurde hier fündig.

Mit jedem Schritt wurden die Seitengassen schmaler und mit mehr Unrat gefüllt, die Kinder, die im Rinnstein spielten, schmutziger, abgemagerter und ihr Lachen wurde seltener. Die Frauen, die in den Hauseingängen standen, wurden verhärmter, ihre Falten tiefer und die Männer, denen man begegnete, schauten grimmiger oder waren von Trunk ausgezehrt. Jeder hier kannte Not und Elend, denn sie waren Nachbarn, die immer wieder hereinschauten, auch wenn man die Tür sorgsam versperrte.

Ich erblickte ein Hüpfspiel, das vermutlich Kinder auf den Gehsteig gemalt hatten. Derzeit lag es verwaist. Sofort sprang Adelaide durch die Figur. Sie sang dazu: »Himmel und Hölle, holt mich nicht so schnelle. Noch ist meine Zeit nicht um, noch spring ich in der Welt herum.« Am Ende sprang sie so, dass sie mit dem Gesicht zu mir gewandt landete, breitete die Hände aus und rief: »Tadaa!«

Ein Fenster wurde aufgerissen. »Ruhe, ihr Gören!« Das Fenster schlug wieder zu.

Wir zogen weiter und erreichten schließlich ein einzeln stehendes Haus mit windschiefen Mauern und vor Schmutz blinden Fenstern. Vor dem Haus lag ein kleines Rasenstück, das von einer unglaublichen Anzahl tönerner Gestalten okkupiert wurde. Da gab es Zwerge, Elfen, Hexen, Bucklige, Schäfer und Schäferinnen in romantischen oder schlüpfrigen Posen, Tiere in Kleidern oder in natürlicher Darstellung.

Neben dem Haus befand sich ein Holzschuppen. Ich vermeide bewusst den Ausdruck stehen, denn er lehnte sich mehr an das Haus, als wäre er ein volltrunkener Heimkehrer, der Stütze benötigt, um nicht umzufallen. Aus der offenen Tür dieses Schuppens quollen alle möglichen Gegenstände, die irgendwer irgendwann einmal weggeworfen haben mochte – ein halber Mühlstein, ein Puppenhaus ohne Möbel, einige Puppen, denen Arme, Beine oder der Kopf fehlten, Stapel uralter Nachrichtenbriefe, zerknülltes oder zerrissenes Papier, ein rostiger Pflug, mehrere Pferdegeschirre, Dutzende Hufeisen, ein Amboss, ebenfalls dem Rost zum Opfer gefallen. Allein die Eisenwaren brächten dem Besitzer vermutlich so viel Geld ein, dass er sich davon ein schönes ordentliches Anwesen in der Oberstadt leisten könnte, wenn er sie zu einem Schmied schaffte.

Adelaide legte eine Hand auf die Klinke des Tores am Zaun, der die Gasse vom Anwesen trennte. Im gleichen Augenblick wurde die Haustür aufgeworfen. Im Rahmen erblickte ich eine grauhaarige Alte mit Runzeln so tief wie Mühlgräben. Ihre Brüste hingen bis zum Bauchnabel herab, sodass sie eher ein Bäuchlein als einen Busen bildeten.

»Was wollt ihr Weiber?«, krähte sie zu uns herüber, dass es auch der Rest der Gasse hören musste.

»Wir haben was zu verkaufen«, rief Adelaide in ähnlicher Lautstärke zurück.

Die Alte legte die Rechte ans Ohr und fragte: »Hä?« Dann stieg sie langsam die Stufen von der Eingangstür nach unten und kam uns auf dem Weg zum Zaun entgegen.

»Wir haben was zu verkaufen, Sammlerin«, wiederholte Adelaide.

»Sprachst du nicht von einem Trödler?«, raunte ich.

»Ja und? Kann ein Trödler keine Frau sein? Du kennst mich doch inzwischen. Du solltest wissen, was ich von den Kerlen halte. Egal welcher Profession sie nachgehen.« Mit diesen Worten schob sie die Pforte auf und trat hindurch. Ich folgte ihr.

Wir traten auf die Alte zu, die etwa gleich groß war wie Adelaide. Die Exkönigin schob mich nach vorn, damit ich unsere Ware vorführen konnte. Die Trödlerin deutete auf den Sack. »Mach schon auf und zeig mir, was du da hast.«

Ich zog die Kordel auf und hielt ihr den offenen Sack unter die Nase.

»Kartoffeln? Wollt ihr mich zum Besten haben?« Ein Arm schoss nach vorn, ein ausgestreckter Zeigefinger deutete in die Weite. »Runter von meinem Grund und Boden, nichtsnutziges Pack!« Ich verharrte am Eingang, bereit, die Flucht zu ergreifen, sollte die Alte plötzlich eine Waffe in den Händen halten oder mit Flüchen um sich werfen, was ich angesichts des Anblicks, den sie bot, für wahrscheinlicher hielt.

»Hey Patricia, erkennst du mich nicht mehr?«, sagte Adelaide in bester Kneipenmanier.

Die Alte blinzelte und schob ihr runzliges Gesicht dichter an Adelaides heran. »Ach, du bist das. Verzeih, aber meine Augen sind auch nicht mehr die, die ich als junges Mädchen mal hatte.« Sie schaute mich an. »Und wer ist das? Ist sie sauber?«

»Nicht in jeder Beziehung, aber in der, die du meinst sicher«, sagte Adelaide. »Darf ich vorstellen – Marie Steinbach, besser bekannt als Pechmarie – Patricia Wehner, besser bekannt als die alte Sammlerin. Nimm mal zwei Kartoffeln raus und zeig deren Unterlage.«

Patricia starrte interessiert in den Sack. Dann pfiff sie durch die wenigen Zähne, die sie noch besaß und blickte Adelaide bewundernd an. »Welche Könige und Königinnen hast du ausgenommen?«

»Nur den Juwelier am Markt. Aber der liefert schließlich bei Hofe. Ich brauche Geld, schnell, denn hier wird bestimmt bald der Boden heißer als die Hölle. Und dann versenge ich mein schönes Haar.« In einer gekonnten Bewegung warf sie den Kopf zurück, um ihre goldenen Locken besser zur Geltung zu bringen.

Patricia gackerte. »Dann kommt mal rein und breitet eure Schätze aus.« Sie wandte sich um und schlurfte Richtung Haus zurück. Wir folgten ihr.

»Hier sieht es nicht gerade so aus, als könnten wir ein entsprechendes Sümmchen für unsere Beute bekommen«, flüsterte ich.

»Erstens, lass dich nicht von Äußerlichkeiten täuschen. Zweitens, wen willst du sonst fragen, ob er dir das Zeug abkauft?«

Offenbar hatte die Alte bessere Ohren, als sie zunächst vorgetäuscht hatte, denn nach Adelaides letzten Worten blieb sie stehen und fuhr herum. »Einen besseren Preis als bei mir bekommst du sowieso nicht, Schätzchen.« Sie wandte sich ab und schlurfte weiter.

Wir traten in einen finsteren Flur, in dem sich an den Wänden weitere Berge von Nachrichtenbriefen, Büchern und anderen Papieren stapelten. Der verbleibende Gang war gerade breit genug, dass eine Person hindurchgehen konnte, wenn sie die Arme dicht an den Körper hielt. Dick durfte sie außerdem nicht sein.

Patricia bog vor uns nach rechts ab. Wir folgten und betraten einen Raum, der mir den Atem stocken ließ. Er war ebenfalls überladen eingerichtet. Hier allerdings fanden sich mit edler Intarsienarbeit verzierte Tische und Sekretäre, elegante Stühle, vergoldete und silberne Dekorationsstücke wie Vasen, Figurinen und Tafelaufsätze. In einem Schrank hinter einer Glasscheibe erblickte ich mehrere Sätze silbernen Bestecks. An der Wand hingen Ölgemälde, achtlos in einem samtenen Sessel ruhten verschiedene Halsketten aus Gold mit Steinen, die denen, die zu unserer Beute gehörten, in nichts nachstanden. Hätte man den Inhalt dieses Raumes einschließlich der drei Kronleuchter an der Decke auf einem Schloss gleichmäßig auf leere Räume verteilt, wäre es durchaus angemessen eingerichtet gewesen. Nur ein Bett hätte gefehlt, aber dieses fand sich gewiss in einem anderen Raum im Haus. Vermutlich gemeinsam mit genügend Daunendecken, dass auch die empfindlichste Prinzessin zufriedengestellt gewesen wäre.

»Wie ich sehe, hast du dich von einigen deiner Lieblingsstücke getrennt«, sagte Adelaide.

»Meine beiden Jungs liegen mir ständig in den Ohren, weil sie Geld brauchen. Also muss ich verkaufen.« Sie seufzte. »Und du weißt, wie sehr ich an Adonis hing.«

»Vielleicht kannst du ihn zurückkaufen, wenn du ein paar von diesen versetzt«, sagte Adelaide und fischte geschickt mehrere Schmuckstücke aus dem Sack. Ich sah die Augen der alten Sammlerin begehrlich aufleuchten.

»Das muss ich gründlich durchdenken«, sagte sie.

Sie trat an einen Tisch, schob energisch drei Vasen und einen nackten Amor mit Pfeil und Bogen zur Seite. »Legt alles hier hin, was ihr habt.« Dann wandte sie sich ab, ging zu einem der Sekretäre, öffnete eine Klappe und wühlte in dem Fach dahinter herum. »Wo hab ich denn …? Wo hab ich denn …?«, murmelte sie.

Wir breiteten den geraubten Schmuck auf dem Tisch aus. Hinter uns schloss sich die Klappe mit einem Klick wieder und Patricia kehrte zurück.

Als sie neben uns trat, setzte sie sich eines jener Augengläser ins rechte Auge, das Juweliere benutzen, um Edelsteine genauer zu prüfen. In einem dunklen Zylinder, den man ins Auge klemmt, sitzt eine stark vergrößernde Linse. Sie erlaubt dem Betrachter, auch feinste Unreinheiten in einem Edelstein zu entdecken oder die Perfektion des Schliffs richtig einzuschätzen.

Nacheinander nahm die Alte einige Preziosen zur Hand und betrachtete sie eingehend. Schließlich legte sie das letzte Stück zurück, ließ das Vergrößerungsglas aus dem Auge in ihre Rechte fallen und fragte: »Was willst du dafür haben?«

»Sechstausend.«

Die Alte legte das Glas zur Seite und trommelte mit den Fingernägeln ein Stakkato auf den Tisch. Sie schob die Zunge von einer Wange zur anderen und wieder zurück. Schließlich schüttelte sie den Kopf. »Zuviel.«

»Was willst du mir denn zahlen?«

»Vier.«

»Zu wenig.« Adelaide griff nach den ersten Stücken und setzte an, sie zurück in den Sack zu werfen.

»Du willst eine alte Frau an den Bettelstab bringen, Adelaide«, sagte Patricia und hielt den Arm meiner Begleiterin fest. »Also gut, fünf.«

»Pah!« Adelaide schüttelte die Hand ab. »Was hier liegt, ist das Dreifache wert und das weißt du. Sechs ist fair und ich will fair behandelt werden. Wenn ich beschissen werden will, kann ich auch gleich zu einem Kerl gehen.« Eine Kette flog in den Sack zurück.

»Ich habe keine sechs im Haus.«

»Wie viel hast du im Haus?«

»Etwas mehr als fünf, aber ich brauche schließlich auch Essen und Trunk. Wenn ich dir alles gebe, bin ich verhungert, ehe meine Jungs das Zeug wieder zu Geld gemacht haben.« Die Alte hörte sich regelrecht verzweifelt an, aber ich glaubte ihr kein Wort.

Adelaide holte das Geschmeide wieder aus dem Sack und warf es auf den Tisch zurück. Dann ließ sie das Behältnis fallen.

»Gut«, sagte sie. »Fünf jetzt und einen Tausender, wenn ich das nächste Mal vorbeikomme. Gib mir dein Wort, das genügt.

Und du darfst sogar die Kartoffeln behalten, damit du nicht verhungerst.«

»Ja, mach dich nur lustig. Aber du wirst sehen, wenn du selbst alt bist, dass das kein Zuckerschlecken ist. Sieh dich nur um. Ich schaffe es kaum noch, all meine Habe einmal pro Tag ordentlich abzustauben.«

Instinktiv blickte ich mich um. In der Tat konnte ich nirgends auf all den Dingen im Raum auch nur ein Staubkorn entdecken.

»Was willst du, Patricia? Warum jammerst du? Ich habe mich mit den fünf zufriedengegeben.« Adelaide klang gereizt. »Eine alte Blutsaugerin bist du. Sitzt wie eine Spinne in deinem Netz und fängst arme, hilflose Diebe, die sonst auf ihrer Beute sitzen bleiben. Deine Jungs fahren in goldenen Kutschen vierspännig durch die Gegend, wenn sie verkaufen, wovon du dich endlich zu trennen bereit bist.«

»Meine Jungs müssen repräsentieren, sonst kommt doch alle Welt drauf, dass das Zeug nicht ehrlich erworben ist, das sie weiterverkaufen. Oder?« Die Alte kratzte sich am Kinn. »Willst du nun den Handel oder willst du nur klagen?«

»Handel«, sagte Adelaide knapp.

»Warum nicht gleich so?« Die Alte warf einen Blick auf den Tisch zurück, dann schlurfte sie aus dem Raum.

Adelaide und ich blieben stumm inmitten dieses Chaos aus Reichtum und Tand zurück.

»Ich glaube«, sagte Adelaide nach ein paar Sekunden, »wenn die alte Sammlerin wollte, könnte sie sich das halbe Königreich kaufen. Aber sie trennt sich nicht gern von Sachen. Sie liebt es, zu besitzen. Geld ist ihr nichts, sie begehrt Dinge. Sie hat zwei Söhne, die für sie den Weiterverkauf erledigen. Außerdem sind da noch drei oder vier Töchter mit Schwiegersöhnen, die auch mit in ihrem Geschäft stecken. Was die treiben, weiß ich nicht und ich glaube, es ist besser, das nicht zu wissen. Zumindest eine der Töchter soll in den obersten Kreisen verkehren und Kontakt zum königlichen Oberrichter haben. Du kannst dir vorstellen, was das heißt?«

»Wer nicht spurt, landet vor Gericht«, vermutete ich.

Adelaide nickte. »Aber ich habe auch gehört, bisher seien nur Kerle verpfiffen worden.«

»Ich würde mich auf so was nicht verlassen«, erwiderte ich.

Da kehrte die alte Sammlerin zurück. In der Hand hielt sie ein schmieriges, etwa doppelt faustgroßes Bündel, um das ein Nachrichtenbrief geknäult war, der roch, als seien einmal Heringe darin eingewickelt gewesen. Sie trat zu Adelaide und hielt ihr das Päckchen hin. »Hering passt ausgezeichnet zu Pellkartoffeln«, sagte sie. »Also nimm deinen Sack wieder mit.«

Adelaide warf das Päckchen hinein.

»Willst du nicht nach…?«

»Psst!«, unterbrach Adelaide mich. »Genau solche Dinge können an die falschen Ohren dringen. Patricia ist eine ehrliche Haut. Nur ein bisschen runzlig.«

»Du bist schon wieder frech, Mädchen.« Die Angesprochene drohte mit dem Zeigefinger.

»Wenn du Glück hast, Patricia, sehen wir uns nie wieder und du hast einen Tausender gespart.«

»Was hast du vor?«

»Das fragst du doch nicht und erwartest ernstlich eine Antwort, oder?« Adelaide lachte. »Ich werde einen Ausflug mit der Kutsche unternehmen. Mal sehen, wohin die Pferde uns bringen.«

»Mädchen, du musst viel gelassener werden«, sagte die Alte. »Eines Tages wird man dich erwischen und dann fällt eines frühen, kalten Morgens dein hübscher Kopf in einen hässlichen Korb. Das täte mir leid.« Für einen Augenblick sah die alte Frau sehr ernst und überraschend ehrlich aus. Man hätte glauben können, ihr läge tatsächlich etwas an meiner Begleiterin.

Adelaide sah das wohl ähnlich, denn impulsiv trat sie an Patricia heran, umarmte diese und drückte ihr einen Schmatz auf die runzlige Wange. »Ich passe schon auf«, sagte sie. Dann stieß sie sich regelrecht ab, wirbelte einmal im Kreis herum und grinste breit. Sie deutete auf die Alte. »Das hast du mir abgenommen, gib's zu. Du hast mir wirklich abgenommen, dass ich dich für eine nette Oma halte.«

Patricia stampfte erbost auf. »Dummes Gör! Pack dich und nimm deine Begleiterin mit. Ihr stehlt mir die meine Zeit, von der ich sowieso nicht mehr viel habe.« Sie deutete Richtung Tür.

Adelaide ging ohne einen Gruß. Ich nickte der Alten zu und wünschte ihr einen guten Tag.

An der nächsten Straßenecke fragte ich: »Was ist das mit dir und Patricia? Für mich hörte sich das nicht nach einer reinen Geschäftsbeziehung an.«

Adelaide zuckte mit den Schultern. »Sie hat mir viel beigebracht. Vielleicht erzähl ich dir später mal davon. Jetzt nicht. Jetzt müssen wir uns um wichtigere Dinge kümmern. Wir brauchen eine hübsche Kutsche und passende Pferde.«

»Kaufen wir die hier?«, fragte ich und deutete um mich.

»Gewiss nicht. Wir wollen Pferde, die eine Kutsche ziehen können, nicht solche, die gerade noch für Wurst taugen. Aber dafür müssen wir erst einmal heim und uns schick herrichten. So hält man uns glatt für Banditen.« Sie lachte, nahm mich an die Hand und lief in Richtung Oberstadt los. Mir blieb nichts anderes übrig, als ihr zu folgen oder sie abzuschütteln.

Wir kehrten in unser Heim zurück. Ich eilte sofort nach oben, während Adelaide im unteren Bereich verschwand. Ich hielt mich weiterhin nie in diesen schimmelverseuchten Räumen auf. Ich wusste nicht, wie Adelaide das aushielt, und beäugte alles äußerst skeptisch, was sie von dort her anschleppte. Offenbar gab es da unten ein paar Schränke, die ihre gesamte Kleidung enthielten.

Die war, wenn sie nicht gerade meinte, es wäre anders notwendig, äußerst sauber und adrett.

Tatsächlich erschien sie kurze Zeit, nachdem ich mich auf dem Bett ausgestreckt hatte – mein liebster Ort im ganzen Haus – mit Kleidern über den Armen im Obergeschoss. Eines warf sie neben mich, das andere legte sie über einen Stuhl und schälte sich anschließend sofort aus den abgetragenen Lumpen, die uns in der Unterstadt zur Tarnung gedient hatten.

»Puh!«, stöhnte sie und schleuderte das alte Kleid weit von sich. Dann verschwand sie im Baderaum. An der Tür drehte sie sich noch einmal um und erklärte: »Wenn ich fertig bin, bist du an der Reihe. So verdreckt steigst du nicht in ein frisches Kleid.«

Ich fuhr auf und griff nach einem Schuh, aber ehe ich diesen in der Hand hielt, um ihn ihr an den Kopf zu werfen, schloss sich hinter ihr die Tür.

Fünf Minuten später stand sie wieder vor dem Bett. »Marsch! Marsch! Ins Bad! Und dann zeige ich dir, wie es bei Hofe zugeht, wenn die Prinzessin ein neues Kleid anprobieren darf.«

Ich schlüpfte aus den Lumpen und eilte ins Badezimmer.

Als ich zurückkehrte, gewaschen, gekämmt, was bei meinen kurzen Haaren überhaupt kein Problem darstellte, und mit einem Parfüm besprüht, das ich im Badezimmer in einem Schränkchen entdeckt hatte, stand Adelaide bereits fertig eingekleidet am Tisch.

Sie trug einen Traum aus hellblauem Chiffon mit Spitzenbesatz. Das Kleid fiel in lockeren Wellen an ihrem Körper hinab, sodass ihre Bewegungen darin etwas schwebend Leichtes bekamen. Dieses Stück war in Stoff gefasste Anmut. Als Krönung hatte sie auf der linken Brustseite eine Brosche mit einem farblich passenden Stein befestigt. Wenn ich mich nicht täuschte, handelte es sich um einen Topas.

»Und was darf ich tragen?«

»Dasselbe in Grün«, erwiderte Adelaide und dabei handelte es sich nicht um eine Redensart, sondern um eine Tatsache.

Sie eilte zum Bett, nahm das Kleid auf, das sie neben mich geworfen hatte, und hielt es mir mit nach oben gereckten Armen hin. »Ich denke, das könnte dir stehen.«

»Wahrscheinlich ist es auch zu kurz, so wie das Rote.«

»Hast du wirklich Angst davor, jemand könnte deine Knie sehen?« Mit gereckten Armen lief sie auf mich zu. »Probier es an! Ich kann nicht ertragen, wenn du immer in Schwarz herumläufst. Sag, wie alt bist du?«

»Neunzehn.«

»Eben. Da läuft man nicht herum wie eine alte Schrulle, die schon ihren dritten Ehemann zu Grabe getragen hat.«

»Falls du dich nicht erinnerst, wiederhole ich es gern noch mal: Ich mag schwarz.«

»Wieso?«

Ich zuckte hilflos mit den Schultern. Ich mochte schwarze Kleider schon, solange ich denken konnte. Nicht einmal die Tatsache, von oben bis unten in Pech gebadet worden zu sein, konnte mir diese Vorliebe austreiben. Ganz besonders begeisterten mich schwarze Spitzenhandschuhe. Ich hatte so etwas einmal bei einer Dame gesehen, der ich zwei Armreife und die Geldbörse entwendet hatte. Sie waren leider zu lang und eng anliegend gewesen, um sie ihr auszuziehen. Seitdem träumte ich hin und wieder davon, mir auch solche Dinger zu besorgen.

»Du weißt es nicht. Also weißt du bestimmt auch nicht, ob du vielleicht noch eine andere Lieblingsfarbe hast. Wir testen das jetzt durch.« Sie hielt mir das grüne Chiffonkleid hin. »Damit fangen wir an.«

Ich schlüpfte hinein und überraschenderweise war es nicht so kurz wie das rote am Abend zuvor. Der Rock endete sittsam unter dem Knie und wenn ich mich beim Gehen wiegte, schwang er fröhlich hin und her. Adelaide zog mich vor den Spiegel, trat einen Schritt zurück und imitierte einen Tusch.

»Das muss dir einfach gefallen«, rief sie begeistert aus. Angesichts ihrer kindlichen Freude fiel es mir schwer, zu sagen, dass Grün so überhaupt nicht meine Farbe war.

»Es ist toll«, log ich.

Sie setzte augenblicklich eine skeptische Miene auf. »Dreh dich um und sag's noch mal.«

Ich wandte mich ihr zu, schaute auf ihren Scheitel und wiederholte die Worte.

»Mist!« Sie schnipste mit den Fingern und stampfte mit einem Fuß auf. Dann drohte sie mir mit dem Zeigefinger. »Du sollst mich doch nicht belügen. Böses Mädchen! Aber ich finde schon noch ein Kleid, das dir gefällt.« Sie eilte davon, drehte sich an der Tür noch einmal um und ergänzte: »Und es wird nicht schwarz sein.«

Schon hörte ich das Knarren der mittleren Treppenstufen.

Sie kehrte mit einem nachtblauen Kleid zurück, dem ich auf den ersten Blick ansah, dass es länger als alle bisherigen Stücke war, die sie mir angeboten hatte. Wahrscheinlich gehörte es zur Beute irgendeines ihrer Raubzüge, denn wenn sie es trüge, würde der Rock ein gutes Stück auf dem Boden schleifen. Sie hielt es, nachdem sie sich mir gegenüber mit triumphierendem Lächeln aufgebaut hatte, mit beiden Händen so hoch es ging.

Es war nicht schwarz, aber es verkörperte so sehr die Stimmung der Nacht, wie keine andere Farbe, die ich zuvor in meinem Leben gesehen hatte. Bei jeder Bewegung Adelaides erwartete ich, Sterne auf dem Stoff leuchten zu sehen. Mit so einem Stück am Leibe konnte man nicht gehen, man musste schreiten. Solche Kleider trugen nur die jungen Damen aus feinstem Hause zu Bällen, bei denen ihre Familien versuchten, einen gut betuchten Ehemann für sie zu finden. Im Anschluss an solche Veranstaltungen konnte man den angeschickerten Gästen den einen oder anderen Batzen abnehmen, während man so tat, als würde man ihnen beim Einsteigen in ihre Kutschen behilflich sein.

»Wusste ich's doch«, konstatierte Adelaide, die meine leuchtenden Augen bemerkt haben musste. »Schnell, probier es an!«

Das Kleid passte, als sei es für mich geschneidert worden. Es war hochgeschlossen, aber der Teil zwischen Brustansatz und Hals bestand aus seidiger Spitze, ebenso die Ärmel. Ich drehte und wendete mich vor dem Spiegel und glaubte, eine andere junge Frau darin zu erblicken. Sie trug den Kopf höher, ihr Blick war stolzer, ihre Haltung selbstsicherer. Wenn sie den Arm schwenkte, zeigte sich in der Bewegung eine lässige Eleganz, die mir bisher nie an mir aufgefallen war.

»Du schenkst es mir?«, fragte ich.

»Natürlich. Was soll ich mit einem Fetzen, bei dem der Kragen auf meinem Scheitel sitzt? Aber ich habe eine Bedingung: Du trennst dich von wenigstens einem deiner schwarzen Fummel. Wir geben ihn den Armen.«

»Alles, wenn dieses Kleid mein wird.«

Sie hielt mir die Hand hin. »Abgemacht.«

Ich schlug ein. »Abgemacht.«

»So, da das jetzt geklärt ist, können wir uns aufmachen und Pferde und Kutsche besorgen. Wir fahren nach Dreisack.« Mit diesen Worten verschwand sie wieder aus dem Raum. Ich drehte mich noch ein wenig nach links und rechts und bewunderte mein Spiegelbild.

»Wenn du dich genügend an deinem Anblick ergötzt hast, kannst du die Taler aus dem Sack in diese Tasche umfüllen.« Adelaide war wieder da und warf mir eine Ledertasche zu, die mit silbernen Einlagen verziert war. Sie sah aus wie eine der Taschen, die reitende Boten verwendeten, um Depeschen zu transportieren.

Ich schüttete die Kartoffeln und das fischige Bündel aus dem Sack und befreite dann mit spitzen Fingern, was immer der umhüllende Nachrichtenbrief barg. Es handelte sich um einen Leinenbeutel, der mit einer Kordel verschlossen war.

»Ich hätte mir fünftausend Taler viel größer vorgestellt«, sagte ich.

»Da sind Goldtaler drin. Jedenfalls will ich das der Kröte Patricia geraten haben. Ein Goldtaler entspricht hundert Kupfertalern.«

Ich öffnete das Leinensäckchen und tatsächlich fielen güldene Münzen heraus, die das Konterfei des Königs zeigten.

»Nehmen wir alle mit?«

»Die Hälfte sollte eigentlich reichen. Versteck den Rest im Bett.«

Zehn Minuten später verließen wir das Haus. Ich trug das nachtblaue, Adelaide das hellblaue Kleid. Wir wendeten uns Richtung Markt, bogen aber vorher in eine der belebten Geschäftsstraßen ab, die sich um diesen herum etabliert hatten. Vor einem mit üppigem Schnitzwerk verzierten Haus blieb Adelaide stehen. »Wir brauchen ein bisschen Handgeld«, sagte sie.

Ich sah am Giebel des Hauses hinauf. »Bankhaus Hassloch« stand in großen Lettern über der Eingangstür.

»Meine Hausbank«, sagte Adelaide. »Jeder gut verdienende Bürger der Stadt benötigt einen Ort, wo sein Reichtum sicher verwahrt und verwaltet wird.«

»Was glauben die Herren Bankiers, woher dein Reichtum stammt?«

»Sie fragen nicht. Wenn du Geld in ein Bankhaus trägst, fragt niemand, woher es stammt. Wichtig ist nur, wie viel es ist. Weißt du, die Herren dort drinnen laufen alle mit blütenweißen Kragen herum, aber wenn diese so aussähen, wie die Geschäfte, die sie tätigen, müssten sie schwärzer sein als die des ärmsten Bettlers der Stadt. Aber das ist mir egal. Im Grunde sind wir und diese Leute gleich – Gauner eben.«

Wir traten durch die Tür und gelangten in einen Saal, der ganz und gar aus Marmor zu bestehen schien. Ein roter Teppich leitete unsere Schritte vom Eingang in diese Säulenhalle. Hinter einer hüfthohen Trennwand aus Alabaster standen die erwähnten Herren und sprachen mit gedämpften Stimmen mit den Leuten, die Geld brachten oder haben wollten. Am Gesichtsausdruck der Kunden vor dem Tresen konnte selbst ich recht gut erkennen, wer Geld besaß und wer Kredit erwartete. Die einen schauten selbstzufrieden oder überheblich drein, die andern ehrerbietig bis kriecherisch.

Wir warteten, bis einer der Angestellten frei war, dann trat Adelaide mit mir im Schlepptau an den Tresen heran, lächelte strahlend und zog eine der Goldmünzen aus ihrer Tasche. »Ich möchte dieses Prachtexemplar von einem König in kleinere Könige wechseln«, sagte sie.

»Silber oder Kupfer, gnä' Frau?«

»Acht Silber und der Rest Kupfer.«

Der Bankangestellte verneigte sich. »Sofort, gnä' Frau.« Er eilte davon.

Nach kurzer Zeit kehrte er mit einem Tablett zurück, das mich an jene erinnerte, die der Juwelier benutzt hatte. Darauf lagen acht silberne und ein kleiner Haufen Kupfermünzen. Er trat zu uns, stellte das Tablett ab und zählte uns das Geld vor. Dann hielt er Adelaide die offene Rechte hin.

Sie zögerte einen Moment, dann kicherte sie und gab ihm das Goldstück. »Gar nicht so leicht, sich davon zu trennen«, sagte sie.

»Das hören wir oft«, sagte der Bankangestellte lapidar und schob das Tablett zu uns herüber.

Adelaide begann, die Silbermünzen einzusammeln, zögerte plötzlich und sagte: »Wenn ich es mir recht überlege, sind zwanzig Kupfer zu wenig. Ich nehme lieber sieben Silber und dreißig Kupfer.« Sie schob das Tablett zurück.

»Wie gnä' Frau wünschen.«

Der Mann wollte sich bereits wieder entfernen, da hielt Adelaide ihn zurück. »Mein Gold. Noch habe ich ja kein Geld von Ihnen.« Er seufzte und legte den güldenen König zu seinen silbernen und kupfernen Kollegen.

Der Angestellte verschwand und kehrte mit einem weiteren Tablett zurück. Er schob das erste etwas zur Seite, stellte das neue daneben und zählte uns die Geldstücke vor. Dann hielt er die offene Hand hin, um das Gold wieder in Empfang zu nehmen. Adelaide deutete auf das Tablett und er griff zu. Gleichzeitig nahm sie das Silber herunter.

»Verzeihung, aber wollten Sie nicht …« Statt weiter zu sprechen, deutete der Angestellte auf das zweite Tablett. Adelaide schlug sich gegen die Stirn.

»Natürlich.« Wieder kicherte sie und griff auch dort nach dem Silber, ohne jenes vom anderen Tablett zuvor zurückgelegt zu haben.

»Halt, warten Sie!« Der Mann hinter dem Schalter schaute verwirrt vom linken zum rechten Tablett und zurück.

»Ach, wie dumm von mir. Adelaide legte zwei Silberstücke auf das erste Tablett zurück, griff dort nach dem Kupfer, schien sich dann jedoch zu besinnen und legte einen Teil dorthin zurück, wo zuvor weitere Silberstücke gelegen hatten. Dann nahm sie das Kupfer von der anderen Seite.

»Am besten Sie bringen das schon mal zurück«, sagte sie zu dem Mann, deutete auf das erste Tablett und tauschte beim Zurückziehen der Hand ein weiteres Silberstück gegen Kupfer aus.

Der Angestellte nickte verwirrt, griff mit einem flüchtigen Blick nach dem Tablett und trug es davon. Adelaide warf beherzt die restlichen Münzen in ihre Tasche, schloss diese und strahlte den Bankbeamten breit an, als er zurückkehrte.

»Jetzt ist alles in Ordnung«, sagte sie.

»Natürlich, gnä' Frau. Beehren Sie uns bald wieder.«

Wir verließen die Bank. Als wir vor dem Haus standen, fragte ich: »Haben wir nicht genug?«

»Doch, aber man will schließlich nicht aus der Übung kommen.«

»Um fünf Silber gefährdest du alle deine Pläne«, sagte ich.

»Ach, wieso denn? Ein Versehen, ein simples Versehen. Mehr ist doch nicht passiert, oder?«

Was hätte ich erwidern können? Natürlich konnte sie genau das jederzeit behaupten, falls der Bankangestellte am Ende doch genauer nachgezählt hätte, was da auf dem Tablett lag, das er forttrug. Ich wusste allerdings ebenso gut wie Adelaide, dass die meisten Menschen in solchen Situationen nicht aufmerksam genug waren. Genau von diesem Umstand lebten die Beutelschneider und Gauner dieser Welt.

Wir erreichten eine der Hauptstraßen der Stadt. Emsige Menschen und Kutschen fluteten in beiden Richtungen an uns vorbei. Als Adelaide einen leeren Einspänner erblickte, winkte sie dem Kutscher. Er hielt, fragte nach dem Ziel der Fahrt, nickte beflissen und wir stiegen ein.

Dreisack, soviel wusste ich, war vor zehn Jahren noch ein eigenständiges Dorf vor den Toren gewesen. Aber Tirgisses dehnte sich immer weiter aus, je mehr ihr Reichtum wuchs. Inzwischen war das Waldstück zwischen Dorf und Stadt abgeholzt und zu Balken für den Bau verarbeitet worden. Jetzt standen an seiner Stelle ebenjene Häuser, denen die ehemaligen Bäume als Pfeiler und Streben dienten. Trotz dieser Entwicklung gab es in und um Dreisack noch immer viele eher ländliche Gewerke und darüber hinaus solche, die mehr Platz als ein Schneider, Bäcker oder Juwelier benötigten. Das Land kostete dort draußen weniger als in der Oberstadt.

Wir hielten vor einem Dreiseithof mit einem nagelneuen Tor, das zur Hälfte offen stand. Adelaide bezahlte den Kutscher; wenn mich nicht alles täuschte, sogar genau den verlangten Preis, ohne einen Versuch, zu betrügen. Der Kutscher tippte an seine Schirmmütze, wendete das Gefährt und kehrte in Richtung Stadt zurück. Wir aber traten durch das Tor.

Linker Hand befand sich eine offene Remise, in der drei Kuschen standen. Eine sah prachtvoller als die nächste aus. Die erste war weiß mit farbiger Bemalung und zierlichen Dachaufbauten. Die zweite war schwarz lackiert mit einem feuerroten Wappen auf den Türen. Die dritte war ein offener Wagen in Blau und Gelb mit einem goldenen Rankenmuster entlang des oberen Randes.

Ein vierschrötiger Mann mit Doppelkinn und Hängebäckchen trat aus dem Gebäude geradezu. Als er uns erblickte, wischte er die Hände an einem Lappen ab und eilte uns entgegen.

Schließlich baute er sich vor uns auf, lächelte geschäftsmäßig und sagte: »Guten Tag, meine Damen, was kann ich für Sie tun?«

»Wir hätten gern eine Kutsche in Schwarz wie jene dort.« Adelaide deutete auf das entsprechende Fahrzeug. »Allerdings mit dem Wappen von Rappuristan.« Sie lächelte den Kutschenverkäufer auf ihre unvergleichlich freundliche Art an.

Ich war jedes Mal wieder verblüfft, wie problemlos ihr gelang, ein herzliches, glaubhaftes Lächeln auf ihre Lippen zu zaubern, ein Lächeln so natürlich wie ein beginnender Frühlingsmorgen.

Der Mann ging zu der Kutsche hinüber, legte eine Hand auf den Kutschbock und fragte zur Sicherheit nach: »Dieses Modell, Madam?«

»Genau. Was soll es kosten?«

»Nun, diese Modelle sind ausschließlich für Herrschaftshäuser reserviert. Wir können keine mit Wappen geschmückten Kutschen an Privatpersonen verkaufen, die nicht berechtigt sind, das entsprechende Wappen zu führen. Gehören Sie zum Herrschaftshaus von Rappuristan?«

Adelaide hielt eine Hand vor den Mund und kicherte. »Ich sehe gewiss nicht so aus, oder?«

»Nein, Madam.« Der Verkäufer blieb überaus förmlich. »Darum erwähne ich unsere Voraussetzungen.«

»Und da kann man nichts machen?« Adelaide warf spielerisch ein Goldstück in die Luft und fing es wieder auf, aber der Verkäufer schüttelte den Kopf.

»Wir haben unsere Regeln. Nur ihre strenge Einhaltung garantiert uns weiterhin Kunden aus den höchsten Kreisen der internationalen Gesellschaft. Niemand sieht gern sein Wappen an einer Kutsche, die nicht zu seinem Hausstand oder Etat gehört.«

»Ich verstehe«, sagte Adelaide. »Könnten Sie mir eine solche Kutsche ohne Wappen veräußern?«

»Ohne Wappen? Natürlich. Damit wird es kein Problem geben.«

»Und der Preis?«

»Tausendeinhundert Taler, wenn Madam keine Sonderwünsche hat.«

»Was wären Sonderwünsche?«

»Seidene oder lederne Bezüge, ein zusätzlicher Stehplatz für hintere Wachen, Kasten aus Mahagoni oder anderen Edelhölzern.«

Adelaide schüttelte den Kopf. »Ich glaube nicht, dass das nötig ist.« Sie wandte sich an mich. »Oder was denkst du?«

Ich schüttelte ebenfalls den Kopf. Ich glaubte nicht, dass es mir zustand, Sonderwünsche zu äußern, wie zum Beispiel ein Bett statt Sitzbänke im Innenraum.

»Gut«, sagte Adelaide, »dann nehmen wir dieses Modell. Wann können wir es abholen?«

»In vier Tagen«, erwiderte der Mann. Dann deutete er mit ausgestrecktem Arm in Richtung des rechten Gebäudes. »Wenn die Damen mir bitte folgen wollen. Wir erledigen sofort das Finanzielle. Wir behalten uns vor, einen Vorschuss von fünfhundert Talern zu veranschlagen.«

»Einen Vorschuss? Warum?«

»Sehen Sie, Madam, wir müssen Hölzer, Stoffe und Farben einkaufen. Niemand gibt uns diese für gute Worte. Und wir kennen Madam nicht. Wir müssen uns also rückversichern für den Fall, dass Sie sich am Ende entschließen, die Kutsche doch nicht zu wollen.« Er lächelte unverbindlich. »Zum Beispiel, weil sie kein Wappen tragen kann.«

Ich sah, wie schwer es Adelaide fallen musste, Leuten Geld zu geben, ohne sofort dafür etwas zu erhalten. Überhaupt etwas zu bezahlen und sich nicht einfach zu bedienen, fiel ihr schließlich bereits schwer genug. Jeder Gauner nahm Geld von gutgläubigen Leuten, die Dinge bezahlten, die sie am Ende nicht bekamen, oder die zumindest nur einen Bruchteil dessen wert waren, was der Käufer sich einbildete. Ein Gauner verkaufte Diamantringe aus Glas, aber er kaufte kein Glas, das er nicht direkt in die Hände bekam. Darum sah meine Partnerin drein, als schwimme eine Kellerassel in ihrem Schaumwein.

Wir schlichen hinter dem Mann her, der uns die Kutsche verkaufen wollte. Er führte uns in ein holzgetäfeltes Büro. Hinter einer Schranke saßen zwei Damen, beide grauhaarig mit Hochsteckfrisuren und ebenfalls hochgeschlossenen grauen Kleidern. Sie hätten Zwillinge sein können, aber die eine besaß deutlich hellere Haut als die andere. Die Zweite musste aus einem der Länder jenseits des großen Meeres im Norden kommen, von denen man meist nur fantastische Gerüchte zu hören bekam.

»Einmal das Modell Mitternacht ohne Extras«, sagte der Mann, der uns begleitete.

Die hellhäutige der grauhaarigen Damen erhob sich. Als sie uns ihr Gesicht vollständig zuwandte, erblickte ich eine lange Narbe auf der rechten Wange. Sie reichte vom Mund fast bis zur Schläfe und schien ihr Lächeln auf groteske Weise zu verlängern. Sie brachte einen Schreibblock und einen Stift mit zu der hölzernen Schranke. Dort legte sie beides auf ein Pult und sah von uns zu dem Mann. »Hast du den Damen erklärt, wie hoch der Vorschuss ist, Karl?«

»Natürlich, Rosie, mein Engel.« Er schaute sie an wie ein kleiner Junge seine Mutter.

»Gut.« Rosie begann, auf einem Zettel etwas zu notieren. Schließlich blickte sie auf. »Wer zahlt?« Sie schaute bei dieser Frage mich an. Offenbar sah ich in ihren Augen besser betucht aus als Adelaide.

Prompt wurde ich ein wenig zur Seite geschoben. »Das erledige ich!« Adelaide strich sich ihr Blondhaar über die Schulter und die Geste wirkte, als habe sie sie bereits Hunderte Male vor dem Spiegel geübt, um bei passender Gelegenheit Eindruck zu schinden.

Sie griff in ihre Tasche. »Wie viel, sagten Sie?«

Rosies Blick flog zu Karl, der lediglich mit den Schultern zuckte, wohl um anzudeuten, dass er nichts dafür konnte, wenn die Kundschaft ein Gedächtnis wie ein Sieb hatte.

»Fünfhundert«, sagte Rosie. Sie stellte eine kleine Metallschale auf die Schranke. »Dort hinein bitte.«

Adelaide förderte das Geld aus ihrer Tasche und zählte brav fünf Goldtaler in die Schale. Rosie nahm sie zu sich hinüber und setzte einen weiteren Krakel auf das Papier vor sich. Dann reichte sie das Dokument Adelaide. »Ihr Beleg für die Anzahlung von fünfhundert Talern.« Sie deutete auf eine Zeile. »Und hier steht, wofür diese Zahlung erbracht wurde.« Ihr Finger wanderte nach oben.

Adelaide studierte kurz das Schriftstück, faltete es anschließend einmal und verstaute es in der Tasche. Dann nickte sie den Angestellten zu. »Meine Damen, mein Herr – es hat mich sehr gefreut, mit ihnen Geschäfte zu machen. In vier Tagen also holen wir die Kutsche ab.«

Karl nickte bekräftigend.

Wir verließen den Hof und sahen uns nach einem Gefährt um, das uns zurück in die Stadt bringen könnte. Aber in diesem Dorf warteten Kutschen nicht an jeder zweiten Straßenecke.

»Mmh«, machte Adelaide und fragte mich: »Was tun wir? Laufen wir heimwärts?«

Ich schaute sie an, als habe sie sich gerade in einen Kobold verwandelt. Kannte sie mich so schlecht? Glaubte sie wirklich, ich wäre bereit, über eine Stunde durch die Stadt zu latschen, nur um wieder nach Hause zu kommen?

»Dachte ich mir. Dann bleibt uns nichts anderes übrig, als uns für die nächsten Tage in einem netten Gasthaus hier einzuquartieren. Morgen können wir schauen, ob wir Pferde für die Kutsche finden. Soviel ich weiß, gibt es in dieser Gegend zwei Züchter, die Kutschpferde verkaufen.« Sie trat zu mir und hakte mich unter, als sei ich ein Galan, der seine Angebetete auf einer Landpartie begleitete.

Unweit der Kutschenwerkstatt fanden wir einen Gasthof, der Zimmer vermietete. Er sah von außen besser aus als Adelaides Heim und hieß »Zur Post«. Auf dem Lande trugen viele Gasthäuser diesen Namen, denn sie waren Haltestationen der Postkutschen. Hierher brachten die Einwohner der Dörfer ihre Briefe und Pakete, die in die Nachbardörfer oder die Stadt transportiert werden sollten. Gleichzeitig dienten sie den Kutschern und Fahrgästen als Station, wo sie Mahlzeit, Trunk und ein Bett zur

Nacht erhalten konnten. Natürlich waren nicht alle Wirte ehrlich. Es gab Gerüchte über einen, der den beherbergten Gästen Dinge gestohlen haben sollte, bis er eines Tages an einen geriet, der ihm einen angeblichen Sack Gold unterschob, in dem sich am Ende aber ein Knüppel befunden hatte, der den Dieb ganz ohne Zutun seines Besitzers vermöbelt hatte.

Wir traten in den Schankraum, in dem drei Herren in Kaufmannsroben an einem Tisch saßen und würfelten.

Der Wirt lehnte an der Theke und stützte einen Arm auf das Bierfass an seiner Seite. Als wir eintraten, straffte er sich, strich über die vorgebundene Schürze und deutete eine leichte Verbeugung an. »Welch hohe Ehre für meine Wirtschaft, solch erlesene Fräuleins bei mir begrüßen zu dürfen«, flötete er.

Selten habe ich einen so kräftig gebauten Mann mit derartig hoher Stimme gehört. Er hatte ein rosiges Gesicht, kurz geschorenes dunkles Haar, das an den Schläfen schütter wurde, und einen Oberlippenbart. »Suchen Sie ein Zimmer oder nur eine Erfrischung?«

»Ein Zimmer für vier Tage«, erklärte Adelaide, holte ein Silber aus ihrer Tasche und warf es dem Wirt mit einem Fingerschnippen zu. »Das sollte genügen, oder?«

Der Mann verbeugte sich zweimal. »Natürlich, natürlich.« Er griff unter den Tresen, kehrte mit einem Schlüssel zurück und trat aus seinem Revier auf uns zu. »Folgen Sie mir, meine Damen.«

Der Weg führte eine steile Stiege nach oben, die lautere Geräusche von sich gab als Adelaides Übungstreppe. Vermutlich stand das Haus schon ein paar Hundert Jahre an seinem Platz. Die Balken an der Decke des Schankraumes waren von Ruß geschwärzt, die Fenster noch mit Butzenscheiben versehen, nicht mit dem modernen Glas, das einem eine weitläufige Aussicht auf das Treiben draußen gestattete. Dennoch wirkte das Haus sauber und vertrauenerweckend und nicht wie eine Räuberhöhle, bei der man Gefahr lief, in seinem Bett überfallen zu werden.

»Ist es nicht himmlisch?«, rief Adelaide aus, nachdem wir das Zimmer betreten hatten. Der Wirt nickte beifällig, als er diesen Ausruf vernahm. Ich sah den Stolz auf sein Gasthaus in seinem Blick.

Tatsächlich war das Zimmer einfach, aber zweckmäßig eingerichtet. Der Tür direkt gegenüber stand ein Doppelbett mit einem gewaltigen Plumeau. Ich konnte nicht abschätzen, wie viele Gänse für diesen weißen Berg Federn gelassen haben mussten. An der rechten Wand stand ein Bauernschrank, dessen Türen mit blühenden Bäumen bemalt waren. Die Farbe war allerdings verblasst und blätterte an einigen Stellen ab. Auf der anderen Seite befand sich das Fenster, ebenfalls mit Butzenscheiben. Davor stand ein Tisch, daran zwei Stühle. Zwei Zinnbecher bildeten die spärliche Dekoration.

»Das Badezimmer befindet sich am Ende des Ganges. Wenn die Damen mir folgen möchten …«

Wir folgten.

Der Raum, der uns gezeigt wurde, war winzig, gerade lang genug, um eine Wanne aufzunehmen. An der Wand neben der Tür befand sich ein Ausguss mit einem Wasserhahn darüber. Die Tür schlug dagegen, wenn man sie zu schwungvoll öffnete.

»Wenn Sie heißes Wasser benötigen, geben Sie mir Bescheid. Die Wirtschafterin bringt es dann aus der Küche herauf. Wir füllen die Wanne immer bis zur Hälfte.«

»Das sollte uns genügen«, sagte Adelaide.

Wir traten auf den Flur zurück.

»Der Abtritt befindet sich auf der gegenüberliegenden Seite des Ganges«, ergänzte der Wirt seine Ausführungen und deutete auf die entsprechende Tür. Dann fragte er: »Wo ist Ihr Gepäck? Soll ich es hereinbringen lassen?«

»Wir haben keins. Es war eine spontane Entscheidung. Gibt es am Ort einen Krämer, wo wir Seife und Zahnpulver kaufen können? Außerdem benötigen wir einen Ort, wo wir unsere Kleidung waschen können.«

»Hier.« Der Wirt deutete auf die Wanne. »Sie könnten sie natürlich auch draußen an der Pferdetränke waschen, aber ich glaube nicht, dass den Damen gefallen würde, in ihren Unterkleidern dort herumzulaufen.«

Adelaide hielt sich verschämt eine Hand vor den Mund und kicherte. In diesem Moment wirkte sie tatsächlich wie ein gut situiertes Fräulein, das bereits bei der Erwähnung ihrer Unterkleider schamhaft errötete, von der Benennung bestimmter Körperregionen ganz zu schweigen.

Der Wirt erklärte uns, wo wir einen Krämer finden könnten, und zog sich zurück. Ich lief in unser Zimmer und warf mich aufs Bett.

Adelaide stand prompt an meiner Seite, stemmte die Fäuste in die Hüften und brummte: »Natürlich, was hatte ich anderes erwartet?«

»Nur zur Probe«, wehrte ich ab. »Wir müssen doch wissen, ob es bequem ist.

»Wieso? Wenn es nicht bequem ist, haben wir auch keine Wahl. Außer du möchtest dann lieber auf dem Boden oder in der Wanne schlafen.« Sie packte mich am Arm und zerrte mich wieder hoch. »Komm, du Faulpelz, wie geben uns jetzt dem Laster reicher Fräuleins hin. Wir gehen einkaufen. – Seife, Zahnpulver und Unterkleider, wenn wir einen solchen Laden finden.«

Salz

Am nächsten Morgen erwachten wir von einem Getrampel auf der Treppe, als triebe jemand eine Herde Kühe hinunter in den Gastraum. Ich griff nach einem Schuh und warf ihn in meiner Verzweiflung gegen die Tür.

»Was soll das bewirken?«, fragte Adelaide neben mir.

»Es soll meine Frustration zum Ausdruck bringen, gnä' Frau«, sagte ich geziert und warf mich zurück in die Kissen.

»Wenn wir einmal wach sind, können wir auch aufstehen und den Herren danken, dass sie verhindert haben, dass wir verschlafen.« Und schon sprang sie aus dem Bett, zog sich rasch vollständig an, schnappte die Seife, die wir am Vortag gekauft hatten, und verschwand nach draußen, vermutlich Richtung Badezimmer.

Ich schüttelte kräftig den Kopf, teils weil ich nicht begriff, wie man so früh am Tage bereits so agil sein konnte, teils weil ich den Schlaf aus meinem Hirn verscheuchen wollte. Nach dieser Übung stand ich auf, streckte mich und bereitete mich ebenfalls auf den Gang den Flur entlang vor. Vor allem musste ich den Raum gegenüber des Bades aufsuchen, also marschierte ich los.

Nachdem ich meine Notdurft verrichtet hatte, fand ich im Bad niemanden mehr vor. Ich wusch mich mit kaltem Wasser, so gut das meiner Ansicht nach möglich war und kehrte in unser Zimmer zurück.

»Wo warst du?«, fragte Adelaide.

»Auf dem Abort und im Bad.«

»Ach, und was hast du dort gemacht.«

»Was wohl? Ich habe Krebse gefangen.«

»Ja, das ist wahrscheinlich die Wahrheit.« Sie wedelte mit der Seife herum, die sie in der Linken hielt. »Denn gewaschen kannst du dich ja nicht haben, Marie.« Sie warf mir das Seifenstück zu.

Mir misslang, es zu fangen, und es rutschte über den Boden unter das Bett.

»Du hebst das jetzt auf und dann machst du dich fein und duftig, wie es sich für eine wohlerzogene Diebin gehört. Wir wollen frühstücken und ich möchte nicht mit einem Schmutzfinken bei Tische sitzen.«

Ich bückte mich, angelte unter dem Bett nach der Seife und machte mich ergeben auf den Weg. Als ich an der Tür stand, sagte Adelaide: »Ach, Marie, und den süßen Arsch beim Waschen nicht vergessen. Den hattest du ja schon in Gebrauch, wenn ich dich recht verstehe.«

Ich knirschte mit den Zähnen.

Bei dem Eiswasser, das aus dem Hahn lief, würde ich Frostbeulen am Hintern bekommen. Aber bei Adelaide musste ich damit rechnen, dass sie an dem Teil roch, um zu prüfen, ob es auch nach Seife duftete.

Als wir eine Viertelstunde später in den Gastraum traten, erblickten wir dort vier Männer in derber Kleidung. Einer hatte eine Axt neben sich am Tischbein lehnen. Sie grölten einander an, was wohl ihre Version einer Unterhaltung darstellte. Wir erregten sofort ihre Aufmerksamkeit.

»Hey, guck mal«, brüllte einer, dass man es vermutlich noch auf der Straße hören konnte. »Ich wusste gar nicht, dass es daherum so fesches Weibsvolk gibt. Hier sieht man doch sonst höchstens ein paar Landpomeranzen.«

Ich wollte mich in eine Ecke verziehen, wo uns diese Kerle nicht mehr sehen würden, aber Adelaide hielt mich fest und marschierte direkt auf den Tisch mit dem Mannsvolk zu. »Sind hier noch zwei Plätze frei?«

»Für so feine Fräuleins gewiss«, erklärte der eine, zog bereits einen Stuhl vom Nebentisch heran und wischte dessen Sitzfläche mit einem Schnupftuch ab, das eher Dreck darauf verbreitete, als sie zu reinigen. Adelaide ließ sich trotzdem nieder und nickte dankbar.

»Wirt! Zwei Mal das Frühstück für die Damen!«, brüllte der breitschultrigste der Bande, jener der neben der Axt saß.

»Kommt sofort«, tönte es aus Richtung des Tresens.

»Ist das Frühstück gut?«, fragte Adelaide in einem überaus gezierten Ton. »Ich vertrage nämlich kein Fett.« Ihre Hände glitten aufreizend an ihrem Körper hinab. »Und von diesem neumodischen Gewürz, diesem Pfeffer, bekomme ich Kopfweh.«

Die Herren hörten offenbar nicht wirklich zu. Sie starrten Adelaide stattdessen ausgiebig auf den Busen, den sie weit vorgereckt hatte. »Meine Begleiterin ist da viel robuster«, erklärte sie. »Vermutlich hat sie gesünderes Blut.« Sie hielt dem direkt neben ihr sitzenden Mann, der nach meiner Ansicht der jüngste der Gruppe war, die Wange hin und deutete darauf. »Meine Haut ist sehr blass, sehen Sie, junger Mann. – Wie heißen Sie?«

»Will… William«, brachte dieser mühsam heraus. Adelaides glänzende Lippen schwebten direkt vor seinen Augen. Ich fürchtete, er könnte sie jeden Augenblick packen und über sie herfallen. Stattdessen wischte er sich jedoch mit dem Hemdsärmel über die Stirn.

Der Wirt brachte das Essen und für jede von uns einen Becher Kräutertee. Das war mir lieber, als bereits am Morgen dünnes Bier oder gar Wein trinken zu müssen.

»Haben die Herren noch einen Wunsch?«, fragte er beiläufig.

Die Herren schüttelten mechanisch die Köpfe. Adelaide fesselte ihre Aufmerksamkeit viel zu sehr.

Gerade als der Wirt sich abwenden wollte, fragte sie: »Haben Sie Spielkarten im Haus? Meine Begleiterin und ich haben noch ein wenig Zeit und würden uns diese gern mit einer Patience vertreiben.«

Die Herren grinsten über dieses Ansinnen. In ihren Augen war das vermutlich eine Art Missbrauch von guten Spielkarten. Ich nahm an, tief in ihrem Herzen sah Adelaide das genauso. Den Männern wünschte ich, dass sie einen kleinen Verlust am Spieltisch verkraften konnten.

Wir aßen weiter, die Herren hingen an Adelaides Gesicht und Ausschnitt. Schließlich brachte der Wirt die Karten. Er reichte sie meiner Begleiterin, wie in der Kirche dem Pfarrer die Bibel zur Lesung übergeben wird. Nun ja, manche nannten Spielkarten auch das Gebetsbuch des Teufels.

Adelaide schob den Teller von sich, mischte das Blatt und begann tatsächlich eine Patience zu legen. Grüblerisch blickte sie auf die Auslage, schob bald diese Karten dorthin, bald jene Karte auf einen weiteren Platz. Nach fünf Minuten schob sie alles erbost dreinblickend wieder zusammen.

»Ach«, sagte sie, »heute ist mir das alles zu langweilig.« Sie schaute den Axtmann an. »Kennen die Herren vielleicht ein kurzweiliges Spiel?« Und dann legte sie einen Trumpf auf den Tisch, mit dem ich wahrlich nicht gerechnet hatte. »Ich habe gehört, in manchen Landhäusern spielen die feinen Leute ein Spiel, bei dem sie die Kleider des anderen gewinnen können. Das stelle ich mir spaßig vor.«

Es wurde so heftig im Kreis nach Luft geschnappt, dass ich befürchtete, sie würde für einen Moment über dem Tisch vollständig abgesaugt. Dann sahen die Herren einander an.

»Von so einem Spiel haben wir wahrlich noch nie gehört. Und wir glauben auch nicht, dass dies ein Spiel für ein anständiges Wirtshaus wie dieses ist«, sagte der rechts von mir Sitzende. Er besaß einen üppigen Vollbart, in dem er hin und wieder kraulte. Ich fürchtete, er hielt sich darin Läuse.

»Gut. Haben die Herren einen besseren Vorschlag?«

»Wir könnten ein Poch-Spiel wagen. Das ist anständig und unterhaltsam«, sagte der Axtmann. »Kennen das die Damen?«

Adelaide schüttelte den Kopf, ich zögerte einen Augenblick, dann tat ich es ihr gleich.

»Aber die Herren können es uns lehren, wenn sie sicher sind, dass es ein vergnüglicher Zeitvertreib ist«, sagte Adelaide aufgekratzt.

Die Herren sahen einander an und nickten sich zu. Offenbar hatten sie gerade beschlossen, die hübsche dumme Gans zu rupfen. Sie taten mir nicht leid, sie hatten mich aus dem Schlaf gerissen.

»Herr Wirt, ein Poch-Brett!«, rief der Axtmann.

Der Wirt kam kurze Zeit später mit dem gewünschten Utensil. Er schaute ein wenig betreten in die Runde, dann wandte er sich an Adelaide: »Ich glaube nicht, dass dies der rechte Zeitvertreib für eine Dame ist.«

Adelaide blickte zu ihm auf, strahlte und erklärte: »Diese Herren haben mir versichert, dass es ein anständiges Spiel ist.«

Der Wirt zuckte mit den Schultern. Er hatte uns gewarnt und damit seine Schuldigkeit getan.

Der Axtmann, eindeutig der Wortführer der Gruppe, bemächtigte sich des Spielbretts und erklärte die Regeln. Die waren ziemlich einfach. Zunächst gibt jeder einen Einsatz in eines von acht Fächern, über denen Kartenbilder dargestellt sind. Diese Kartenkombinationen heißen Meldungen. Wer die entsprechende Meldung nach dem Austeilen der Karten besitzt, erhält den Einsatz. Anschließend wird gepocht, was dem Spiel den Namen gab. Dabei geht es darum, zu wetten, dass man der Besitzer der höchsten Kartenkombination am Tisch ist. Es zählen Pärchen, Drillinge und vier Gleiche. Einer beginnt, die anderen können mitgehen, das heißt, den gleichen Einsatz bieten, erhöhen oder passen. Wenn alle an der Reihe waren und jeder sein Gebot abgegeben hat, werden die Karten aufgedeckt und der Gewinner bekommt alle Einsätze. Regeln, die auch ein Dummkopf schnell begreift, damit man den Dummkopf schröpfen kann.

Adelaide klatschte in die Hände wie ein kleines Mädchen. »Oh fein, das hört sich lustig an. Ich muss nur schnell hinaufgehen und unser Geld holen.« Sie sprang auf und rannte im nächsten Moment bereits die Treppe hinauf. Fünf Minuten später ließ sie sich wieder am Tisch nieder, öffnete die Tasche und legte zehn Silberstücke auf den Platz vor sich.

»Oh«, sagte der junge Mann neben ihr, »das geht nicht. Wir sind einfache Holzfäller. Wir spielen nur um Kupfer.«

»Ach«, Adelaide winkte ab, »das ist nicht so schlimm. Ein Einsatz ist ein Einsatz. Die Farbe sollte doch egal sein.«

Mit diesen Worten schob sie auch mir zehn Silberstücke hinüber. Die Augen des Axtmannes wurden groß wie Klosettdeckel.

Jeder der Herren legte zehn Kupfer vor sich ab. Das Spiel begann. Zunächst sah es so aus, als würde Fortuna keinen der Teilnehmer bevorzugen oder benachteiligen. Insbesondere die Gewinne und Verluste aus den Meldefächern verteilten sich völlig gleichmäßig.

Nachdem einiges Silber zu den Herren gewandert war, sagte Adelaide mit einem lieblichen Augenklimpern, dass es doch gerecht sei, wenn jene, die Silber besaßen, immer zuerst auch Silber einsetzen würden, so wie sie und ich es schließlich auch taten. Ein kurzes Murren der Herren wurde mit einem Schmollmund und einem bittenden »Aber meine Herren« quittiert. Woraufhin sich alle in die neue Regel fügten.

Als es ein drittes Mal an Adelaide war, die Karten zu verteilen, mischte sie so ungeschickt, dass die Hälfte des Päckchens aus ihrer Hand rutschte und unter den Tisch fiel.

Ich weiß bis heute nicht, was sie dort unten getrieben haben mag. Ich bin gewiss mit einigen Wassern gewaschen, aber so einen Streich habe ich mein Lebtag nie zuvor gesehen. Von jenem Augenblick an wendete sich das Glück und es lächelte hauptsächlich mir zu. Mal besaß ich praktisch alle Trümpfe, sodass ich die Meldungsfächer zum größten Teil leeren konnte, mal eine unschlagbare Poch-Hand, während einer der Herren ein Blatt hielt, das ausgezeichnet aussah, aber am Ende nur zweiter Sieger blieb. Adelaide ihrerseits hielt sich wacker. Sie gewann nichts und verlor nichts. Die Münzstapel der Herren aber nahmen in kürzester Zeit rapide ab. Dabei war es egal, wer die Karten verteilte.

»Die Damen haben wirklich ein verteufeltes Glück«, sagte einmal der Axtmann und starrte stirnrunzelnd in sein Blatt.

»Spricht man nicht von Anfängerglück?«, sagte Adelaide und lächelte ihn wohlwollend an.

»Jau.« Er nahm seine Karten und warf sie zur Seite als Zeichen, dass er einmal mehr passen musste.

Am Ende saßen die vier Herren im übertragenen Sinne nackig da und starrten auf ihre leeren Hände. Wie gut, dass wir nicht um Wäschestücke gespielt hatten. Natürlich hätte es beeindruckende Muskelpakete und sicher auch gute Stücke Männlichkeit zu sehen gegeben. Aber wer legte auf so einen Anblick schon besonderen Wert?

Adelaide ließ sich am Ende von mir die Münzen hinüberschieben. Sie sortierte die Silberstücke aus und verstaute sie wieder in der Tasche. Das Kupfer blieb als Batzen vor ihr liegen.

»Ich sehe«, sagte sie, »dass Ihr ehrliche Kerle seid, die im Schweiße ihres Angesichts ihren Lohn verdienen. Diesen Lohn.« Sie deutete auf die Münzen. »Darum will ich Euch den Einsatz zurückgeben, den Ihr geleistet habt. Zwei Lehren sollen Euch bleiben. Erstens, trampelt nicht wie eine Rinderherde durch eine

Herberge und weckt so ehrbare Damen, die noch ihre Nachtruhe genießen. Zweitens, schaut auch den bestausgestatteten Weibern in die Augen und auf die Finger, wenn Ihr Karten spielt, und nicht in den Ausschnitt.«

Der Axtmann fluchte: »Die haben betrogen!« Er war bereits halb aufgesprungen, die Hand langte nach seiner Axt.

Aber Adelaide war schneller. Sie stand und legte ihm die Rechte auf die Stirn.

»Ganz ruhig, mein Herr. Wie heißt du?«, sprach sie mit einschmeichelnder Stimme.

»Max.«

»Gut Max, du wirst dich beruhigen und wieder hinsetzen. Dann wirst du langsam bis zehn zählen. Kannst du das?«

»Ja, klar.«

»Gut. Du zählst bis zehn und dann schenkst du uns aus Dankbarkeit deine Axt.« Adelaide nahm die Hand von Max' Stirn, er ließ sich nieder und begann zu zählen.

Seine Begleiter schauten mit offenen Mündern dem Treiben zu. Ganz offensichtlich verstanden sie kein Jota von dem, was gerade geschah. Ihr starker Anführer ließ sich von einem Weib vorschreiben, was er zu tun und zu lassen hatte.

Max griff nach der Axt und hielt sie mit beiden Händen über den Tisch. »Meine Damen, für Eure großzügige Geste möchte ich Euch diese meine Axt zum Geschenk überreichen. Sie hat mir viele Jahre treue Dienste im Wald geleistet, mich mit Lohn und Brot versorgt.«

Adelaide lächelte und legte eine Hand an eine Schulter des Mannes. »Ihr seid zu großzügig«, sagte sie. »Aber ich und meine Begleiterin können dieses Geschenk nicht annehmen, denn es würde Euch dem Hunger ausliefern.« Sie lächelte. »Zählt noch einmal bis zehn, nehmt die Axt wieder an Euch und geht heute mit doppelter Kraft und Freude an Eure Arbeit.« Sie nahm die

Hand von der Schulter, legte sie kurz noch einmal an die Stirn des Mannes und zog sie ruckartig zurück. »Jetzt!«

Max zählte, legte die Axt anschließend vor sich auf den Tisch und lächelte uns ein wenig traumverloren an.

»Wer seid Ihr?«, fragte der junge Mann an Adelaides Seite.

»Das darfst du nicht wissen. Ich könnte es dir sagen, aber dann müsste ich es dich sogleich vergessen machen. Wünschst du das?«

Erschrocken schüttelte er den Kopf.

Adelaide erhob sich und zog an meinem Arm. »Komm, wir haben noch Besorgungen zu machen.« Sie nickte den Herren zu. »Wir wünschen einen guten Tag.« Mit diesen Worten wandte sie sich ab und strebte der Treppe zu. Ich folgte ihr eilig.

In unserem Zimmer fragte ich sie, wieso sie das gewonnene Geld zurückgegeben habe. Schließlich wurde erst dadurch offenbar, dass etwas mit ihrem Spiel nicht stimmte.

»Außerdem erklärst du mir immer, Kerle seien nichts wert«, sagte ich abschließend.

»Das sind ein paar hart arbeitende und vor allem anständige Männer. Nur ein bisschen dumm und poltrig.«

»Woher willst du wissen, dass sie anständig sind?«

»Du hast doch gehört, wie ich sie getestet habe. Ganz kurz glomm da ein gieriger Funke in ihren Augen auf, als sie sich vorstellten, wie wir ohne Kleider dastehen würden. Aber dann gewann ihr Gewissen, das ihnen vermutlich von Frauen und Kindern daheim ins Ohr flüsterte, und sie lenkten uns zu einem herkömmlichen Spiel. Klar dachten sie, sie könnten uns dabei leicht ein paar Münzen abnehmen, aber darum geht es schließlich bei diesen Karten- und Würfelspielen. Aber sie wollten uns nicht unsere Würde nehmen und nackt dastehen lassen. Hätten sie sich dazu entschieden, wären sie am Ende selbst wie am Tag ihrer Geburt aus der Wirtschaft spaziert. Ich frage mich, ob dieser

Typ mit der Axt überall so kräftig gebaut und gut bestückt war.« Adelaide kicherte und hielt sich geziert eine Hand vor den Mund. »Ich weiß, ich bin nicht anständig. Das hat mir der ehrenwerte König Drosselbart ausgetrieben, kann ich dir versichern.«

Wir kauften an diesem Tag zwei Pferde und ließen sie den Stall der Gastwirtschaft beziehen. Die restliche Zeit bis zur Abholung der Kutsche verlief ereignislos. Wir schlenderten durch die Gassen, tranken in einer Schenke mit Blick auf die sich breitenden Felder außerhalb der Stadt ein paar Schoppen und schwankten beseligt ins Gasthaus zurück. Ich verbrachte einen ganzen Tag im Bett, während sich Adelaide die Umgegend weiter außerhalb ansehen wollte. Sie kehrte von diesem Ausflug mit einem Strohhut von der Größe eines Wagenrades zurück.

Am vierten Tag nahmen wir endlich jeder ein Pferd am Halfter und führten sie zu dem Gehöft, wo die Kutschen gezimmert wurden.

Der Mann, der uns zu Beginn bedient hatte, erwartete uns bereits mit strahlendem Lächeln.

»Ah, meine Damen, Sie kommen gerade zurecht. Der Lack ist kaum getrocknet. Er deutete auf einen schwarzen Edelstein auf vier Rädern, der mitten im Hof stand. Die Kutsche war wirklich jeden Taler wert, den Adelaide vielleicht dafür geben würde. Man konnte bei ihr schließlich nie sicher sein.

Es zeigte sich jedoch, dass sie den grauhaarigen Damen im Kontor ohne zu zögern das Geld überantwortete, das diese verlangten. Sie spielte keine Spiele, versuchte keine Tricks, sondern legte einfach die Münzen auf den Tresen und nahm ein Papier entgegen, das die Zahlung bestätigte. Damit gehörte die Kutsche uns.

Der Verkäufer half uns dabei, die Pferde einzuspannen. Wir verabschiedeten uns von ihm mit einem kräftigen Händedruck, stiegen beide auf den Bock und rollten zum Tor hinaus.

»Und wie geht es weiter?«, fragte ich, nachdem wir ein Stück weit in Richtung Stadt zurückgerollt waren.

»Wir fahren heim, packen ein paar Sachen zusammen und dann geht es auf nach Cortock.«

»Ich dachte, wir wollen nach Hopfenburg. Was suchen wir in einem Nest wie Cortock?«

»*Salz*«, sagte Adelaide und ich verstand zwar das Wort, aber nicht den Sinn dahinter.

Sie erkannte wohl, dass weitere Erläuterungen ihres Planes angeraten waren, und erzählte: »Mein Exgemahl hat außer dem Quälen von Frauen noch ein weiteres Steckenpferd. Er sammelt Bilder. Besonders hat es ihm Peter Paul van Brenney angetan.«

»Wer ist das?«

»Ein Maler. Vielleicht der berühmteste Maler der Welt. Kennst du *Tod des Verführers*?«

Ich schüttelte den Kopf und kam mir ziemlich ungebildet vor.

»Es ist sein bekanntestes Werk«, erklärte Adelaide. »Es zeigt ein junges Mädchen mit einem zartroten seidenen Käppchen. Sie hält in der einen Hand eine Armbrust, die andere stemmt sie in die Hüfte. Ihr rechter Fuß ruht auf einem toten Wolf. Ein Armbrustbolzen ragt nach oben aus seinem Leib. Van Brenney hatte eine Vorliebe für brachiale Darstellungen. Ein weiteres Werk heißt *Der Gänsedieb*. Darauf sieht man auf der rechten Seite drei Fuchswelpen vor einer totgebissenen Gans. Auf der anderen Bildseite liegt die erschossene Fähe, die eben noch für ihre Jungen die Gans gerissen hat. Blut rinnt aus mehreren Wunden, was auf einen Schrotschuss hindeutet. Ein Jäger hat die Räuberin erwischt.«

»Das ist alles ganz interessant, aber verrät nicht, was wir in Cortock wollen.«

»In Cortock lebt, was nicht überraschend ist, der Baron von Cortock. Er ist ein über achtzigjähriger Greis, der kaum noch weiß, wie er heißt, geschweige denn, was er besitzt. In seinem Haus hängt eines der späten Werke van Brenneys. Das Bild heißt *Salz* und zeigt das tränenüberströmte Gesicht eines Mädchens. Es ist etwa sechs Jahre alt. Das Gesicht füllt die Leinwand vollkommen aus, ein Teil des Haarschopfes ist gar nicht mehr dargestellt. Man gewinnt den Eindruck, man hocke vor der Kleinen und wolle sie trösten.« Adelaide sah mich kurz von der Seite an, ehe sie die Aufmerksamkeit wieder der Straße widmete. »Ja, van Brenney war kein Freund von Bildtiteln, die einfach sagen, was es zu sehen gibt.«

»Woher weißt du das alles?«

»Das wirst du früh genug erfahren. Vorerst ist wichtig, dass wir uns dieses Bild besorgen. Da es unbezahlbar ist, müssen wir es stehlen. Wir bringen es dem Alten zurück, wenn wir unsere Arbeit in Hopfenburg erledigt haben. Der Herr Baron ist wirr im Kopf, so sagte man mir, er wird es also nicht vermissen. Die einzige Schwierigkeit bereitet der Kammerdiener des Barons. Er ist zwar nur unwesentlich jünger als sein Herr, aber geistig noch ganz auf der Höhe. Er ist der Einzige, der uns an der Sicherung vorbeibringen kann. Diesmal können wir ja nicht zusehen, wie man das verflixte Ding ausschaltet. Und deshalb benötige ich eine Katze und einen Hut.«

Dieser Zusammenhang war mir zwar immer noch nicht klar, aber da wir inzwischen auf den Marktplatz zurollten, fragte ich nicht weiter. Adelaide würde mir, so wie ich sie kannte, eines schönen Morgens kurz nach dem ersten Hahnenschrei den Rest erläutern.

Am nächsten Tag, die Sonne stand im Zenit, fuhren wir mit gepackten Koffern aus der Stadt hinaus. Ich hatte Adelaide überzeugen können, mich nicht zu früh zu wecken. Eigentlich war mir ein Rätsel, wie mir das gelingen konnte. Vermutlich wollte sie einfach selbst ein wenig ausschlafen.

Wir saßen nebeneinander auf dem Kutschbock. Adelaide hatte Zügel und Peitsche in der Hand und dirigierte uns durch die Straßen, als habe sie nie etwas anderes gemacht. Manchmal fand ich regelrecht beängstigend, wie viel sie beherrschte. Niemand, der sie bei einer Arbeit beobachtete, hielte sie je für eine Prinzessin oder gar Königin.

Die Kutsche rollte aus der Stadt und nach Westen. Cortock lag dicht vor der Grenze zum Nachbarreich Hopfenburg, das unser eigentliches Reiseziel sein würde. Links und rechts der Straße breiteten sich Getreide- und Gemüsefelder aus, vereinzelt unterbrochen von Hainen und Gehöften, die in der eher eintönigen Landschaft die alleinige Abwechslung darstellten. Ich musste gegen wachsende Müdigkeit ankämpfen.

Um mich wach zu halten, fragte ich Adelaide aus: »Wie geht es weiter, wenn wir das Bild haben? Was wollen wir damit?«

Sie lächelte mich verschmitzt an. »Du wirst wieder einmal in deiner Paraderolle auftreten.«

»In meiner Paraderolle?«, echote ich dümmlich.

»Als junger Mann. Diesmal wirst du als Abgesandter des Konsuls von Rappuristan auftreten. Das Land liegt jenseits des Ozeans im Osten ständig mit seinen Nachbarn in Fehden und braucht deshalb unausgesetzt Geld. Du wirst vorgeben, dem König von Hopfenburg das Bild *Salz* verkaufen zu wollen.«

»Das nimmt mir niemand ab.«

»Mein Ex-Mann nimmt jedem alles ab, der ihm nur einen van Brenney unter die Nase hält. Und diesen ganz besonders.«

»Aber, wenn er so ein Sammler ist, wie du sagst, wird er nicht wissen, dass das Bild gar nicht im Besitz von irgendwem in Rappuristan ist?« Ich hielt ratlos die Hände in die Luft.

Adelaide knallte mit der Peitsche, die Pferde zogen schneller, von dem unvorhergesehenen Knall überrascht. »Das ist das Beste an der ganzen Geschichte«, jubelte Adelaide. »Dieses Bild gibt es in drei Versionen. Van Brenney muss schier besessen von dieser Szene gewesen sein. Es heißt, er habe noch weitere Versuche halb fertig in seinem Arbeitszimmer stehen gehabt, als der Tod ihn hinwegraffte. Und eine der Versionen befindet sich tatsächlich im Besitz des Obersten Schallai von Rappuristan.« Sie packte mich an den Schultern. »Das ist doch toll, oder nicht?«

Ich nickte eilig, damit sie wieder auf die Straße und nicht in meine Augen schaute, denn inzwischen raste die Landschaft förmlich an uns vorbei. Selbst bei dieser schnurgeraden Strecke wollte ich Adelaide nicht allzu lang abgelenkt wissen. Zum Glück wandte sie sich wieder den Pferden zu.

»Wozu dieser ganze Zinnober?«, fragte ich etwa eine Meile später.

»Damit wir ins Schloss kommen. Ich muss mich natürlich versteckt halten, denn ich nehme doch stark an, dass mein werter Gatte mich erkennen würde, träte ich ihm unter die Augen. Aber im Verborgenen werde ich dich begleiten. Bis ich dir das alles im Detail erkläre, ist noch ein wenig Zeit.« Sie tippte mich an die Stirn. »Wozu willst du dein Köpfchen jetzt schon mit all diesem Wissen belasten?«

»Was genau willst du stehlen? Ich nehme nicht an, dass wir den Inhalt der gesamten Schatzkammer mitschleppen können.«

»Die Krone, was sonst. Der Herr König wird seine Krone verlieren.«

»Die Erbkrone der Hopfenburger? Sie ist …«

»… unbezahlbar. Ich weiß. Tausend Jahre im Besitz des edlen, inzwischen offenbar völlig degenerierten Geschlechts. Von einem Hexenmeister für den damaligen Fürsten eines wilden Reitervolkes geschaffen, der seine Leute zur Sesshaftigkeit führen wollte, weil er eine holde Maid begehrte, die von einer Hexe in einem Turm gefangen gehalten wurde. So lautet die Legende.«

Adelaide lachte laut auf. »Alles erstunken und erlogen. Ich habe das Teil gesehen. Es kann nicht älter als dreihundert Jahre sein. Die Steine vermutlich zusammengeraubt bei Kriegszügen in die Reiche jenseits des nördlichen Meeres. Aber es ist eine gute Geschichte. Das gebe ich zu.«

»Was willst du mit dem Teil? Du kannst es nicht verkaufen.«

»Will ich auch nicht. Ich will es besitzen. Damit er es nicht hat.« Sie schaute zu mir und hob einen Zeigefinger. »Merke dir, Marie, bei dieser Sache geht es nicht um Geld, es geht um Rache. Er soll jammernd in seiner Kammer knien und seine Vorfahren um Vergebung anflehen, weil diese verdammte Krone weg ist!«

»Du wirst ihn nicht jammern hören«, merkte ich an.

»Das ist mir egal, mein Schatz, denn ich kenne ihn und weiß, er wird es tun.« Sie knallte wieder mit der Peitsche über den Köpfen der Gäule und rief »Vorwärts!«, als wären wir noch nicht schnell genug.

In den Abendstunden erreichten wir Cortock. Wir quartierten uns in einem Gasthaus am Dorfrand ein, das stark jenem ähnelte, in dem wir in Dreisack logiert hatten. Es wirkte ein bisschen schäbiger und die Waschzuber und Abtritte befanden sich in Holzschuppen auf dem Hof. Aber da es im Ort das einzige Haus war, in dem Zimmer für Durchreisende vermietet wurden, blieb uns keine Wahl, wenn wir nicht unsere Nacht in einem Kornfeld verbringen wollten. Und was immer manche Barden in ihren Liedern behaupteten: Das pikt.

Am nächsten Morgen ging Adelaide nach dem Frühstück allein aus. Sie müsse sich umsehen, verkündete sie und empfahl mir einen Spaziergang im Wald beim Dorf. Sie erklärte, es gebe dort einen Felsen, den man recht einfach erklimmen könne. Er biete eine spektakuläre Aussicht bis ins Nachbarreich. Manchmal gewann ich den Eindruck, sie kannte mich doch nicht so gut, wie sie immer tat. Glaubte sie wirklich, ich würde stundenlang durch den Wald latschen, nur um am Ende auch noch einen Felsen hinaufzuklettern? Und das alles, um mir eine öde Landschaft anzusehen, die ein Stück weit weg lag und die wir ohnehin zu Gesicht bekämen, wenn wir mit der Kutsche hindurchfuhren?

Ich blieb also im Gasthof, warf mich aufs Bett und starrte an die Decke. Dort bildeten Wasserflecken interessante Muster, die ich anstarrte, bis mir die Augen zufielen.

Im Traum nahm mich ein blonder Jüngling in die Arme, der wie einer der Holzfäller aus dem anderen Gasthof gebaut war. Wir standen in einem lichten Wald unterhalb eines Felsens und seine Zähne blinkten im Sonnenlicht. Plötzlich fühlte ich, wie etwas an meinem Arm riss. Eine Hyäne mit rosa-hellblau gestreiftem Fell hatte sich in einem Ärmel meines Kleides verbissen und ließ nicht locker. Ich erwachte.

Adelaide stand neben dem Bett. Sie hatte mich gepackt und zerrte an meinem Arm. »Was tust du am helllichten Tag im Bett?«, wollte sie entrüstet wissen. »Du solltest dich bewegen, sonst rostest du ein!«

Ehe ich etwas erwidern konnte, erklang neben meinen Beinen ein schüchternes Maunzen. Ich richtete mich auf und erblickte ein gestreiftes Kätzchen in einem Weidenkorb. Es konnte nicht älter als ein halbes Jahr sein. Ich rückte ein Stück davon ab. »Da ist ein Tier in meinem Bett«, sagte ich und deutete anklagend darauf.

»Das ist ein Kater. Er hat noch keinen Namen, du kannst ihm einen geben«, sagte Adelaide. »Wenn er erwachsen ist, wird er gewiss ein gefürchteter Rattenfänger.«

»Das ist mir gleich. Tiere gehören nicht ins Bett. Erst hat man Katzen und am Ende sind es Flöhe und Wanzen.«

»Die bekommt man auch, wenn man sich den ganzen Tag nur im Bett herumdrückt«, behauptete Adelaide. »Steh also auf und komm mit. Wir müssen dir einen Gehrock anmessen lassen. Ich habe unweit einen Schneider gefunden, der für ein entsprechendes Handgeld nichts dabei findet, einer Frau Männerkleidung zu schneidern.«

Ich zuckte mit den Schultern und erhob mich. Adelaide stellte sich an meine Seite und schob mich mit einer Hand zwischen meinen Schulterblättern vor sich her.

Ich wandte den Kopf. »Ich komme ja mit«, raunzte ich. »Du tust ja gerade so, als wäre ich deine Tochter.«

Adelaide ließ sich von diesem Ausbruch nicht beeinflussen. Unten steuerte sie mich in den Hof zu den Waschzubern. »Mach dich frisch, damit du auf den Schneider einen guten Eindruck machst. Ist ein hübscher Bursche. Wenn du also …« Sie verstummte, vielleicht weil ich inzwischen so grimmig schaute wie der Wolf, ehe er die Großmutter fraß.

Nach weiteren zehn Minuten gingen wir die Dorfstraße entlang. Das Haus des Schneiders lag etwa hundert Schritte weiter zur Ortsmitte hin. Bei einer Stadt hätte man dieses Gebiet vermutlich als das Zentrum bezeichnet. Dort standen die Kirche und eine weitere Wirtschaft einander direkt gegenüber, damit es die Leute am Sonntag nach der Messe nicht so weit hatten, wenn sie den Weihrauch aus ihren Kehlen spülen wollten. Neben der Wirtschaft zeigte ein Hausschild eine Schere und eine Nadel mit Faden.

Wir betraten einen Raum, in dem mir als erstes ein hohes Regal ins Auge fiel, das von oben bis unten mit Stoffballen gefüllt war. Daneben standen vier Schneiderpuppen aufgereiht wie Soldaten zur Parade. Eine trug ein gelbes Sommerkleid mit Spitzenbündchen, eine weitere Hemd, Frack und Fliege. Die übrigen beiden waren nackt.

»Ah, die gnädige Frau und ihre Freundin«, begrüßte uns ein Mann von kaum dreißig, der auf einem Tisch saß und nähte. Er trug einen Kneifer vor den Augen. Offensichtlich hatte die Arbeit seiner Sehkraft geschadet.

Er legte beiseite, womit er gerade beschäftigt gewesen war, sprang vom Tisch, baute sich vor mir auf und beäugte mich kritisch vom Scheitel bis zur Sohle. »Sehr schön gewachsen«, konstatierte er, als sei ich ein Baum und er der Gärtner. Er hob eine Hand und bewegte kreisend den Zeigefinger. »Drehen Sie sich einmal um, Fräulein.«

Wieso war ich ein Fräulein und Adelaide immer eine gnädige Frau oder Madam?

Da ich angesichts dieses Gedankens seiner Aufforderung nicht sofort nachkam, wanderte der junge Mann einfach um mich herum.

»Ja«, sagte er. »Ganz ausgezeichnet. Damit kann ich etwas anfangen.« Er eilte davon, trat an einen Sekretär und öffnete ein Schubfach. Dann kehrte er mit einem aufgewickelten Stoffstreifen und einer Elle zurück.

»Wollen wir doch mal sehen …«, murmelte er, legte den Kopf schief und begann schließlich damit, meine Maße zu nehmen. Dabei lief er in einem fort um mich herum. Einmal legte er die Hände auf meine Schultern und drückte sie nach unten, Sekunden später stand er direkt vor mir, stützte sein spitzes Kinn in die Rechte und ließ den Blick an mir hinauf- und herabwandern, wobei er skeptisch dreinschaute.

Schließlich stürzte er mit vorgereckten Armen an mir vorbei und auf das Regal mit den Stoffen zu. Er packte mehrere Rollen, schleppte alle auf einmal zum Tisch und warf sie dort vor uns ab, sodass sie sich ein wenig entrollten. Für meine Augen sahen die Stoffe alle gleich aus. Alle waren schwarz.

Allerdings erschienen sie dem jungen Schneider ganz offensichtlich völlig verschieden, denn er begann sogleich, uns die jeweiligen Vorzüge jedes einzelnen ausgiebig zu schildern. Dieser musste nur eine kurze Zeit unter ein heißes Eisen, um nach einem anstrengenden Tag geglättet zu werden, jener kühlte im

Sommer und wärmte im Winter, ein dritter zeigte im Licht der Sonne und im Licht von Kerzen unterschiedliche Schatten und versteckte Muster. Nur der vierte war einfach: einfach schwarz.

Adelaide trat an den Tisch, befühlte die einzelnen Stoffe und winkte mich zu sich.

»Welcher gefällt dir am besten?«

Ich habe vermutlich ziemlich dumm dreingeschaut, denn mir war herzlich egal, in welchem schwarzen Stoff ich herumlaufen würde. Schließlich galt es, diesen am Hofe eines Königs zu tragen, während ich vorgab, der Abgesandte einer fremden Nation zu sein, was mir, wenn mir jemand auf die Schliche kam, ein letztes Leinenhemd eintragen würde, bei dem man den Kragen sparen konnte, denn mein Kopf würde fehlen.

Um mich von der Bürde der Entscheidung zu befreien, deutete ich auf den einfachen. »Nehmen wir den«, sagte ich.

Adelaide fuhr herum und sah mich an. »Marie, hast du denn nichts gelernt? Man gibt sich nie, unter keinen Umständen, mit dem Einfachsten und Billigsten zufrieden. Ehe man so weit sinkt, zieht man besser in den Wald zu den Räubern und raubt etwas Teures.« Sie wandte sich wieder dem Schneider zu und lächelte entschuldigend. »Diese jungen Mädchen heutzutage …«

Der Schneider schaute nach dieser Auslassung ein wenig gequält. Vermutlich irritierte ihn das Wort *raubt.*

Meine Begleiterin trat an den Tisch und befühlte die Stoffe. »Wir sollten uns anschauen, wie sie an der späteren Trägerin aussehen«, sagte sie. »Finden Sie nicht?«

»Natürlich, sofort.«

Der Schneider eilte von dannen. Aus einer Ecke zog er einen Spiegel, der auf einer Art Wagen montiert war, heraus und rollte ihn in die Mitte des Zimmers neben den Tisch. Er platzierte ihn so, dass das Licht durch die Fenster seitlich darauf fiel, dann winkte er mit einem Finger.

»Stellen Sie sich bitte hier hin, mein Fräulein.«

Ich gehorchte. Wenig später wurde mir der erste Stoff um den Leib drapiert wie eine Toga.

»Du musst den Kopf recken«, sagte Adelaide. »Dann sieht deine Haltung herrschaftlicher aus.«

Ich versuchte es.

»Ja, so ist es schön.«

Der Schneider und die Exkönigin tanzten um mich herum, während ich einen Stoff nach dem anderen über die Schultern geworfen bekam. Noch immer erkannte ich kaum einen Unterschied zwischen ihnen. Der einfache fühlte sich am Hals ein wenig kratzig an, also wählte ich wohl tatsächlich besser einen anderen. Aber bei den restlichen konnte ich nicht den Finger auf einen legen und erklären, dieser sei der beste.

»Wir nehmen den!«, erklärte Adelaide schließlich, wohl weil ich mich nicht zu einer Entscheidung durchringen konnte. Es handelte sich bei dem ausgewählten Stoff um jenen, der angeblich im Licht der Sonne changierte, wie der Schneider die leichten farblichen Änderungen bezeichnete, die das Material zeigte, wenn ich mich bald hier-, bald dorthin drehte. Er verwendete das Wort aus einer fremden Sprache ganz offensichtlich, um den Preis nach oben zu treiben, denn dieser Stoff war fraglos der teuerste.

Ich nahm an, Adelaide würde handeln, betrügen oder ihre Überredungskunst einsetzen, die sie mesmerisieren nannte. Aber sie nahm den Preis ganz gelassen hin.

Nachdem der Handel geschlossen war, führte der Schneider uns in einen Nebenraum, wo auf einem Tisch verschiedene Zeichnungen lagen, die Kleider darstellten. Auch drei Sessel fanden sich hier, sowie ein Schrank, in dem weitere Zeichnungen aufgerollt gestapelt lagen. Offenbar liebten Schneider, alles in Rollen aufzubewahren.

Wir nahmen Platz, der junge Mann nahm den Stapel Zeichnungen vom Tisch fort und ersetzte ihn durch einen anderen, der aus Blättern voller Herren in Anzügen bestand. Weit geschnitten, eng geschnitten, tailliert, mit Schulterformung, mit und ohne Schöße – wie ich in der nächsten Stunde lernte.

Adelaide versuchte, mir ein Modell einzureden, dessen Schöße beinahe wie eine Schleppe hinter mir herflattern würden. Ich wehrte mich standhaft und behielt die Oberhand, weil der junge Mann sich ebenfalls gegen dieses Modell aussprach, als erwähnt wurde, es ginge um einen geschäftlichen Anlass.

»Dann würde ich zu diesem raten.« Mit zielsicherer Hand zog er ein Blatt aus dem Stapel, das einen eng geschnittenen, mit ausgestellten Schultern bewehrten Anzug zeigte, der seiner Meinung nach einen energischen, siegesgewissen Verhandlungspartner kennzeichnete. Adelaide gab sich geschlagen, auch wenn sie wieder und wieder verträumt nach dem Bild mit dem anderen Modell schielte.

»Kauf dir auch einen, wenn er dir so sehr gefällt«, raunte ich. Sie winkte nur ab.

Schließlich war auch dieser Teil der Auswahl abgeschlossen. Wir wurden verabschiedet und erhielten den Bescheid, am kommenden Nachmittag wieder in den Laden zu kommen. Dann würde er die finalen Längen abstecken. Wir dankten dem jungen Schneider und versprachen, pünktlich wieder bei ihm zu sein.

Den nächsten Tag verbrachte ich spielend mit dem Kätzchen, das ich Willie getauft hatte, weil sein Schnurrbart mich an meinen verstorbenen Großvater erinnerte. Adelaide war irgendwo unterwegs. Sie hatte sich vor ihrem Aufbruch einmal mehr wie ein Narr auf dem Jahrmarkt geschminkt. Ich fragte mich, was die Dörfler von dieser Aufmachung halten würden.

Offensichtlich nicht sehr viel, denn als ich zur Mittagsstunde in den Gastraum hinunterging, sprach mich der Wirt an. Er beugte sich vertraulich zu mir und erkundigte sich flüsternd, ob die gnädige Frau sich nicht wohlfühle. Dabei ließ er den Zeigefinger vielsagend neben seiner Schläfe kreisen.

»Oh«, sagte ich. »Die gnädige Frau fühlt sich ausgezeichnet.« Dabei bleckte ich die Zähne, sodass er die Augen aufriss und einen halben Schritt zurückwich.

»Dann ist ja alles gut«, sagte er, zog einen Lappen aus der Hose, mit dem er sich über die Stirn wischte, und fragte, ob ich ein Mittagsmahl wünschte.

Ich bejahte, grübelnd, seit wann ich so furchterregend wirkte. Ich vermutete, Adelaide hatte bei ihrem Abgang aus dem Gasthaus mit dem Wirt gesprochen. Entweder hatte sie ihm einfach etwas vorgelogen, vielleicht, dass ich eine gefürchtete Riesentöterin wäre, oder sie hatte ihm gegen die Stirn geschlagen und an die Schulter getippt und alles getan, was sie sonst so tat, um anderen Menschen eine absurde Idee einzugeben.

Adelaide kehrte erst kurz vor dem verabredeten Termin beim Schneider zurück.

»Wo warst du? Wir müssen gleich los!« Ich deutete aus dem Fenster zur Kirchturmuhr hinauf.

»Ich musste ausspannen.« Sie hielt den Kopf schief, ließ ein kurzes Lächeln aufblitzen und wieder verschwinden, als betätige jemand einen Schalter in ihrem Kopf. »Und nachdenken.« Sie hakte mich unter und schleppte mich buchstäblich zur Tür hinaus. »Ich erzähl dir später, was wir noch besorgen müssen.«

»Noch was besorgen?« Ein ungutes Gefühl kroch meinen Rücken hinauf.

»Später, hörst du nicht? Jetzt wollen wir erst einmal zusehen, dass du zu einem ordentlichen Anzug kommst.«

Die folgende Stunde stand ich im Laden des Schneiders und wurde erneut vermessen. Diesmal trug ich dabei bereits so etwas wie einen Anzug, aber der junge Mann arbeitete mit Kreide und

Nadel die ganze Zeit daran. Er rückte an den Schultern herum, zerrte an den Hosenbeinen und Ärmeln, schlug sie um, drehte am Kragen. Mal musste ich die Arme seitwärts halten, als wollte ich einen Vogel imitieren, mal durch das Zimmer laufen wie ein Dressurpferd, dann wieder stramm in Habachtstellung stehen wie ein Posten vor einem Schlosstor. Schließlich schien der Schneider mit seinen Arbeiten fertig und zufrieden zu sein.

»Morgen um die gleiche Stunde ist alles bereit«, sagte er.

Adelaide nickte huldvoll und hielt ihm eine Hand zum Abschied hin. Als er sie nahm und einen Handkuss darauf hauchte, kicherte sie verschämt wie ein Schulmädchen.

Wir begaben uns auf den Heimweg, aber anstatt direkt zum Gasthof zurückzukehren, führte Adelaide mich daran vorbei und in den nahen Wald.

»Was wollen wir hier?«

»Ungestört reden.«

»Das hätten wir auch auf unserem Zimmer gekonnt.«

»Da wärst du nur wieder sogleich ins Bett gefallen. Du brauchst mehr Bewegung, mein Schatz. Die verschaffe ich dir.«

»Ich bin nicht dein Schatz und was ich bestimmt nicht brauche, ist Bewegung. Habe ich noch nie.«

»Dadurch hast du aber auch nicht gerade viel gewonnen, oder – Pechmarie?« Sie machte eine so bedeutsame Pause und zog den Schimpfnamen so sehr in die Länge, dass augenblicklich Zorn in mir hochkochte. Ich wollte sie packen und gegen einen nahen Baum stoßen, damit ihr Hören und Sehen verging, aber sie wich mir flink aus, lief los und rief: »Fang mich doch!«, als sei alles nur ein Spiel.

Und ich war tatsächlich blöd genug, hinter ihr herzulaufen, um ihr einen Denkzettel zu verpassen. Ja, niemand muss mir erklären, dass sie mich auf die Art genau da hatte, wo sie mich haben wollte. Ich kam in Bewegung.

Zehn Minuten später musste ich mich schwer atmend an einem Baum abstützen. »Bleib stehen, du Miststück«, wollte ich hinter ihr herrufen, aber es kam nur ein Keuchen heraus. Dennoch stoppte sie und wandte sich um.

»Wie willst du in zehn Jahren herumlaufen? Am Stock? Siehst du jetzt ein, dass du ein bisschen Bewegung brauchst?« Sie kam zu mir zurück. »In unserem Beruf …«

»Beruf? Ha! Dieb zu sein nennst du einen Beruf?« Ich konnte nicht anders als ihr schwer atmend ins Wort zu fallen.

»Es ernährt uns, oder? Also ist es ein Beruf. Und in diesem muss man bei guter Gesundheit bleiben, sonst ist man eines Tages nicht flink genug, wenn es darauf ankommt, zu verschwinden, an einem Haus hinauf- oder hinabzuklettern, auf ein Pferd zu springen oder ein paar Hiebe auszuteilen.«

»Ich bin eine Taschendiebin. Ich steige nicht in Häuser ein und verteile keine Hiebe«, entgegnete ich trotzig.

»Solange du mit mir arbeitest, musst du mit allem rechnen. Und jetzt komm. Wir laufen noch ein kleines Stück.« Schon trabte sie wieder los. Ich blieb bei meinem Baum.

Sie wandte sich um. »Worauf wartest du? Muss ich dich erst wieder beleidigen, damit du dich bewegst?«

»Das wird nicht zweimal klappen.«

»Denkst du das wirklich, du hohle Nuss? Dass du ein faules Dreckstück bist, kann ich ja noch ertragen, aber Dummheit ist mir ehrlich gesagt zuwider.«

Ja, da hatte sie mich!

Ich schleppte mich mehr vorwärts, als ich rannte, aber Adelaide blieb geschickt immer nur ein kurzes Stück vor mir, sodass mir schien, ich könne sie irgendwann doch erwischen und verbläuen, auf dass ihr die Bösartigkeiten im Halse stecken blieben. Sie war wie die Möhre, die man dem Esel vor die Nase hielt, damit er in Trab blieb.

Schließlich blieb sie stehen, aber ich war viel zu ausgepumpt, um noch wütend zu sein. Ich taumelte auf sie zu und sie breitete die Arme aus, fing mich auf und drückte mich an sich.

»War es wirklich so schlimm?« Sie klang wie eine besorgte Mutter.

»Mach das nicht zu oft«, röchelte ich.

»Von heute an täglich, mein Liebling«, raunte sie in mein Ohr.

Ich ballte die Rechte zur Faust und gab ihr einen kräftigen Stoß in den Rücken.

»Sollte das ein Schlag sein oder wolltest du mich necken?«, fragte sie und ließ mich los.

Statt zu antworten, ließ ich mich ins Gras fallen. Sie setzte sich neben mich. »Ich weiß nicht, ob alles so klappt, wie ich mir vorstelle. Schnell kann passieren, dass wir uns auf der Flucht befinden. Und der König von Hopfenburg wird gewiss unerbittlich sein, wenn seine Krone fehlt. Wir müssen in so guter Form sein wie Soldaten, die in einen Krieg ziehen.«

»Dann bin ich die falsche Partnerin.« Ich legte mich nieder und verschränkte die Arme hinter dem Kopf.

Plötzlich spürte ich eine Hand sanft an der Wange. »Nein, du bist schon richtig. Ich muss dich nur ein wenig aufpäppeln. Und dir, sagen wir, die Hälfte deiner Faulheit austreiben.« Sie wand spielerisch eine Strähne meines Haars um ihre Finger.

Ich drehte ihr das Gesicht zu und runzelte die Stirn. »Was wird das?«

Sie zuckte zurück. »Nichts.«

»Du wolltest mir noch von etwas erzählen, was wir besorgen müssen.« Ich richtete mich auf die Ellenbogen auf.

»Ach ja. Was weißt du über den Pfeifer?«

»Nichts. Wer ist das?«

Adelaide zog die Knie an, schlang die Hände darum und schaute zu den Baumkronen hinauf. Sie klimperte ein wenig mit den Wimpern und sagte schließlich: »Man könnte sagen, er arbeitet in unserer Branche, wenn das auch nicht ganz richtig ist. Er hat eine perfide Masche. Und dir wird sie gewiss am allerwenigsten gefallen.«

»Wieso?«

»Er lockt Ratten und Mäuse in Städte hinein und dann lässt er sich vom Rat oder anderen Herren gut dafür bezahlen, dass er sie auch wieder hinauslockt. Und in den Bänkelliedern singen die Barden davon, wie er ihre Kinder entführt, wenn jemand nicht zahlt.«

»Und warum nennt man ihn Pfeifer?«, wollte ich wissen.

»Weil er all dies mit einer Sammlung von Flöten bewerkstelligt, die magische Melodien für unterschiedliche Zwecke spielen. Man sagt, er habe sogar eine für Aufruhr, aber die soll er noch nie verwendet haben.«

Ich sah Adelaide mit weit aufgerissenen Augen an. »Lass mich raten: Die willst du auch stehlen.«

»Es könnte uns helfen, zu entkommen, wenn unversehens ein Aufruhr in Hopfenburg ausbricht.«

Wo war ich da nur hineingeraten? Vor wenigen Tagen war mein Leben noch eitel Sonnenschein, den nur hin und wieder ein Wölkchen Arbeit trübte, wenn ich mich mal wieder auf dem Markt oder den angrenzenden Straßen herumtreiben und den einen oder anderen Geldbeutel an mich nehmen musste, der seinem ursprünglichen Besitzer zu unbequem geworden war, weshalb er nicht gebührend auf ihn achtgab. Inzwischen musste ich beinahe täglich mit Adelaide einen weiteren Raubzug vorbereiten. Sie scheuchte mich durchs Haus und jagte mich durch den Wald. Ich kümmerte mich um eine Katze, verkleidete mich als Mann und jetzt sollte ich mich auch noch mit jemandem anlegen, der über Ratten gebot.

Ich ließ mich resigniert wieder auf den Rücken sinken.

»Was ist los?«, wollte Adelaide wissen, die in meinem Gesicht wie in einem Buch las.

»Dieser Typ besitzt Macht über Ratten! Ich hasse Ratten!«

»Ja, und? Wir wollen keine Ratten stehlen, sondern ein Musikinstrument.«

»Wenn er uns erwischt, wirft er uns seinen Viechern vielleicht zum Fraß vor. Da lasse ich mich ja lieber hängen.«

»Sei nicht so theatralisch, mein Liebling. Es wird nichts dergleichen passieren. Wenn ich herausgefunden habe, wo wir den Pfeifer finden, spioniere ich ihn aus und entwerfe einen Plan.« Sie beugte sich bei diesen Worten so über mich, dass wir uns direkt ins Gesicht sahen.

»Du weißt nicht einmal, wo wir den Typen finden?«

»Noch nicht genau. Heute habe ich erst einmal erfahren, dass er im Haargebirge hausen soll.«

»Das ist acht Tagesreisen lang und vier breit und seine höchsten Berge durchstoßen die Wolken. Da können wir suchen, bis wir grau sind.«

Erneut wickelte sie ein paar meiner Haarsträhnen um ihre Finger. »So schnell wirst du nicht grau.«

»Bei dir schon.« Ich schnaufte frustriert.

Sie erhob sich, klopfte ein wenig Erde und Nadeln von ihrer Kleidung und sagte: »Gehen wir ins Gasthaus zurück. Es wird bald dunkel.«

Nach ein paar Schritten, die wir schweigend nebeneinander her geschlendert waren, ergriff sie meine Rechte und tätschelte sie. »Mach dir keine Sorgen. Erst einmal holen wir uns das Bild. Dann entscheide ich, ob wir wirklich eine Flöte zur Versicherung brauchen.«

»Und ich muss brav folgen, wie immer du entscheidest.«

»Wenn du meine Freundin bist, ja.«

»Meinst du, ich bin deine Freundin?«

»Weiß nicht, ich hatte nie eine.«

Eine Stimme in meinem Kopf meldete sich und verkündete, dass es mir ebenso ging. Ich hatte eine nervige Schwester gehabt und eine Mutter, die mich zuerst vergöttert und dann verstoßen hatte. Die Leute im Dorf gingen mir im gleichen Maße aus dem Weg, wie sie die Nähe der anderen Marie suchten. Ich hatte vom Prinzip der Freundschaft gehört, wusste, dass es Menschen gab, die einander beistanden, gemeinsam lachten, wenn es einen Spaß gab und gemeinsam weinten, wenn einer von ihnen traurig war. Aber mir war nie ein Mensch untergekommen, zu dem ich derartiges Zutrauen gefasst hatte. Außer Adelaide – wenn ich ehrlich war. Aber ich war eine Beutelschneiderin, so eine war nie ehrlich.

Jedenfalls dachte ich das für ein paar Augenblicke, ehe mich die Erkenntnis traf, dass ich mir nichts sehnlicher wünschte, als eine Freundin zu haben. Vor allem eine, die mich akzeptierte, auch wenn ich nicht perfekt war: faul, mit einer Vorliebe für schwarze Kleidung und einer zögerlichen Einstellung zur täglichen Wäsche. Ich blieb stehen.

Adelaide verhielt ebenfalls den Schritt.

»Ich hatte auch nie eine Freundin«, sagte ich.

»Perfekt.« Adelaide grinste. »Dann lernen wir beide etwas Neues kennen, denkst du nicht?«

Am nächsten Tag brachen wir nach dem Frühstück zum Anwesen des Barons von Cortock auf. Wir gingen zu Fuß, obwohl es ein Marsch von fünf Meilen war, denn mit einer Kutsche zu einem Diebstahl vorzufahren, wäre ein wenig zu auffällig gewesen. Adelaide trug den großen Hut auf dem Kopf und ich Willie in einem Körbchen.

Das Anwesen lag weit vor dem Dorf jenseits eines Ackergrundstückes, das einst von den Pächtern des Barons bestellt worden, inzwischen aber verwildert war, weil niemand sich mehr darum kümmerte. Der Baron, so erklärte mir Adelaide unterwegs, zehrte in den letzten Jahren seines Lebens sein Vermögen auf, denn Erben besaß er nicht. Er war der letzte einer langen Reihe von Cortocks-Baronen. Seine Ahnen hatten ihren Reichtum auf der Arbeit unzähliger kleiner Pächter gegründet, die das Land bestellten, in den Wäldern und Fluren Jagdrecht besaßen und in den Bächen Fische fingen. Von jedem Ertrag ging ein gehöriger Anteil an den Besitzer des Grund und Bodens, der auf diese Weise reich wurde, ohne einen Finger krumm zu machen.

»Ich finde«, sagte sie, »das ist ebenso Raub. Nur wird er nicht bestraft.«

»Und das sagt eine Prinzessin.«

Sie hob mahnend einen Finger. »Ex-Königin!«

Das Gebäude, in dem der Baron residierte, hatte den Großteil seiner einstigen Pracht eingebüßt. Es präsentierte sich als graue Sandsteinmonstrosität mit unzähligen Erkern und Winkeln. Auf dem Dach hielten steinerne Wasserspeier Wache, die Drachen und andere seltene Tierarten darstellten, die man nur jenseits des großen Meeres fand. Ich fragte mich, wie jemand allein, mit nur einem Bediensteten in so einem Haus leben konnte. Wenn der alte Baron wirklich nicht mehr bei klarem Verstand war, verlief er sich wahrscheinlich täglich auf dem Weg vom Schlafzimmer zum Frühstück. Wir näherten uns dem Haus auf Wurfweite, anscheinend ohne jemandes Aufmerksamkeit zu erregen. Das Gebäude starrte uns aus leeren Fenstern an und ich hätte mich nicht gewundert, eine weiße Frau oder ein anderes Gespenst auf dem Dachfirst wandeln zu erblicken.

»Wie kommen wir hinein?«

»Ganz einfach. Durch die Vordertür. Wir warten, bis die Sonne den Zenit überschritten hat. Dann hat das Mittagsmahl des gnädigen Herrn stattgefunden und er und sein Faktotum genießen die Mittagsruhe.«

Wir setzten uns in den Schatten einer Linde und warteten ab. Ich streichelte die Katze, die zufrieden schnurrte. Adelaide schaute hin und wieder zum Himmel und beobachtete die Sonne. Schließlich stieß sie mir einen Finger in die Seite und sagte: »Auf, auf! Arbeit wartet auf uns.«

»Arbeit – wie ich dieses Wort hasse.«

Sie stand bereits neben mir und zog mit beiden Händen an einem meiner Arme. »Komm schon, du wusstest, was dich heute erwartet. – Pass auf! Wir gehen jetzt da rein, als wollten wir einen Besuch machen. Es dürfte keine Probleme geben. Dann lösen wir mit der Katze und dem Hut den Alarm aus.«

»Warum der Hut?«

»Wegen der größeren Überraschung. Um jemanden schnell zu mesmerisieren, muss man ihn verblüffen. Und alte Leute lassen sich nur schwer verblüffen. Sie haben schon zu viel im Leben erlebt. Nachdem der Kammerdiener den Alarm ausgeschaltet hat, kümmerst du dich um das Bild, ich um den Mann. Du löst das Bild aus dem Rahmen, hängst ihn leer wieder auf, schnappst dir Hut und Katze und dann gehen wir. Alles klar?«

»Nein, aber ich weiß zumindest, was meine Aufgabe ist. Wir können beginnen.«

Adelaide sah mich noch einen Augenblick skeptisch an, dann marschierte sie los und ich lief an ihrer Seite. Die Tür zum Anwesen war tatsächlich nicht verschlossen. Im Inneren roch es so muffig, wie das Gebäude von außen aussah. Dicke Teppiche bedeckten den Boden im Vestibül. Spiegel und Porträts ernst dreinblickender Herren und Damen schmückten die Wände.

Adelaide wandte sich sofort nach rechts und eilte auf eine Tür zu. Die führte uns in eine lange Galerie mit Fenstern auf der rechten und Türen auf der anderen Seite. Adelaide hielt auf die mittlere zu, öffnete auch sie und vor uns lag eine Treppe in die Kellerräume.

»Warum kennst du dich hier so gut aus?«, fragte ich.

»Ich habe die Baupläne studiert. Jeder kann sie in der Bibliothek von Tirgisses einsehen. Sie sind in einem Buch über Prachtbauten des Landes abgebildet. Es ist eine Art Lehrbuch für Architekten. – Komm jetzt!«

Sie nahm eine Fackel von der Wand, entzündete sie mit dem bereitliegenden Stein und Stahl, und stieg die Stufen hinab.

Am Ende der Treppe gab es wieder einen Gang mit Türen. Allerdings waren es hier nur zwei. Adelaide wandte sich der linken zu, öffnete sie und verharrte. Sie bewegte die Fackel in einem Halbkreis vor dem Rahmen und betrachtete, was sie im Raum dahinter erhellte.

»Hier sind wir richtig. Gib mir die Katze.«

Sie nahm den Hut ab, ich reichte ihr das Tier, das sie auf den Boden setzte. Sie stülpte ohne Zögern der Katze den Hut über, die erschrocken maunzte. Dann schob sie diese Konstruktion mit Schwung durch die Tür in den finsteren Raum. Ein scharfer Knall ertönte, der wie ein Gewehrschuss klang. Gleichzeitig gleißte in dem Raum Licht auf und Gitter sausten vor der Tür herunter. Dann begannen Glocken zu läuten, als riefe eine Kirche zur Andacht.

Adelaide packte meinen Arm, zog mich in eine Nische und löschte die Fackel. In Finsternis standen wir da, schauten auf das erleuchtete Viereck der vergitterten Tür und harrten der Dinge, die als Nächstes geschehen würden. Eine ganze Weile passierte gar nichts.

Adelaide trat die ganze Zeit von einem Bein aufs andere und knabberte an einem Daumennagel. Offenbar war auch sie nicht völlig sicher, ob ihr Plan funktionierte. Schließlich klapperten aber doch Schlüssel und Schritte hallten auf der Treppe. Als die Person näher kam, hörte ich auch eine krächzende Stimme, die vor sich hinredete.

»In diesem alten Kasten ist aber auch nichts mehr heil«, sagte sie. »Aber der werte Herr Baron interessiert sich nicht mehr dafür. Georg, heißt es nur, geht und seht nach, was da los ist.«

Ein alter, außerordentlich dünner Mann mit vorgebeugtem Oberkörper und runzligem Gesicht näherte sich. Eine Fackel erhellte seine Adlernase, einen Mund wie einen Strich und kleine, helle Augen. Er besaß lediglich wie Fusseln wirkende Reste von weißem Haar auf seinem Kopf. In der Linken trug er ein Schlüsselbund, mit dem er einen Eindringling durchaus erschlagen konnte.

Trotz seines offensichtlichen Alters ging er zielstrebig und mit kräftigen Schritten. Ein hartes, arbeitsreiches Leben hatte seinen Muskeln keine Zeit zum Verfall gelassen.

Als er das Licht in dem inzwischen vergitterten Raum erblickte, rief er: »Potzblitz! Tatsächlich Einbrecher! Na, die werden einen schönen Spaß haben, wenn ich die Wache rufe.«

Er trat an die Tür und starrte in den Raum.

»Seltsam«, sagte er, jetzt deutlich weniger energisch. »Wo sind sie? Was ist … ein Hut, der miaut?«

Er führte einen Schlüssel des Bundes in ein Loch in der Wand ein, das ich für eine beschädigte Fuge gehalten hätte. Erneut knallte es wie in jenem Moment, als Adelaide die Katze samt Hut in den Raum geschoben hatte. Das Gitter wurde hinaufgezogen.

»Das wollen wir uns doch einmal näher ansehen«, sagte der Diener zu sich selbst. »Es wird ja wohl kein Dämon sein, der da eingedrungen ist. Ich habe noch nie von maunzenden Dämonen gehört.«

Er verschwand in dem Raum und kurze Zeit später hörten wir: »Was machst du denn hier? So ein niedliches Kätzchen. Da wird der Herr sich auf seine alten Tage wie ein kleiner Junge freuen, wenn ich ihm dich zeige.«

Während dieser Tirade war Adelaide bereits aus dem Winkel getreten, nahm mich an der Hand und zog mich schleichend zu der Tür, hinter der der Diener mit der Katze sprach. Dann ließ sie mich los und eilte mit ausgreifenden Schritten auf den Diener zu, der die Katze auf einem Arm hielt und streichelte.

»Ah, da ist ja mein Liebling!«, deklamierte sie.

»Wer sind Sie? Was wollen Sie hier?« Der Diener hielt in seinen Streicheleinheiten inne und starrte Adelaide an. Eventuell hielt er sie für einen Geist dieser Kellergewölbe.

»Mein Name ist Adelaide. Dies ist meine Katze und das da mein Hut.« Sie stand jetzt direkt vor dem Diener. »Wie heißen Sie?«

»Georg.«

»Sehr angenehm.« Adelaide hielt ihm die ausgestreckte Rechte hin. »Geben Sie mir Ihre Hand.«

Er gehorchte.

»Fein, Georg. Regen Sie sich nicht auf, entspannen Sie sich. Ja, so ist es gut. Sehen Sie, Ihnen geschieht kein Leid. Ich nehme nur meine Katze …« Adelaide hielt ihm die offene Linke hin, er legte das Tier in die Armbeuge. »… und dann können Sie wieder an Ihren Mittagsschlaf gehen. Sie sind müde, sehr müde. Schlafen Sie!«

Der Mann schloss die Augen und sank nach vorn.

Adelaide ließ die Katze einfach fallen und fing stattdessen Georg auf. »Los, an die Arbeit!«, kommandierte sie in einem scharfen Flüsterton.

Ich eilte in den Raum, trat an das Bild und erstarrte für einen Augenblick. Von der Leinwand blickten mich Adelaides Augen an. Es handelte sich zweifelsohne um eine viel jüngere, gewiss noch völlig unschuldige Adelaide, aber daran, dass sie das Kind auf dem Bild gewesen war, bestand für mich kein Zweifel. Nicht nur die Augen, die gesamten Gesichtszüge gehörten zu ihr. Dicke

Tränen liefen an ihren Wangen hinab, ihr Mund war zu einem stummen Schluchzen verzogen.

»Was ist los?«, fragte sie. Ich wandte mich um und sah, dass sie den Diener sanft auf den Boden des Raumes gleiten ließ.

»Das bist du«, sagte ich und zeigte auf das Bild.

»Na und, mach, was ich gesagt habe. Später erzähle ich dir alles. Jetzt ist keine Zeit. Ich muss mich um Georg hier kümmern.«

Ich tat wie geheißen, nahm das Bild von der Wand, trug es zu einem Tisch in der Ecke neben der Tür, wendete es, sodass ich die Rückseite betrachten konnte. Keile waren zwischen äußeren und Leinwandrahmen getrieben, damit dieser nicht herausfallen konnte. Ich drückte gegen den oberen Keil, sodass er seitlich aus seiner Position kippte und schließlich ganz aus dem Rahmen fiel. Danach lösten sich die auf den verbliebenen drei Seiten wesentlich leichter. Schließlich nahm ich das Bild aus dem Rahmen und hängte diesen wieder an die Wand.

»Nichts ist geschehen«, hörte ich Adelaide murmeln. »Alles ist an seinem Platz. Wenn ich bis zehn gezählt habe, öffnen Sie wieder die Augen, Georg, und gehen nach oben in Ihr Zimmer. Dort legen Sie sich zur Ruhe. Wenn Sie erwachen, werden Sie froh und munter sein. Sie werden mich, meine Begleiterin und alles, was in diesem Raum heute geschehen ist, vergessen haben. Haben Sie alles verstanden, Georg?«

»Ja, Ma'am.«

»Dann ist es gut. Eins, zwei …« Ich hörte nicht weiter zu, sondern eilte aus dem Raum. Ich war noch nicht weit gekommen, da vernahm ich hinter mir Gezeter. Georg verlangte zu wissen, wo das Bild geblieben war. Offensichtlich hatte Adelaides Zauber diesmal nicht funktioniert. Ich wendete und trabte zurück, teils wohl auch, um zu verhindern, dass sie etwas Unüberlegtes anstellte.

Adelaide und Georg standen sich wie zwei Ziegenböcke gegenüber, die um eine Geiß kämpften. Beide neigten die Stirnen und ich rechnete tatsächlich damit, sie würden sie im nächsten Augenblick aneinanderrammen.

»Was ist los?«, fragte ich mit so unschuldiger Stimme wie möglich.

»Ha!«, rief Georg. »Noch ein diebisches Weib!«

»Wovon reden Sie?«

Er deutete mit ausgestrecktem Arm hinter sich an die Wand, wo der jetzt leere Rahmen hing. »Sie haben das Lieblingsbild des gnädigen Herrn gestohlen! Geben Sie es zurück!«

Adelaide versuchte, Georg an der Schulter zu berühren, aber er packte sie mit einer Geschwindigkeit am Handgelenk, die ich so einem alten Mann nie zugetraut hätte. »Nimm deine Hexenpfoten von mir, Weib!«

»Wir leihen uns das Bild nur aus«, sagte ich und wandte es um, damit Georg es betrachten konnte. Ich trat einen Schritt vor und hielt es dicht neben Adelaides Gesicht. »Fällt Ihnen etwas auf?«

Georg ließ Adelaide los, trat einen Schritt zurück und blickte abwechselnd auf meine Begleiterin und das Porträt.

»Seid Ihr das etwa als junges Mädchen?«

Adelaide nickte.

»Mmh.« Der alte Mann rieb sein Kinn.

»Ich gebe Euch für die Zeit, die wir das Bild benötigen, meine Katze als Pfand«, bot Adelaide an.

»Mmh.« Kinn reiben, Kopf schief halten. Georg war ganz offensichtlich bereit, uns das Bild zu überlassen, fragte sich aber wohl, was der Baron von Cortock dazu sagen würde. Kaum hatte ich diesen Gedanken beendet, sprach er ihn auch schon aus. »Mein Herr wird sehr unglücklich sein. Dies ist tatsächlich sein liebstes Bild.«

»Wie oft kommt er noch hierher, um es zu betrachten?«, fragte Adelaide.

»Mmh.« Wenn Georg so weitermachte, rieb er die gesamten Bartstoppeln vom Kinn.

»Wie lange werdet Ihr es benötigen?«, fragte er schließlich.

»Zwei Wochen«, sagte Adelaide, ohne zu überlegen.

Diesmal rieb er sich mit der Hand über den Hinterkopf, ehe er erklärte: »Der Herr sieht nur noch sehr selten nach seinen Bildern.« Trauer schlich sich in sein Gesicht. »Er hat so vieles vergessen. Aber er wird wie ein Kind jubeln, wenn ich ihm das Kätzchen in die Arme lege. Gebt es mir nicht als Pfand, sondern als Entgelt für die Leihe. Ich möchte den Herrn gern noch einmal glücklich sehen.«

Adelaide streckte die Rechte zum Handschlag aus. »Abgemacht!«

Georg schlug ein. Wir übergaben ihm die Katze und verließen das Anwesen endgültig.

»Mussten wir ihm wirklich die Katze schenken?«, fragte ich nach ein paar Schritten. In den Tagen, da ich mich um Willie gekümmert hatte, war er mir stärker ans Herz gewachsen, als ich anfangs zugeben mochte.

Adelaide blieb stehen und sah mich zweifelnd an. »Haben Katzen deiner Ansicht nach nicht Flöhe und Wanzen?«

»Nicht, wenn man sie gut pflegt.«

Adelaide nickte. »Ah, so ist das.« Sie setzte sich wieder in Bewegung. »Wenn alles ausgestanden ist, kannst du dir ein ganzes Rudel Katzen kaufen, mein Schatz. Das verspreche ich dir.«

Ich nickte, dachte aber bei mir, dass ich gar kein Rudel wollte. Ich wollte nur eine, die mich mochte. Und dieses Kätzchen hatte mich eindeutig gemocht. Ich seufzte und trottete hinter Adelaide her.

Wann immer ich weine

Wir saßen auf dem Bett im Gasthaus. Ich hielt das Bild *Salz* von van Brenney auf den Knien. »Was hat es damit auf sich?«, fragte ich. »Du bist mir noch eine Geschichte schuldig.«

»Ich bin dir gar nichts schuldig«, erwiderte Adelaide mürrisch.

»Warum willst du's mir nicht erzählen?«

»Weil es nichts zu erzählen gibt.« Sie klang etwa so trotzig, wie das Kind auf der Leinwand in jenem Alter typischerweise reagiert haben mochte.

Ich schwieg und schaute einfach nur das Bild an. Es fing so perfekt die Trauer eines kleinen Kindes ein, das sich aus irgendeinem Grund um seine unschuldigen Freuden betrogen sah, dass man die Hand ausstrecken und ihm tröstend über das Haar streichen wollte.

»Ich war sechs«, sagte Adelaide. Ich erwiderte nichts, denn es gab nichts zu sagen. Das Bild sprach zu mir und sagte mir genug.

»Ich musste Modell für ein Porträt sitzen. Meine Eltern ließen jedes Jahr ein Bild von mir anfertigen, das sodann in einer der Galerien aufgehängt wurde. Vermutlich, damit sie nicht völlig vergaßen, dass sie eine Tochter hatten. Die Prozedur war jedes Mal furchtbar. Ich musste stundenlang stocksteif herumsitzen, während der Maler zwischen seiner Leinwand und mir herumsprang, mich bald hierhin, bald dorthin gucken hieß, mich wie eine Puppe in Positur brachte und schließlich weitermalte. Ich weiß noch, dass ich ein paar Mal keine Lust mehr verspürte und im Spielzimmer bleiben wollte. – Oh ja, ich hatte es ja sooo gut. Ich besaß ein ganzes Zimmer voller Spielzeuge. Am meisten hasste ich die Puppen, die mich mit ihren blanken Augen leblos anstarrten.« Sie schaute zu mir herüber, zuckte mit den Schultern und sagte: »Na ja, manche Spielzeuge waren auch ganz lustig. Und ich wollte eben weiterspielen und nicht für ein albernes Porträt modellsitzen. Dann setzte es was und ich heulte natürlich.« Ihre Worte klangen wie ein Geständnis.

»Und so hat van Brenney dich gemalt«, sagte ich lapidar.

»Nicht gleich beim ersten Mal. Da hat er sich zu mir gesetzt und mich getröstet. Wir haben eine Weile mit unsichtbaren Gästen Teeparty gespielt.« Adelaide lächelte verträumt. »Van Brenney war da schon ein alter Mann. Salz war sein letztes Bild, das kein Auftragswerk war. Er hat zu mir gesagt, er male diese Bilder von reichen Leuten, um nicht zu verhungern. Ja. Er sagte: ›Bitte hör auf zu weinen und lass dich malen, damit ich nicht hungers sterben muss.‹«

»Und wann hat er dieses Bild gemalt?«

»Irgendwann in einer Zeit, zu der er nicht auf dem Schloss war. Ich weiß, dass er mich eines Tages, als ich ganz verheult zur Sitzung kam, flüchtig skizziert hat. Weißt du, wie die Maler das so machen.«

»Nein, weiß ich nicht. Ich wurde nie gemalt.«

»Na, sie halten ihren Daumen vor dein Gesicht, pressen *Bleib so!* heraus, als fiele es ihnen schwer, zu reden, weil sie mit ihren Gedanken schon bei der Skizze sind, und dann füllen sie mit Bleistiftstrichen ein Blatt so schnell, dass du an Zauberei glaubst.«

»Aber das ist keine Skizze«, sagte ich. »Das ist ein Ölgemälde.«

»Zwei Wochen später hat er es meinen Eltern gezeigt. Sie haben geflucht, haben gesagt, sie werden mein Porträt nicht zahlen, wenn er dieses Machwerk – so nannten sie es – nicht vernichtet. Er sagte, er würde es für sich behalten, da haben sie sich beruhigt. Ich habe später erfahren, dass es drei Versionen von Salz gibt. Eine befand sich in seinem Nachlass, sie wurde nach Übersee verkauft, eine ist verschollen und eine haben jetzt wir.«

»Es ist ein echtes Meisterwerk«, sagte ich.

»Ja, ist es. Wann immer ich weine, denke ich an jenen Tag, als er mich skizziert hat. Er wusste genau, wie ich mich fühlte, und hat diese Gefühle auf Papier gebannt. Das ist eine Kunst und es ist grausam, denn es erinnert mich daran, wie ich mich als Kind gefühlt habe. Ich möchte das vergessen. Kannst du das verstehen?«

»Teilweise«, sagte ich, denn meine Kindheit war glücklich gewesen. Bis zu jenem Tag, da die andere Marie goldbekleckert auf der Schwelle unseres Hauses stand. Ich musste gestehen, ich hatte immer davon geträumt, eine Prinzessin zu sein, die alles hat, sich um nichts sorgen muss, und eines Tages einen schönen, schneidigen Prinzen heiratet. Offenbar war die Wirklichkeit ein bisschen anders.

Eine Weile hingen wir beide unseren Gedanken nach. Plötzlich sprang Adelaide auf, schüttelte den Kopf, sodass ihr die Haare vors Gesicht fielen und ihre Augen bedeckten. »Genug Trübsal geblasen!«, rief sie. »Wir haben noch viel vor, da können wir uns nicht leisten, herumzusitzen und einander zu bedauern.« Sie packte mich am Arm und zog. »Komm!«

»Wohin? Was hast du vor?«

»Wir fahren nach Bihaar.«

»Wohin?« Ich hatte noch nie von diesem Ort oder Reich, oder worum auch immer es sich handeln mochte, gehört.

»Weißt du denn gar nichts?«, brachte Adelaide mit einem Stöhnen heraus. »Manchmal mache ich mir wirklich Sorgen, wie dumm du doch bist.«

»Ich bin nicht dumm, nur …«

»Nur was?«, unterbrach sie mich.

Da explodierte ich. Ich sprang auf und hielt ihr einen Zeigefinger unter die Nase. »Ich hatte eben keine Privatlehrer und Gouvernanten, die mir all dieses Zeug beigebracht haben. Du magst ja kein einfaches Leben im Schloss gehabt haben. Und gewiss war deine Ehe ein Reinfall. Aber dafür hast du wenigstens viel lernen können. Ich habe ein bisschen lesen, schreiben und rechnen gelernt. Was meine Mutter mir so beigebracht hat. Ende! Ich bin aber nicht dumm, verstehst du? Und ich verlange, dass du mich nie wieder so nennst. Ich weiß nur nicht so viel wie du.«

»Oh.« Sie zog eine Augenbraue nach oben, hielt beide Hände mit offenen Handflächen zu mir in Schulterhöhe und bewegte sie, als wolle sie eine unsichtbare Kiste vor sich her schieben. Eine Geste der Beschwichtigung.

»Also gut, lehren wir dich ein wenig Geografie. Setz dich wieder hin und hör zu.«

Ich nahm auf dem Bett Platz, sie setzte sich neben mich.

»Bihaar«, sagte sie, »ist das einzige Reich direkt am Haargebirge. Im Grunde ist es nur eine sehr weit über die Berge verstreute Stadt. Ein wichtiger Teil liegt gedrängt am Fuße des Gebirges. Dort befinden sich alle wichtigen Einrichtungen wie die Kutschenstation, der Amtssitz des regierenden Magnaten, die Bankhäuser und das Hauptsteueramt.«

»Wo wohnt der König?«, fragte ich.

»Bihaar hat keinen. Die Leute in Bihaar haben die Redensart, Geld regiere die Welt, sehr wörtlich genommen. Am Ende jedes Jahres wird festgestellt, wer der aktuell reichste Bihaarer ist. Er wird regierender Magnat für das nächste Jahr. Er darf Gesetze vorschlagen, über die dann alle Einwohner des Landes abstimmen dürfen. Natürlich versucht jeder Magnat, solche Gesetze einzubringen, die ihn selbst im Amt halten. Aber die anderen stimmen unter Umständen dagegen, wenn es ihnen nicht auch nützt. Das System hat noch einen weiteren Vorteil. Kein Reicher versucht, seinen Reichtum zu verheimlichen. So fließen immer genug Steuern in die Staatskasse.«

»Ein seltsames Reich«, sagte ich.

»Ein reiches Reich«, sagte Adelaide.

»Und du glaubst, dort versteckt sich der Pfeifer?«

»Er wird sich dort nicht verstecken, weil sich Gauner und Diebe dort nicht verstecken müssen. In Bihaar kommt es nur darauf an, dass man Geld hat. Wie man dazu gekommen ist, ist den Leuten egal. Es gibt dort sogar ziemlich seltsame Gesetze, die das besonders deutlich machen. Es ist in Bihaar strafbar, sich um sein Geld betrügen zu lassen. Verstehst du?«

»Du meinst, nicht der Betrüger, sondern der Betrogene wird bestraft?«

»Genau.« Adelaide nickte heftig. »Aber mach dir keine Hoffnungen. In keinem Reich der Welt achten die Leute so sehr auf ihr Hab und Gut wie dort. Niemand lässt sich übers Ohr hauen oder bestehlen. Und es ist nicht verboten, einen Dieb oder Betrüger zu verprügeln. Ja, man könnte behaupten, Bihaar sei das Reich mit den ehrlichsten Menschen überhaupt, wenn sich dort nicht die Gauner, Räuber, Diebe und sonstigen Verbrecher aus aller Herren Länder am Ende ihrer Karriere niederließen. Jeder kauft sich von seinem Gewinn ein hübsches Anwesen in den Bergen und genießt seinen Ruhestand unbehelligt von der Verfolgung durch irgendwelche Wächter.«

»Woher weißt du das alles?«

»Ich war mit meinen Eltern mal bei einem Treffen mit dem regierenden Magnaten zugegen. Es ging um ein Handelsabkommen. Zwei Wochen haben wir in diesem Reich zugebracht. Es war wunderbar.«

Ich staunte. »Meinst du das ernst?«

»Überraschenderweise ja. Wir haben in einem Schlösschen in den Bergen gewohnt. Die Bihaarer sagen Chalet dazu. Gar nicht weit vom Haus nisteten Adler. Ich stand dort oben auf einem Felsen, breitete die Arme aus und stellte mir vor, ich könnte wie sie durch die Welt fliegen.« Sie sprang wieder auf. Ich sah ihre glänzenden Augen und wusste, dass sie sich auf den Aufenthalt in diesem seltsamen Land freute.

Eine Stunde später saßen wir auf dem Kutschbock und rollten aus Cortock hinaus. Adelaide trug den breitkrempigen Hut und war für ihre Verhältnisse dezent geschminkt. Lediglich ihre Augen hatte sie so intensiv und dunkel umrahmt, dass sie wie Höhleneingänge wirkten. Sie schwang die Peitsche und sang dazu ein wenig schief davon, hoch auf dem Postwagen neben dem Kutscher zu sitzen, während irgend ein Horn lustig schmettere.

Die erste Nacht der Reise Richtung Gebirge verbrachten wir in der Kutsche. Dicht aneinandergekuschelt schliefen wir auf dem Boden vor den Sitzbänken. Mitten in der Nacht weckte mich Geheul, das draußen im Wald erklang. Ich richtete mich auf.

»Hörst du das?«

Gemurmel antwortete, dann folgte ein brummiger Fluch und schließlich fragte Adelaide: »Was ist los? Du schläfst doch sonst so gern.«

»Aber nicht, wenn Wölfe an meinem Bett heulen.«

Adelaide setzte sich ebenfalls auf. Draußen heulten weiter die Wölfe.

»Die sind wenigstens eine Meile weit weg«, sagte sie nach ein paar Sekunden lauschen.

»Erkennst du das oder behauptest du das nur, um deine Ruhe zu haben?«, forschte ich.

»Ich behaupte das nur«, gab sie zu und ließ sich wieder auf den Rücken sinken. »Wir sind in einer Kutsche. Wölfe können keine Türen öffnen, weißt du.«

»Was wird aus den Pferden?« Die Tiere standen ein wenig abseits an einen Baum gebunden da. Wir hatten sie nach unserem Halt ausgespannt und ein wenig spazieren geführt, ehe wir sie mit Futter und Wasser versorgt und schließlich angebunden hatten. Sie würden nicht fliehen können, wenn die Wölfe sich näherten und sie als Futter betrachteten. Und wenn sie es könnten, ständen wir am Morgen ohne Gespann da.

»Du übernimmst die erste Wache.« Adelaide kramte im Reisegepäck und förderte eine Pistole zutage, die sie mir in den Schoß legte.

»Das ist nur ein Schuss«, sagte ich.

»Muss genügen.«

»Und warum habe ich die Wache?«

»Weil du mich wegen ein paar wilden Hundeartigen geweckt hast, die sonst wo durch den Wald streifen.« Sie gab mir einen Klaps auf den Hintern. »Los! Raus mit dir! Nimm eine Fackel mit! Vor Feuer fürchten sich die Biester mehr als vor einer Waffe.«

Zögernd kletterte ich aus der Kutsche. Ich nahm eine der Fackeln, die vorn am Bock befestigt waren, entzündete sie und setzte mich dann nieder, den Blick auf die in der Nähe ruhenden Pferde gerichtet. In diesem Moment kam mir das Geheul viel weiter entfernt vor als zuvor im Inneren der Kutsche.

Immer wieder drohten mir die Augen zuzufallen, während ich in die Dunkelheit um mich herum starrte. Einmal sah ich eine Eule in einem nahen Baum landen. Hin und wieder schnaubte eines der Pferde im Schlaf und auch das Geheul wiederholte sich. Mir erschien es jedoch, mit jedem Mal weiter entfernt.

Die Morgendämmerung schlich bereits heran, als ich einen Stups am Arm spürte. Ich musste eingenickt sein, denn ich hatte nicht bemerkt, wie Adelaide auf den Bock neben mich gestiegen war.

»Eine schöne Wache bist du«, bemerkte sie. »Geh schon, leg dich hin. Ich spanne an und dann fahren wir weiter. Ich nehme stark an, du kannst in jeder Lage schlafen, dich wird das Geruckel nicht stören.«

Ich musste zugeben, dass sie sich im Recht befand, mich zu tadeln. Deshalb kroch ich ohne Kommentar in die Kutsche, legte mich nieder und erwachte erst wieder, als die Sonne hoch am Himmel stand, und wir durch wogende Ährenfelder fuhren. Ich klopfte an die Kutschenwand. Adelaide hielt an und wir tauschten die Plätze. In den Abendstunden erreichten wir ein Dorf und entschieden, die Nacht in einem Gasthof zu verbringen, so es dort einen gab.

Tatsächlich erspähten wir ein Wirtshausschild an einem niedrigen strohgedeckten Haus. Wir hielten davor und gingen hinein. An den drei einzigen Tischen saßen Bauern, die uns anglotzten, als wären wir die ersten Weiber, die sie je zu Gesicht bekommen hatten.

Ein Mann, der der Wirt sein musste, stand hinter einem Tresen, der aus zwei Bierfässern und einem darübergelegten Brett bestand. Ich schätzte ihn auf etwa vierzig. Er trug die Bartstoppeln von wenigstens zwei Tagen im sonnengegerbten Gesicht, war weder schlank noch dick und betrachtete uns ebenfalls abschätzig. Für mich sah es aus, als wolle er herausfinden, ob wir Ärger mitbrachten.

»Was wollt ihr?«, fragte er auch sogleich, ohne sich mit irgendwelchen Höflichkeiten aufzuhalten.

»Wir brauchen ein Bett für die Nacht«, sagte Adelaide und drehte den Kopf. »Dies ist doch ein Wirtshaus, oder?«

»Aber wir haben keine Zimmer. Also trollt euch wieder.«

Adelaide schüttelte den Kopf, als bedaure sie irgendetwas aufrichtig. »Warum so brüsk, Herr Wirt? Wollt Ihr uns nicht wenigstens ein Bier servieren?«

»Wir brauchen hier niemanden, der nur Ärger bringt.« Er wedelte mit der Hand. »Und zwei Weiber wie ihr bringen immer Ärger.«

»Was soll das heißen?«

»Was ich gesagt habe. Verschwindet!«

Jetzt erhob sich auch einer der Bauern vom am nächsten zur Tür stehenden Tisch. »Wart mal, Peer, vielleicht können wir noch unseren Spaß haben, ehe die Täubchen davonflattern.«

»Wusst' ich's doch«, kommentierte Peer, trat von den Fässern zurück und lehnte sich an die Wand hinter seinem Tresen.

»Was verstehen die Herren denn unter Spaß?«, fragte Adelaide dermaßen unschuldig, dass selbst ich ihr einen Moment lang das naive Fräulein abkaufte.

»Wirst du schon sehen, Schätzchen.«

Ich zog an Adelaides Arm. »Komm, lass uns gehen«, raunte ich.

»Warum denn, Marie, für einen Spaß sind wir doch immer zu haben, oder etwa nicht?«

Ich fragte mich, ob sie wirklich glaubte, es mit sieben, nein, acht Kerlen aufnehmen zu können, die alle so aussahen, als verbrächten sie die meiste Zeit des Tages damit, an frischer Luft harte Arbeit, wie Holz hacken und Kühe über den Kopf stemmen, zu verrichten. Selbst wenn sie den ersten mit ihrem seltsamen Zauber im Griff behalten konnte, blieben da immer noch die anderen, die über uns herfielen. Prompt standen zwei weitere Kerle auf.

»Ihr Weiber«, rief der Wirt, »haut endlich ab!« Aus welchem Grund auch immer schien er die Gelüste seiner Gäste nicht zu unterstützen.

Ich wandte mich ab und griff nach der Türklinke. In diesem Moment flog mir allerdings die Tür entgegen und im Rahmen erschien ein Typ, der doppelt so breit wie die restlichen Gäste war. »Hey, was ist denn hier los?«, brüllte er in den Raum. Sein Blick fiel auf mich, ein Lächeln breitete sich auf seinem Gesicht aus und er leckte sich die Lippen. Bisher hatte ich nur an die eine Sache gedacht, die Männer anscheinend immer wollten, aber nun fragte ich mich, ob wir auf einem Bratspieß enden sollten.

»Die Herren haben uns Spaß versprochen«, sagte Adelaide, die Frage des Neuankömmlings beantwortend.

»Da komme ich ja gerade zurecht.« Im nächsten Augenblick hatte das Muskelpaket einen meiner Arme gepackt und zog mich zu sich heran. Er roch penetrant nach Schaf.

»Au!«, schrie ich.

Im nächsten Moment verpasste Adelaide dem Neuankömmling eine schallende Ohrfeige. »Das ist kein Spaß, wenn jemand dabei Au schreit!«, verkündete sie.

Der Mann mit dem Schafsgeruch ließ überrascht meinen Arm los. »He, was soll das?«

Ich drehte mich um und sah meine Begleiterin mit zornig glitzernden Augen und in die Hüften gestützten Fäusten dem Koloss gegenüberstehen. Ich erblickte ebenfalls zwei Kerle, die sich von links und rechts hinter ihr heranschlichen.

»Pass auf!«, rief ich, da packte der besonders breite Typ mich erneut. Mit stählernem Griff umklammerte er meine Brust.

So festgehalten sah ich, wie einer der Angreifer hinter Adelaide sie packen wollte. Sie fuhr wie der Blitz herum, rammte ihm ein Knie in die Weichteile, stieß ihn mit der ausgestreckten Rechten vor die Brust und wandte sich dann dem zweiten Angreifer zu. Gerade als dieser zulangen wollte, duckte sie sich, stürmte vorwärts und rammte ihm ihren Schädel in den Bauch wie ein Stier, der einen Widersacher auf die Hörner nimmt. Der Mann taumelte verwirrt rückwärts und stieß mit einem weiteren Mann zusammen, der sich gerade an dem Getümmel beteiligen wollte. Zu zweit fielen sie rücklings auf einen Tisch, der krachend umstürzte.

Ich trat kräftig nach hinten aus, immer in der Hoffnung, die Schienbeine des Schranks zu erwischen, der mich umfangen hielt.

»Die ist störrischer als ein Muli«, kommentierte der.

»Ich gebe dir gleich ein Muli!« Ich federte nach oben und tatsächlich krachte mein Schädel gegen sein Kinn, wie ich gehofft hatte. Sofort ließ der Druck auf meiner Brust nach. Eine Sekunde später hörte ich ein lautes Krachen, das verkündete, dass dieser Typ zu Boden gegangen sein musste wie ein gefällter Baum. Offenbar verfügte er nur über ein Glaskinn.

»Ärger, ich wusste es«, hörte ich den Wirt brummeln.

Adelaide sprang indes wie ein Floh zur provisorischen Bar und stand im nächsten Moment breitbeinig auf den Fässern. Einige der Kerle pfiffen anerkennend.

»Wie ist das?«, rief Adelaide. »Steht es nur diesen beiden Schönlingen zu, mit mir Spaß zu haben?« Sie deutete auf die zwei Kerle, die sie gerade zu Boden gebracht hatte. »Ich dachte, ich habe es hier mit echten Kerlen zu tun, die sich nicht so leicht die Butter vom Brot nehmen lassen. Spaß bedeutet für mich Wettstreit.«

Das ließen sich einige nicht zweimal sagen und drängten vorwärts, aber ihre Kumpane packten sie und zerrten sie zurück, um selbst als Erste an der Bar zu sein, wo Adelaide von einem Fuß auf den anderen tänzelte und dabei ihr Röckchen schwang, als suche sie einen Tanzpartner zum Ball. Dabei rief sie mal dem einen, mal dem anderen etwas zu, um ihn gegen einen anderen aufzustacheln.

»Hey, der mit den Löckchen hat dir gerade ins Bier gespuckt, Grünjacke. – Was der mit den Tätowierungen über deine Mutter gesagt hat, möchte ich nicht wiederholen, Glatzkopf. – Dicker, kann es sein, dass dein Nachbar dich gerade mit seinem ältesten Schwein verglichen hat?«

Nach ein paar solcher Kommentare achteten die Männer kaum noch auf sie. Aufgestachelt von Bier und dem Willen, eine Frau ganz allein zu besitzen, drosch jeder auf den Nächsten ein. Die ersten Möbel gingen zu Bruch und bald darauf wurden Stuhlbeine als Keulen eingesetzt. Ich sah ein paar Zähne fliegen.

Irgendwann erwachte der Riese hinter mir wieder, aber ich wandte nur kurz den Blick, drosch ihm einen Ellenbogen gegen das Kinn und er verschwand wieder im Land der Träume.

Der Wirt war während der ganzen Zeit damit beschäftigt, herumstolpernde Männer von seinen Bierfässern fernzuhalten. Dabei jammerte er unentwegt, er habe gewusst, dass wir Ärger machen würden. Adelaide beugte sich zu ihm nieder, strich ihm über den Kopf und sagte: »Aber wir machen doch gar nichts.«

Schließlich brach der vorletzte der Bauern über einem Tisch zusammen, sein einziger noch stehender Kumpan kam angeschlagen torkelnd auf die Bar zu, wo Adelaide inzwischen wieder aufrecht, die Hände in die Hüften gestützt dastand. Als der Kerl direkt vor sie trat, verpasste sie ihm einen gezielten Tritt gegen die Stirn und er kippte einfach um.

Sie schlug die Hände aneinander, um sie von Staub zu säubern, sprang von der Bar und sagte: »Ja, das war wirklich ein Heidenspaß.« Sie schaute zum Wirt. »Also, wo können wir schlafen?«

Der blickte sie lediglich in einer Mischung von Faszination und Verzweiflung an. Außer den Fässern und dem Brett darüber war von seiner Einrichtung nichts heil geblieben. Seine Gäste lagen arg zugerichtet übereinander auf dem Boden. Hin und wieder stöhnte einer.

»Was ist?«, drängelte sie. »Wenn Ihr fertig seid mit gaffen, könnt Ihr mir Antwort geben, Herr Wirt.«

»Ja, natürlich. Wir haben leider keine Zimmer, aber wenn Ihr mit einer Kutsche gekommen seid, so stellt sie im Hof ab. Dort gibt es auch ein Abort und einen Waschzuber.«

»Wo finde ich einen Spiegel?«

Der Wirt kratzte sich am Kopf. Er hatte von so einem Ding wohl schon gehört, aber nie zuvor einen gesehen.

»Tut mir leid, Mylady, aber so etwas besitze ich nicht.«

Adelaide zuckte mit den Schultern. »Dann muss es eben ohne gehen.« Sie wandte sich ab und ging auf den Ausgang zu. Bevor sie über den Koloss stieg, der dort ohnmächtig herumlag, wandte sie sich noch einmal um. »Morgen um acht erwarte ich, dass ein Frühstück für mich und meine Begleiterin bereitsteht. Und sorgt dafür, dass wir nachts nicht belästigt werden.«

»Natürlich Mylady.« Der Wirt neigte den Kopf, während Adelaide über den Riesen hinwegstieg und nach draußen trat. Ich folgte ihr. Wir lenkten die Kutsche in den Hof, spannten die Pferde aus, tränkten sie und banden sie an.

Schließlich kehrten wir zurück. Wir standen vor der Kutschentür. Noch immer lief ein leichtes Zittern durch meinen Körper, wenn ich an die Szene im Wirtshaus dachte. Adelaide sah mich forschend an.

»Meine Güte«, sagte ich und lehnte mich gegen die Chaise. »Mit dir wird es wirklich nie langweilig.«

Sie drehte sich vor mir im Kreis, streckte die Arme aus und rief: »Ist das nicht fantastisch?«

Ich sah sie mit schiefem Blick an. Meinte sie das ernst? Was wäre gewesen, wenn ihr kleiner Zauber – was immer da passiert sein mochte – nicht funktioniert hätte? »Wie konntest du wissen, dass das klappt?«, fragte ich mit belegter Stimme.

»Wusste ich nicht. Aber mir wäre bestimmt auch noch mehr eingefallen. Männer sind so primitiv. Sie lassen sich an einem Ring in der Nase durch die Gegend führen wie Tanzbären.«

Ich sprang auf, packte sie an den Schultern und starrte sie an. »Ich hatte Angst«, erklärte ich in einer Mischung aus Zorn und Verzweiflung.

Sie strich mir übers Haar und lächelte milde. »Musst du nicht, mein Liebling. Ich passe auf uns auf. Dir geschieht nichts.« Sie lachte. »Na, und mir erst recht nicht.« Sie schob mich ein Stück zur Seite, öffnete die Kutschentür und wies in einer Art parodistischer Verbeugung hinein. »Nach Ihnen, mein Fräulein.«

Sie hielt meine Hand, während ich einstieg, und folgte mir. Drinnen schob sie mich zum Sitz.

Ich ließ mich sinken.

»Leg dich hin. Es ist an der Zeit. Niemand wird deinen Schlaf stören.« Sie bettete mich nieder, so gut es ging, und setzte sich neben mich. Eine Hand ruhte auf meiner Schulter. Ich sah ihr ins Gesicht, forschend, was ihr durch den Kopf gehen mochte. Sie lächelte auf mich herab wie eine wesentlich ältere Frau. So etwas wie Lebensweisheit sprach aus ihrem Blick. Leise summte sie eine beruhigende Melodie. Ich schlief nach wenigen Augenblicken ein.

Tatsächlich wurden wir in dieser Nacht nicht gestört. Ganz offensichtlich hatten die unbeweibten Bauern genug mit der Pflege ihrer eigenen Körper zu tun.

Am nächsten Morgen pochte es an der Kutschentür. Der Wirt stand draußen und hielt für jede von uns ein Holzbrett mit Brot und Wurst bereit.

»Was sind wir schuldig?«, fragte Adelaide.

»Nichts, gar nichts. Wenn ihr nur schnell wieder verschwindet.« Der Wirt zog sich eilig zurück und ließ uns mit dem Frühstück allein.

Wir wuschen uns im Zuber im Hof, der eigentlich als Tränke gedacht war. Adelaide führte anschließend die Pferde dorthin und ließ sie saufen. Sie spannte wieder an und wir verließen den eher ungastlichen Ort sofort nach dem Frühstück. Die Holzbretter warf ich im Fahren aus dem Kutschenfenster vor die Tür der Wirtschaft.

Die folgende Nacht verbrachten wir lieber im Wald. Adelaide meinte, sie habe keine Lust, einer weiteren Bauernbalgerei zuzusehen. Es müsse doch einen zivilisierteren Weg geben, Bauern zu Frauen zu verhelfen.

»Scheint noch niemandem was eingefallen zu sein«, sagte ich.

Spitze der Gesellschaft

Wir erreichten Bihaar etwa zur Mittagszeit. Bereits eine geraume Weile hatten uns die Spitzen des Haargebirges den Weg gewiesen. Als mächtige von der Natur geschaffene Mauer ragte es in die Höhe und teilte die Welt scheinbar auf in die Welt vor und hinter den sieben Bergen. Nahe der Gipfel gleißte das Licht der Sonne auf Schnee und Eis, davor erkannte ich dunkle Wälder und üppige Wiesen, die, so erklärte mir Adelaide unterwegs, saftiges Gras für fette Kühe lieferten. Aus deren Milch, so führte sie weiter aus, stellten die Leute in Bihaar verschiedene Käse her, die an allen Königshöfen geschätzt wurden. Sie und die feinmechanischen Produkte des Landes bildeten den Grundstock für den Reichtum der ursprünglichen Einwohner des Landes. Aber inzwischen beherbergte es vermutlich zur Hälfte Männer und auch Frauen, die ihren Reichtum weitaus weniger ehrlich erworben hatten. Adelaide meinte, am Ende ihrer Tage werde sie sich auch ein Chalet an einer der Bergweiden bauen lassen. Eine reiche, berühmt-berüchtigte Diebin im Ruhestand passe gut zu den übrigen Besitzern derartiger Anwesen in diesem Land.

Der erste Eindruck, den ich von der Stadt gewann, in die wir einfuhren, lässt sich mit dem Wort schmuck beschreiben. Alle Straßen wirkten sauber, ebenso die Einwohner, die auf ihnen gingen, ritten oder fuhren. Niemand sah aus wie ein Landstreicher oder Bettler. Mir schien, als gäbe es in diesem Reich keine Armut.

Die Häuser waren zumeist mehrstöckig, geschnitzte Ornamente, die Blumen und Blätter darstellten, schmückten ihre Fassaden. Über manchen Hauseingängen wachte ein aus einem

Balken geformter Muskelprotz, der aus Höhe des ersten Stocks grimmig auf etwaige Besucher hinabsah. Vor den Fenstern waren in hölzernen Kästen kleine Blumenbeete angelegt, die den düsteren Eindruck der geschnitzten Wächter zunichtemachten.

Schon in der ersten Straße hinter dem Stadttor passierten wir zwei Bankhäuser, ein drittes erblickte ich an der Ecke der ersten Querstraße. Ebenfalls stark vertreten schien die Zunft der Uhrmacher und Feinmechaniker zu sein. Wir passierten einen Waagenbauer, einen Kompassmacher und zwei Geschäfte, die, nach ihrem Ladenschild zu urteilen, mechanisches aller Art anboten. Juweliere waren auch nicht direkt selten. Jedes Haus der Straße, durch die wir fuhren, beherbergte offenbar ein Geschäft.

Ein wenig später rollten wir über einen großen Platz mit einem Brunnen, der eine sprudelnde Milchkanne darstellte. An zwei Seiten erblickte ich mehrstöckige Häuser, die mit der Aufschrift *Hotel* versehen waren.

»Was ist ein Hotel?«, fragte ich.

»Das ist ein besonders feines Gasthaus mit Zimmern zum Übernachten. Schau nur.«

Ich sah eine Kutsche vorfahren, sofort eilte ein Mann in einer schwarzen Hose und einer roten Jacke herbei und riss förmlich die Kutschentür auf. Ein Herr in feiner Robe stieg aus der Kutsche, lüftete kurz den Hut und ging an dem Rotbejackten vorbei ins Haus. Der schloss derweil die Kutschentür und trat nach vorn zum Kutscher, der kurz danach sein Gefährt anrollen ließ.

»In einem Hotel«, sagte Adelaide, »wird jeder Gast wie ein König empfangen, wenn man nur annimmt, dass er auch genügend Geld besitzt. Komm, wir suchen uns auch eine Bleibe.« Sie zeigte erst auf das eine, dann auf das andere Gasthaus. »Links oder rechts, was denkst du?«

»Müssen wir das Geld, das wir verdient haben, wirklich mit vollen Händen hinauswerfen?« Ich vermutete, eine Nacht in so einem Haus werde kaum billiger sein als der Kauf einer kleinen Hütte.

»Wir müssen nicht, aber es macht Spaß. Komm!« Adelaide lenkte die Pferde vor den von Säulen umrahmten Eingang des rechts stehenden Hotels. *Zum Sterntaler* stand in goldenen Lettern über dem Eingang. Diese wurden zu allem Überfluss von silbernen Sternen umrahmt, die in der Sonne wie frisch geprägte Münzen glänzten.

Wir hielten an. Neben einer der Säulen hatte ein Mann in ähnlichem Aufzug gestanden wie beim Hotel gegenüber. Der einzige Unterschied bestand darin, dass seine Jacke blau war. Auch er eilte sofort zur Kutsche. Nachdem er festgestellt hatte, dass deren Inneres leer war, kam er zum Bock nach vorn.

»Dies ist kein Gasthof für einfache Fuhrleute«, sagte er.

Adelaide erhob sich gemessen, wandte sich dem Bediensteten des Hotels zu und sagte von oben herab: »Guter Mann, sehe ich aus wie ein Fuhrmann? Abgesehen von der selbst für Sie wohl kaum zu übersehenden Tatsache, dass ich ein Weib bin, ist mein Name Madeleine von Schmitz. Mein werter Gatte – Friede seiner Seele – hat mir ein wenig Kleingeld hinterlassen. Nichtsdestotrotz liebe ich den Geruch von Pferden und fahre daher gern selbst.« Sie deutete auf mich. »Dies ist meine Cousine Gertraude. Wir unternehmen eine Weltreise.«

»Tatsächlich?« Der Lakai schaute sie ehrfurchtsvoll an. Ob wegen der behaupteten Weltreise oder wegen des *von* im Namen, darüber war ich mir nicht schlüssig.

Wir stiegen vom Bock. »Folgen Sie mir bitte, meine Damen«, erklärte der Bedienstete. Er geleitete uns ins Haus. Unterwegs erklärte er, dass er das Gepäck aufs Zimmer bringen lassen und die Kutsche hinter das Haus fahren würde. Ich hörte nur mit einem halben Ohr hin, weil die Halle, die wir betraten, mich viel zu sehr überwältigte.

Der Raum war so groß, dass man das Haus meiner Mutter bequem darin hätte aufbauen können. Säulen aus einem hellen, glänzenden Stein – Marmor, wie Adelaide mir später erklärte – stützten eine mit Gold verzierte Decke. Direkt in der Mitte der Decke blickte man auf das Gemälde einer bezaubernden Landschaft mit schlanken Nadelbäumen und üppigen Blumenrabatten, sowie einem Blick auf ein strahlend blaues Meer im Hintergrund, auf dem ein einzelnes Segelboot trieb.

Auf der linken Seite der Halle standen blaue Plüschsessel in kleinen Gruppen um niedrige Tische herum. An einigen saßen Leute, vor sich Tassen oder Gläser mit Getränken. Manche hielten auch Teller in den Händen, auf denen Kuchenstücke lagen, wie ich sie nie zuvor im Leben gesehen hatte. Sie wirkten wie kleine Kunstwerke, keineswegs dafür gedacht, sie zu essen, sondern nur, sie bewundernd zu betrachten.

Rechts erstreckte sich längs der Wand eine lange Theke aus dunklem Holz. Hinter dieser direkt an der Wand stand ein deckenhohes Regal aus dem gleichen Material, an dem bis etwa zur Mitte Schlüssel hingen. Neben jedem Schlüssel befand sich ein schmales Fach. Aus manchen davon lugten Papiere hervor. Am Tresen standen zwei Herren in ähnlichen Uniformen wie jener, die unser Begleiter trug. Einer davon sprach gerade mit einer Dame, die einen blasierten Gesichtsausdruck und einen etwa faustgroßen Hund mit sich führte, der aufgeregt neben ihren Füßen hin- und hertrippelte.

Direkt dem Eingang gegenüber führte eine Treppe, breit genug für eine Kutsche, in die obere Etage. Links und rechts von ihr stand je ein junger Mann mit dunklen Hosen, weißem Hemd und blauer Weste, der eine Kopfbedeckung trug, die wie ein Topf ohne Henkel aussah. Auch sie war blau.

Unser Begleiter wedelte mit dem Arm und sofort eilte einer der beiden herbei.

»Gérôme, hol das Gepäck der Damen!«, wurde befohlen und der Junge mit der Weste flitzte an uns vorbei.

Wir wurden an den Tresen geführt. Sofort wandte sich der Mann, der bisher unbeschäftigt gewesen war, an uns.

»Mesdames, was kann ich für Sie tun?« Er lächelte erst Adelaide einige Augenblicke und dann mich sehr kurz an. Offenbar erkannte er sofort, wer von uns beiden das Sagen hatte.

»Wir benötigen ein Zimmer«, erklärte Adelaide.

»Sehr wohl. Für wie lange?«

Adelaide wandte sich ab und blickte in die Halle zurück, als fragte sie sich, wie lange sie es in dieser Absteige wohl aushalten könnte. Nur dass es sich eher um einen Palast als um eine Herberge handelte, sodass ich durchaus den Rest meines Lebens liebend gern dort zugebracht hätte, wenn meine Mittel dies nur gestattet hätten.

Adelaide wandte sich wieder dem Mann hinter dem Tresen zu. »Zwei Nächte sollten genügen.«

»Sehr schön. Schauen wir einmal.« Der Mann griff unter den Tresen, förderte ein in Leder gebundenes Buch zu Tage und schlug es auf. Er blätterte einmal um, ehe er gefunden hatte, was er suchte. Mit dem Finger glitt er eine Spalte hinunter, in die bei einigen Zeilen etwas eingetragen war. »Ja, hier habe ich etwas Schönes für Sie. Zweiter Stock mit Blick auf den Markt. Suite 204. 300 Taler für die Nacht. Ist das in Ordnung?«

»Aber natürlich.«

»Wen darf ich eintragen?«

»Madeleine und Gertraude von Schmitz«, sagte Adelaide, ohne zu zögern. Ich hatte den falschen Namen, den sie dem Lakaien genannt hatte, inzwischen schon wieder vergessen.

Der Mann schrieb etwas in das Buch, dann wandte er sich nach dem Regal um, griff nach einem Schlüssel und legte ihn vor uns auf den Tresen.

»Haben Sie sonst noch einen Wunsch?«

»Lassen Sie eine Flasche Schaumwein vom Rosace auf das Zimmer bringen, bitte.«

»Aber gern.« Der Bedienstete nickte.

»Außerdem habe ich noch eine Frage: War vor einiger Zeit ein Herr Gast Ihres Hauses, der verschiedene Musikinstrumente, insbesondere Blasinstrumente, mit sich führte?«

Kurz hob sich eine Braue des Angesprochenen, dann antwortete er: »Tut mir leid, nicht dass ich wüsste.« Selbst ich war mir sicher, dass er log, und Adelaide mit ihrem Blick für Gesichtsausdrücke war das Zucken bestimmt auch nicht entgangen.

»Sagen Sie«, wandte sie sich einer weiteren Frage zu, »wenn ich ein Chalet in den Bergen mieten wollte, an wen wende ich mich da am besten?«

Wieder zuckte die Braue. »Ich kann Maître Bonvar empfehlen«, sagte der Mann.

»Vielen Dank.« Adelaide strahlte, griff nach dem Schlüssel und marschierte in Richtung Treppe. »Komm Gertraude, genießen wir unseren Aufenthalt.«

Ich folgte ihr und holte sie an der ersten Stufe ein.

»Der Pfeifer hat also hier logiert«, sagte sie auf dem Weg nach oben. »Und dann hat er ein Chalet gemietet oder gekauft, aber bestimmt nicht bei diesem Bonvar. Aber wir werden trotzdem mit dem Mann sprechen. Er muss schließlich wissen, wer seine Konkurrenten sind.«

Das Zimmer erwies sich als genauso traumhaft wie die Empfangshalle. Unser Gepäck stand bereits neben dem breiten Eichenschrank auf der rechten Seite. Er war groß genug, um wenigstens drei Liebhaber darin zu verstecken, die sich nicht einmal gegenseitig bemerken würden, wenn Mäntel sie abschirmten. Mein persönliches Lieblingsstück bildete natürlich das Bett. In weißen Damast eingehüllte Federkissen luden dazu ein, in ihnen träumend zu versinken. Das Möbel selbst war so breit, dass Adelaide und ich samt den drei Liebhabern aus dem Schrank Platz gefunden hätten. Allerdings öffnete Adelaide diesen gerade und ich musste feststellen, dass er leer war. Über dem Bett hing ein goldgerahmtes Bild einer Blumenvase voller blühender Fliederzweige. Links vom Bett führte eine Tür in einen weiteren Raum.

Ich schaute hinein. Es handelte sich um ein Badezimmer, so groß, dass es bei gewöhnlichen Leuten als gute Stube durchgegangen wäre. Eine Wanne aus Messing stand mitten darin. An der Wand gab es eine Kommode mit zwei Wasserkrügen und zwei Schüsseln. Neben der Kommode hing ein breites besticktes Band von der Decke, an dessen unterem Ende eine Troddel hing. Das gab mir Rätsel auf.

»Was mag das sein?«, fragte ich.

»Zieh einmal daran«, erwiderte Adelaide, die neben mich getreten und mir einen Arm um die Hüfte gelegt hatte.

Ich ging zu der Schnur und zog. Zunächst tat sich nichts. Etwa eine Minute später klopfte es an der Zimmertür.

»Herein!«, rief Adelaide.

Ein junger Mann wie jene neben der Treppe öffnete die Tür und trat ein.

»Madam möchten baden?«, fragte er.

»Nein, meine Cousine wusste nur nicht, wozu der Klingelzug im Bad dient. Nun wissen wir Bescheid. Vielen Dank.« Sie huschte ins eigentliche Zimmer zurück, holte einen Kupfertaler hervor und drückte ihn dem jungen Mann in die Hand. Der neigte den Kopf und verließ rückwärtsgehend den Raum.

»Wozu hast du ihm Geld gegeben? Nur für eine Auskunft?«

»Lakaien in Hotels erwarten für jede Handreichung ein Trinkgeld. Wenn wir da knausern, kann es passieren, wir müssen kalt baden.«

Erneut klopfte es. Diesmal erschien jemand in der Kleidung des Bediensteten, der uns ins Hotel geführt hatte. Er schob ein Wägelchen vor sich her, auf dem zwei Gläser und eine Art Topf standen, aus dem oben der Hals einer Flasche herausragte.

»Schaumwein vom Rosace für die Damen«, verkündete er im Ton eines Zirkusdirektors, der eine Attraktion ankündigt. Er zog die Flasche aus dem Topf, entfernte das Papier um den Korken und zog diesen dann mit einem lauten Plopp heraus. Anschließend schenkte er die Gläser voll, stopfte die Flasche in den Topf zurück und nahm Habacht-Stellung neben dem Wägelchen ein.

Adelaide gab auch ihm Geld, er verbeugte sich und ging.

»Das ist doch ganz etwas anderes, als deine kleinen Beutelschneidereien eingebracht haben, oder?« Sie drehte sich im Kreise, breitete die Arme aus und erklärte: »Es ist schön, wie eine Königin zu leben, ohne eine sein zu müssen.«

Ich winkte lässig ab. Wir lachten beide, nahmen jeweils ein Glas zur Hand und stießen an.

»Und da heißt es immer: Ehrlich währt am längsten«, sagte ich nach ein paar Schlucken.

»Das mag ja sein, aber bis man erwischt wird, gehört man zur Spitze der Gesellschaft.« Adelaide stellte ihr Glas ab, lief mit Schwung auf das Bett zu und sprang hinein, als sei es ein Waldsee. »Juchhu!«, rief sie. Da konnte ich mich nicht lumpen lassen und tat es ihr gleich.

Wir verbrachten den Rest des Tages mit Schaumwein im Bett, ehe wir uns am Abend ein Wirtshaus suchten. Wie wir feststellten, servierte man in allen größtenteils Gerichte, die irgendetwas mit Käse zu tun hatten.

Das absonderlichste Angebot war eine Art Käsesuppe, die man jedoch nicht löffelte. Stattdessen wurde sie mit Brot serviert, von dem man mit langen Gabeln Stücke in die Suppe tunkte, bis sie sich vollgesogen hatten, und dann aß. Für dieses meiner

Meinung nach keineswegs außergewöhnliche Mahl sollte man den Tageslohn eines Minenarbeiters aus meiner Heimat hinblättern.

Adelaide meinte, wenn wir nicht ausgerechnet in einem Land wären, wo niemand sich betrügen oder bestehlen ließ, würden es die Inhaber dieser Wirtschaften durchaus verdienen, ausgenommen zu werden.

Da mein Magen mit jedem Schritt entschiedener knurrte, drängte ich Adelaide, sich endlich für ein Wirtshaus zu entscheiden. Kurzentschlossen betrat sie jenes auf der gegenüberliegenden Straßenseite. Es befand sich in einem zweistöckigen Fachwerkbau mit Butzenscheiben vor den Fenstern. Ein Schild über der Eingangstür verhieß *Almenrausch*.

Ein Herr in goldbetresster Livree führte uns zu einem Tisch für zwei, nachdem er uns bereits kurz hinter der Eingangstür in Empfang genommen hatte. Er half erst Adelaide, dann mir Platz zu nehmen, indem er den Stuhl zurückzog und genau im richtigen Moment wieder unter unsere Hintern schob. Dann winkte er einem Kellner in schlohweißem Frack, der uns je eine Karte brachte, die im Falle einer plötzlichen Attacke durch Bogenschützen auch sehr gut als Deckung hätte dienen können. Abschließend entzündete er die Kerzen auf dem Leuchter und wünschte uns einen angenehmen Abend, ehe er zu seinem Platz nahe der Tür zurückkehrte.

Adelaide studierte die Auswahl. »Käse, Käse, Käse«, brummte sie. Dann lugte sie hinter dem riesigen Sichtschutz hervor. »Wissen die hier nicht, wie man Tiere schlachtet?«

»Woher soll ich das wissen? Ich war noch nie hier. Und es ist mir egal, ich habe Hunger.«

»Käseplatte für zwei«, sagte Adelaide. »Wie hört sich das an?«

»Ich habe Hunger«, wiederholte ich. »Da hört sich jedes Essen gut an.«

»Und zu einem romantischen Essen zu zweit gehört ein Glas Schaumwein«, erklärte sie.

»Romantisches Essen?«, fragte ich überrascht.

Adelaide deutete auf die blütenweiße Tischdecke, den silbernen Leuchter und dann durch den Raum, in dem nur gedämpft ein paar Stimmen zu hören waren. »Und außerdem heißt das hier *Almenrausch*«, sagte Adelaide. »Dieser Aufforderung sollten wir nachkommen. – Ach, guck nicht so, als seist du in einem Kloster groß geworden und entsetzt über die Verderbtheit der Welt. Ich kenne dich inzwischen zu gut, um dir diesen Blick abzunehmen.« Sie legte die Karte zur Seite und winkte dem Kellner. Der erschien, sie bestellte.

»Marie, Marie, du nimmst das Leben viel zu ernst«, sagte sie nach ein paar Sekunden des Schweigens. Dann legte sie eine Hand auf meine.

»Ich frage mich nur, ob wir das alles durchstehen«, sagte ich.

»Man muss zuversichtlich sein.« Sie tippte mich an die Nasenspitze. »Wenn man nicht zuversichtlich ist, kann man auch gleich auf den nächsten Berg klettern und runterspringen.«

»Das wäre mir zu viel Mühe«, sagte ich.

Der Kellner erschien, brachte den Schaumwein und schenkte ein.

Adelaide prostete mir zu. »Auf, dass wir uns dieser Mühe nie unterziehen müssen.« Wir nahmen einen Schluck. »Ich habe eine viel bessere Idee: Wir trinken ausreichend von diesem Blubberwasser und dann fliegen wir hinauf.«

Kurze Zeit später kam auch die Käseplatte. Es gab, wie nicht anders zu erwarten, eine große Auswahl dieser Speise und dazu Scheiben von verschiedenen Brotsorten. Ich langte heftig zu, während Adelaide mehr dem Wein zusprach. Nach dem dritten Glas begann sie, leise vor sich hin zu singen.

»Ich glaube, du solltest das lassen«, sagte ich.

»Warum?«, platzte sie heraus, riss die Arme nach oben, als wolle sie tatsächlich fliegen, und ließ den Blick durch den Raum schweifen. Einige Gäste beäugten uns kritisch.

»Wir fallen auf«, sagte ich. »Nicht gut bei unserer Profession, oder?«

»Ach.« Adelaide winkte in einer fahrigen Bewegung ab, nahm ein Stück Käse, schob es sich in den Mund und kaute darauf herum. »Hier kennt uns eh niemand.«

»Ich wünschte, das würde auch so bleiben«, sagte ich.

Sie deutete mit dem Finger auf mich. »Du hast keine Am… Ambisch… Ambischonen«, brachte sie schließlich heraus und stieß mit der Fingerspitze gegen meine Stirn. »Die braucht man aber. Ambischonen. Jawohl!« Sie sprang halb vom Stuhl auf und sah sich nach Beifall heischend im Raum um, aber niemand stimmte ihr zu. Vielmehr erschien der Kellner an unserem Tisch.

»Ist etwas nicht in Ordnung?«, fragte er und fixierte Adelaide.

Die sammelte sich, schüttelte den Kopf und winkte mit der Hand vor ihrem Gesicht. »Alles ist in bescher Ordnung«, sagte sie mit schwerer Zunge. Dann deutete sie auf die Käseplatte. »Leider nur Käse.«

»Das ist eine Käseplatte, Madam. Unsere Spezialität.«

»Für zwei«, ergänzte Adelaide in entschiedenem Ton. Dann schaute sie dem Kellner direkt in die Augen. »Aber ich bin einsam. Verstehst du, mein Junge? Einsam.«

»Tut mir leid, Madam«, sagte der Kellner unverbindlich. Er deutete auf mich. »Sie haben Begleitung.«

»Die ist auch einsam«, sagte Adelaide.

Der Kellner setzte eine leidende Miene auf. Ich war mir nicht sicher, ob er sein eigenes Leid beklagte, sich mit einer leicht berauschten Dame auseinandersetzen zu müssen, oder unsere Einsamkeit ihn dauerte. Für mich war sein Gesichtsausdruck Signal, Adelaide an die frische Luft zu schaffen, ehe sie weitere

Verrücktheiten aus ihrer Trickkiste holte. Bevor ich jedoch etwas äußern konnte, um unseren Aufbruch vorzubereiten, seufzte mein Gegenüber und sagte: »Es hilft ja alles nichts, bringen Sie uns einfach die Rechnung.« Ihre Stimme klang so gefasst und sicher, als hätte sie den ganzen Abend nur Wasser getrunken.

Ohne mit der Wimper zu zucken oder irgendwelche Spiele mit den Münzen zu veranstalten zahlte Adelaide den geforderten Preis und gab dem Kellner sogar ein gutes Trinkgeld.

»Seien Sie vorsichtig mit dem Schaumwein«, sagte sie, als er sich eifrig zum Dank verbeugte.

»Natürlich Madam«, erwiderte er ungerührt.

Sie stützte sich am Tisch ab, während sie sich erhob und wartete, bis ich ihr den Arm hinhielt, um sie aus dem Gasthaus zu führen. Draußen vor der Tür drehte sie sich noch einmal um und sagte: »Wir hatten schon fröhlichere Abende. Gestern zum Beispiel.«

Ich fragte mich, was so fröhlich daran war, sich in eine Schlägerei mit einem Haufen von Kerlen zu stürzen, sagte aber nichts dazu. Ich wollte Adelaide nur sicher ins Hotel zurück und ins Bett bekommen. Aber Adelaide beantwortete meine unausgesprochene Frage.

»Weißt du noch, was ich dir gesagt habe? – Dass ich auf dich aufpasse. Und weißt du, was das bedeutet?« Sie klammerte sich an meinen Schultern fest und starrte mir in die Augen.

»Du wirst es mir bestimmt sofort sagen«, brummte ich.

»Dass du nicht einsam bist. Denn du hast mich. Und ich bin auch nicht einsam. Denn ich habe dich, auf die ich aufpassen muss. Und das ist doch gut, oder?«

»Ja, das ist gut«, sagte ich und meinte es auch so. »Komm, gehen wir zurück und schlafen uns aus.«

Sie schnappte sich eine meiner Hände, lief los und zog mich lachend hinter sich her. »Wir sind nicht einsam!«, rief sie in die stillen nächtlichen Gassen hinein. Ich schmunzelte, während ich mich von ihr wie ein widerspenstiger Hund ziehen ließ.

Später lagen wir Seite an Seite in dem edlen Hotelbett. Adelaide schnarchte leise neben mir, während ich zur Decke hinaufsah und mich seltsam glücklich fühlte.

Am nächsten Morgen begaben wir uns zu Maître Bonvar. Adelaide befragte ihn erst nach Chalets in der Nähe, erwähnte jedoch mit keiner Silbe einen Mann, der Instrumente mit sich führte oder Flöte spielte oder etwas Derartiges. Gerade als der Maître sich ausgiebig über die wundervolle Lage eines Schlösschens an einer Passstraße über den Wandrahaar, den Berg direkt vor den Toren der Stadt, ausließ, sprang sie plötzlich vor, berührte den völlig konsternierten Mann an der Stirn und vollführte ihre seltsame Magie.

Maître Bonvar sank in sich zusammen und gab uns anschließend bereitwillig Auskunft über Konkurrenten, über die er Bescheid wusste. Seiner Meinung nach konnten sich nur zwei weitere Maîtres mit ihm messen, was Angebot und Erfahrung anging. Und jeder, der nur einen Funken Verstand und genug Geld besaß, würde zu ihm oder einem dieser Herren kommen, wenn er ein Haus in den Bergen kaufen wollte. Selbst unter der Macht Adelaides gab Bonvar sich selbstbewusst.

Adelaide gab ihn wieder frei, nachdem sie ihm wie üblich befohlen hatte, alles zu vergessen. Dann zählte sie bis zehn. Bei zehn öffnete Maître Bonvar die Augen, während wir die Tür hinter uns schlossen.

Durch das Ladenfenster sah ich, wie er sich ratlos in seinem Geschäftsraum umsah, am Kopf kratzte und anschließend die Zeichnungen einiger Anwesen von seinem Schreibtisch wieder in ein Regal räumte.

»Kommst du, oder muss er uns erst bemerken?« Adelaide zog mich am Arm.

Wir erkundigten uns nach dem Geschäftshaus des Maître Uetli, den wir als Nächsten aufsuchen wollten. Es befand sich zwei Straßen weiter in einer Seitengasse, die an einer hohen Mauer endete.

Von der einen Seite der Gasse zur anderen waren Leinen zwischen den Fenstern gespannt, an denen Wäsche trocknete. Die Geschäftsräume Uetlis lagen im Souterrain. Wir stiegen vier Stufen hinab und traten ein.

Bonvar war ein feister, rotgesichtiger Mann von etwa vierzig gewesen. Aus seinem Körper hätte man zwei Uetlis machen können. Dieser war ein Greis mit krummem Rücken, der sich auf einen Stock stützen musste, sobald er sich von seinem Stuhl erhob. So kam er uns entgegen, nachdem eine Glocke an der Tür uns angekündigt hatte.

»Was kann ich für die Damen tun?«, fragte er mit einer krächzenden Stimme. Dabei wackelte er leicht mit dem Kopf, was seinen langen Ziegenbart schwingen ließ.

»Wir suchen einen Bekannten«, sagte Adelaide.

»Da müssen Sie zur Gendarmerie gehen«, erklärte Maître Uetli, drehte sich um und tapperte zu seinem Stuhl am Schreibtisch zurück.

»Er hat ein Chalet gekauft«, erklärte Adelaide.

»Kann ja sein«, sagte Uetli, »aber es gehört zu meinen Geschäftsgrundsätzen, keine Auskünfte über Kunden zu geben. Darum kommen die Leute ja hierher - weil sie wissen, dass ich vertrauenswürdig bin.« Er winkte uns mit einer Hand fort, als seien wir lästige Bettler.

»Er ist Musikus«, sagte Adelaide unbeirrt. »Besitzt viele Instrumente, hauptsächlich Flöten und Ähnliches.«

Im Gesicht Uetlis regte sich nichts. Er schaute unbewegt wie eine Steinfigur zu uns herüber und wiederholte die scheuchende Geste.

Statt Richtung Ausgang bewegte sich Adelaide mit flinken Schritten in Richtung Schreibtisch. Ihr Arm zuckte nach vorn, aber bevor ihre Hand die Stirn des Maître berühren konnte, hatte er das Handgelenk ergriffen und hielt sie fest. »Immer fein langsam, meine Dame«, sagte er gemessen. »Ich weiß ja nicht, was das soll, aber so geht man mit einem Mann meines Alters gewiss nicht um.« Er schaute ihr mit einem treuherzigen Blick ins Gesicht, als sei im Grunde gar nichts vorgefallen.

»Sagen Sie mir wenigstens, ob unser Bekannter bei Ihnen vorgesprochen hat«, bat Adelaide.

»Nein.«

»Was – nein?«

»Nein, ich kenne den Mann nicht, den Sie beschreiben. Natürlich kommen die wenigsten meiner Kunden mit Sack und Pack in mein Büro. Und jetzt gehen Sie besser, denn sonst könnte ich mich gezwungen sehen, die Wache zu rufen.«

Sekunden später standen wir wieder in der Gasse.

»Der Mann hat natürlich recht«, sinnierte Adelaide. »Im Hotel mag der Pfeifer mit seinen Instrumenten aufgefallen sein, aber gewiss hat er sie zurückgelassen, als er unterwegs war, um seine Bleibe zu organisieren. Wir müssen ins Hotel zurück und die Herren vom Empfang um eine Beschreibung bitten. Das wird nicht leicht, in dieser Empfangshalle sind stets so viele Gäste unterwegs – ich kann diese Leute nicht einfach mesmerisieren.« Sie schnippte mit den Fingern. »Ich muss es irgendwie probieren.«

»Am Abend sind vielleicht nicht mehr so viele Gäste in der Empfangshalle«, schlug ich vor.

»Schauen wir also heute Abend. Was machen wir derweil?«

Ich zuckte mit den Schultern, weil mir auch nichts einfiel, um den Tag sinnvoll zu verbringen.

Adelaide schlang einen Arm um meine Hüfte, als sei sie ein fescher junger Mann, der mit seiner Angebeteten einen Bummel unternehmen möchte. »Schauen wir doch mal, was dieses Bihaar zu bieten hat.«

Wie Besucher schlenderten wir durch die Stadt. Wir entdeckten eine Ausstellung, die die Geschichte der Käserei von Bihaar aufzeigen sollte. Schüttelten aber beinahe synchron den Kopf bei der Überlegung, ob wir sie besuchen sollten. Ein paar Schritte weiter gab es ein ähnliches Haus. Nur wurde dort die Geschichte der Uhrmacherkunst präsentiert. Das entsprach eher unseren Interessen, denn Uhren aus Bihaar waren kaum weniger wertvoll als Gold und Edelsteine.

Um die Mittagsstunde verließen wir die Räumlichkeiten wieder und kehrten in einem Wirtshaus ein, das nicht ausschließlich Käsespezialitäten anbot.

»Gibt es in ganz Bihaar keine einfachen Leute?«, wunderte ich mich, als wir das Gasthaus wieder verließen. »Hier kann doch keiner, der rechtschaffen sein Geld verdienen muss, auch nur ein Bier zum Feierabend trinken.«

»Es wird wohl auch einen ärmlichen Teil dieser Stadt geben«, sagte Adelaide. »Aber wir haben ihn noch nicht gefunden.«

Wir verbrachten den Nachmittag und frühen Abend damit, nach einem Viertel zu suchen, in dem die Häuser nicht aussahen, als wären sie erst gestern frisch gestrichen worden, Leute herumliefen, die geflickte Hosen und Joppen trugen, und Schankwirtschaften zu finden waren, die sich eben solche Leute auch leisten könnten. Wir wurden nicht fündig.

Zwar begegneten uns Männer in Arbeitskleidung, aber auch diese betraten schließlich Häuser mit schmucken Vorgärten oder zumindest Kästen voller Blumen vor den Fenstern. Alles und jeder war so adrett und ordentlich, dass einem schier übel werden konnte.

»In dieser Stadt möchte ich nicht einmal begraben sein«, sagte ich.

»Im Moment«, entgegnete Adelaide, »möchte ich noch nirgendwo begraben sein.«

Wir kehrten schließlich ins Hotel zurück, kauften unterwegs in einer Bäckerei noch ein schlankes helles Brot, das mit Käse überbacken war, und verzogen uns damit auf unser Zimmer.

Wir aßen und sahen durch das Fenster der Sonne zu, die hinter den Dächern der Stadt versank. »Hast du noch diese leere Patronenhülse?«, fragte Adelaide, als gerade die letzten Strahlen verschwunden waren.

»Was willst du damit?« Ich sah sie einmal mehr ratlos an.

»Ein wenig positive Energie verströmen, damit diese Leute vom Hotel ein bisschen mitteilsamer werden.« Sie hielt mir die offene Handfläche hin. »Du wirst schon sehen.«

Ich stöhnte, erhob mich und wühlte in meinen Sachen, bis ich das gute Stück gefunden hatte. Dann trat ich zu ihr und drückte es ihr in die Hand. Sofort sprang sie auf. »Komm, es geht los.« Sie strahlte, dass sie beinahe die Sonne ersetzen konnte, die inzwischen dem Mond Platz gemacht hatte.

Wir kehrten in die Empfangshalle des Hotels zurück. Tatsächlich saß lediglich ein älteres Paar in einer Ecke. Er las einen Nachrichtenbrief und sie strickte. Am Empfangstresen stand nur noch ein Herr in blauer Uniform. Er schaltete ein Lächeln ein, als wir uns näherten.

Adelaide trat dicht an den Tresen. Sie hielt dem Angestellten die Rechte hin, als erwarte sie einen Handkuss, legte die leere Patrone auf die Finger und ließ sie durch leichte Bewegungen von einer Seite zur anderen rollen. »Sehen Sie das?«, fragte sie.

»Ja, Madam. Was ist damit?«

»Eine Patronenhülse. Habe ich in unserem Zimmer gefunden.« Langsam wanderte das Teil von links nach rechts und wieder zurück über ihre Hand. Selbst ich wurde schläfrig. »Interessant, nicht wahr?«

»Ja, Madam.«

»Folgen Sie der Bewegung! Ist sie nicht faszinierend?«

Der Mann, gewohnt, den Wünschen der Hausgäste zu entsprechen, ließ seinen Blick dem Rollen der Hülse über Adelaides Finger folgen.

»Wie heißen Sie?«, fragte Adelaide.

»Gustav.«

»Sehr schön, Gustav, schauen Sie auf die Patronenhülse. Sie ist leer. Ein Hort der Ruhe. Auch Sie werden ganz ruhig und müde.«

Gustav gähnte.

»Lassen Sie alle Sorgen hinter sich, Gustav. Alle Sorgen und Probleme fallen von Ihnen ab. Sie schließen die Augen …« Adelaide unterbrach sich und bedeutete mir, um den Tresen herum zur anderen Seite zu gehen. Eilig lief ich los.

»… und jetzt schlafen Sie, Gustav.«

Ich konnte gerade noch verhindern, dass der gute Mann krachend gegen das Regal mit den Schlüsseln fiel. Er sank nicht zusammen, er stürzte wie ein gefällter Baum und schnarchte leise. Beinahe hätte er mich von den Füßen gerissen, ich konnte ihn nur mit Mühe an mir hinabgleiten lassen. Ich schob ihn ein wenig dichter an den Tresen heran, sodass er für herantretende Personen nicht sofort zu sehen war.

Adelaide kam um den Tresen herum. Gemeinsam hockten wir uns neben den Mann. Wir konnten nur hoffen, dass nicht ausgerechnet jetzt ein aufmerksamer Hotelgast kam, der seinen Zimmerschlüssel wünschte.

»Hören Sie mich, Gustav?«

»Ich höre Sie, Madam.« Auch im Reich der Träume vergaß Gustav nicht, wie man die Gäste korrekt ansprach.

»Erinnern Sie sich an einen Mann, der hier im Haus logiert hat …«

»Hier logieren viele Männer, Madam«, unterbrach Gustav Adelaides Rede. Sie runzelte verärgert die Stirn.

»Unterbrechen Sie mich nicht!«

»Sehr wohl, Madam.«

»Ich frage nach einem Herrn, der eine Reihe Blasinstrumente mit sich führte. Können Sie sich an so einen Herrn erinnern?«

»Ja, Madam.«

»Wie sah er aus?«

Gustav runzelte die Stirn. »Er war groß«, erklärte er schließlich mit schleppender Stimme. »Größer als ich und sehr schlank. Er hatte eine auffallend spitze Nase. Sah aus, als stecke ihm ein Bleistift im Gesicht.« Gustav kicherte. »Er hatte schwarzes Haar und einen gewichsten schwarzen Schnurrbart. Sein Gesicht war dreieckig, seine Augen grün. Er trug einen blauen Anzug mit Weste und ein weißes Hemd. Aus der Brusttasche seiner Jacke ragte eine Flöte. Das ist mir auch aufgefallen.«

»Wie nannte sich der Mann?«, fragte Adelaide.

»Adagio, Paul Adagio.«

In diesem Moment ertönte die Klingel auf dem Tresen. Adelaide versetzte mir einen Stoß, ich schnellte aus der Hocke hoch und bemühte mich krampfhaft, nicht zu entsetzt dreinzuschauen.

»Wo ist Gustav?«, wurde ich sofort mit der Frage empfangen, die ich absolut nicht hören wollte. Sie wurde von einem jungen Mann gestellt, der in etwa so gekleidet war, wie uns gerade der Pfeifer beschrieben worden war. Jedoch trug er sein Jackett über dem Arm. Außerdem zierte ein heller Backenbart sein Gesicht und seine Nase war ziemlich durchschnittlich. Zum Glück war er viel zu blasiert, seinen Blick nach unten zu richten. Ich vermutete, es handelte sich um einen dieser Prinzen, die früher oder später in ein Biest oder einen Frosch verwandelt wurden.

»Gustav ist verhindert«, sagte ich.

»Egal, ich möchte meinen Schlüssel. Zimmer 311.«

»Kommt sofort.« Ich wandte mich eilig um und suchte nach dem Platz für diesen Schlüssel. Als ich ihn entdeckte, trat ich eilig nach vorn und fiel beinahe über Gustav, der vor mir auf dem Boden ruhte. Zum Glück konnte ich mich fangen. Ich wandte den Kopf, zuckte ein wenig hilflos mit den Schultern und stammelte: »Ich lerne noch.«

»Das sieht man. Beeilen Sie sich bitte, Fräulein, sonst muss ich mich bei der Hoteldirektion über Sie beschweren.« Der junge Mann wedelte ungeduldig mit der Hand in Richtung des Platzes, wo sein Schlüssel hing. Er sah zwar gut aus, aber sein Benehmen machte diese Eigenschaft mehr als wieder wett.

Ich griff nach dem Schlüssel, reichte ihn hinüber und wünschte ihm einen guten Abend. Dann tauchte ich wieder hinter dem Tresen unter. Adelaide begann sofort die Weckprozedur.

Eine Minute später standen wir wieder auf der richtigen Seite und Gustav schaute uns mit einer Mischung aus Neugier und Zweifel an. »Wünschen Sie etwas?«, fragte er.

»Nein, danke«, sagte Adelaide. »Hat sich schon erledigt.«

»Dann wünsche ich noch einen angenehmen Abend und eine gesegnete Nachtruhe, Madam.«

Wir wandten uns ab und verschwanden in Richtung Treppe. Adelaide drückte mir die Hülse in die Hand. »Danke. Das wollte ich schon immer mal ausprobieren.«

»Und jetzt?«, fragte ich, als wir in unserem Zimmer saßen.

»Auf zu Maître Uetli«, sagte Adelaide, klatschte in die Hände und wühlte im nächsten Augenblick bereits in ihrem Koffer. Sie zog eines der grauen Kleider heraus, die sie für nächtliche Ausflüge in fremde Häuser nutzte.

»Ich denke, man kann in diesem Land niemanden beklauen.«

»Wir wollen ihn nicht beklauen, wir wollen nur ein wenig lesen«, erwiderte Adelaide. »Und lesen ist zum Glück noch in keinem Land der Welt verboten, nicht einmal in Hopfenburg.«

»Der Mann wird trotzdem nicht glücklich sein, wenn er uns erwischt.«

»Wenn er uns erwischt, sind vermutlich wir es, die unglücklich werden. Also sollten wir sehr gut aufpassen. Allerdings hat er in seinem Kontor wahrscheinlich keine so guten Schlösser und wohl auch kaum einen Feenalarm. Was will ein Einbrecher mit einem Haufen Zeichnungen von schicken Häusern?«

»Er verkauft Häuser«, wandte ich ein. »Das muss ihm riesige Mengen Taler einbringen.«

Adelaide lachte schallend.

»Glaubst du wirklich, die behält jemand im Hause? In Bihaar? Hier wickelt man solche Geschäfte direkt in den Bankhäusern ab. Nein, Marie, Geld wirst du bei keinem dieser Maîtres in großer Menge daheim oder im Kontor finden. Wie auch sonst bei keinem Bihaarer, nebenbei bemerkt.«

Sie schlüpfte bereits in das Kleid bei diesen Worten, griff sich anschließend ihr Bündel Allesöffner und verkündete: »Auf, auf! Wir gehen.« Sie musterte mich flüchtig. »Schwarz muss genügen. Komm!«

»Ah! Wäre ich nur bei Frau Holle geblieben!«, rief ich, als sie mich einmal mehr packte und hinter sich herzuschleifen versuchte. »Ich bin doch nicht dein Hund!«

»Der wäre besser erzogen.« Sie ließ mich zwar los, stand aber im nächsten Augenblick bereits an der Tür und wedelte mit den Armen. »Jetzt trödele nicht länger – oder muss ich wieder zu Beleidigungen greifen?«

»Danke, nein.« Ich setzte mich in Bewegung.

Gemeinsam liefen wir durch die nächtlichen Straßen von Bihaar. Stille breitete sich um uns aus. Nirgends sah oder hörte man einen Spätheimkehrer, der zu tief ins Glas geschaut hatte. Auch gab es niemanden, der auf der Straße kampierte, weil er kein Obdach besaß. Hin und wieder schimmerte hinter einem

Fenster eine Kerze, wohl weil einer der Bewohner unterwegs zu seinem Nachtgeschirr war.

»Ist dieser Ort nicht unheimlich?«, fragte Adelaide mich unterwegs. Die Frage überraschte mich. Bisher hatte ich geglaubt, ihr gefiele es an diesem Ort.

»Ein bisschen«, sagte ich.

»Man könnte meinen, hier lebt eine spezielle Art von Vampiren, die sich nicht vor Sonnen-, sondern vor Sternenlicht fürchten. Am Tag gehen sie ihren Geschäften nach und saugen anderen ihre Geldbörsen leer. Nachts liegen sie in ihren Särgen und träumen von ihrem Reichtum.«

Mich schauderte bei diesen Worten. »Wenn du mir Angst machen willst, kann ich nur sagen: Ist dir gelungen.«

Sie klatschte in die Hände, lachte und sagte: »Fein.«

Kurz bevor wir die Gasse erreichten, die Maître Uetlis Kontor barg, kam uns ein Nachtwächter mit Laterne und Pike über der Schulter entgegen. In gelangweiltem Ton verkündete er alle paar Schritte, dass es ein Uhr und alles ruhig sei. Bis auf sein Geschrei zu nächtlicher Stunde stimmte das wohl.

Adelaide zog mich in einen Hauseingang, wo wir verharrten.

»Warum müssen wir uns verstecken?«, flüsterte ich. »Wir haben doch gar nichts angestellt.«

»Wenn Uetli morgen früh feststellt, dass jemand in seinen Unterlagen gewühlt hat, und das der Wache meldet, wird sich dieser Wächter vielleicht erinnern, dass wir die einzigen Leute waren, denen er in der Nacht begegnet ist«, raunte Adelaide dicht neben meiner Schulter.

Eine Weile standen wir stocksteif da, während sich die Schritte und Rufe des Nachtwächters entfernten. Dann lösten wir uns aus dem Eingang und setzten unseren Weg fort.

Adelaide überließ mir die Arbeit mit den Allesöffnern an Uetlis Tür. Sie meinte, ich müsse den Umgang mit diesen Dingen lernen. Ich bewies, dass meine Finger geschickt waren, denn es dauerte nicht länger, die Tür zu öffnen, als bei ihr, obwohl sie einige Übung besaß.

In den Geschäftsräumen herrschte Finsternis.

»Wir hätten eine Laterne mitnehmen sollen«, sagte ich.

»Warte einen Moment.« Ich vernahm tastende Geräusche in der Nähe des Schreibtisches. Schließlich zischte es, ein Schwefelholz flammte auf und wenig später stand sie mit einem einflammigen Kerzenleuchter in der Hand da. »Er braucht ja auch Licht, wenn er hier arbeiten will«, sagte Adelaide.

»Du konntest das nicht wissen. Wir sind ohne Überlegung losgelaufen.« Ich sprach so leise, wie mir trotz meines Ärgers möglich war.

»Beruhige dich. Ich hatte die Kerze gesehen, als wir zum ersten Mal hier waren. So, und jetzt schwatz nicht länger, suchen wir, ob wir Unterlagen über einen Herrn Adagio finden. – Meine Güte, wie falsch kann ein Name eigentlich noch klingen?«

Zu unserem Glück war Maître Uetli ein sehr ordentlicher Mann. Wir fanden seine Unterlagen nach dem Alphabet geordnet vor. Allerdings erwies sich auch bald, dass niemand mit Namen Adagio bei ihm vorgesprochen hatte. Wir teilten die Unterlagen anschließend auf und Adelaide nannte mir weitere Namen, die der Pfeifer ihrer Meinung nach verwendet haben könnte: Largo, Lento, Andante, Allegretto, Allegro, Vivace, Presto, Piano, Forte und Mezzo.

Ich fand einen Herrn Fortissa, aber ein Blick in seine Papiere belehrte uns darüber, dass er lediglich einen Stall erworben hatte. Adelaide schüttelte den Kopf und meinte, damit gäbe sich einer wie der Pfeifer gewiss nicht zufrieden.

»Vielleicht nur für seine Ratten?«, mutmaßte ich.

»Erstens: Seit wann hält man Ratten in Ställen? Zweitens: Und wo schläft dann Herr Fortissa? Nebenan auf der Wiese?

Nein, nein. Das ist bestimmt ein Einheimischer, der eine Unterkunft für sein Vieh brauchte. Einer von diesen unendlich vielen Käseproduzenten, die es hierzulande geben muss.« Sie zuckte ratlos mit den Schultern. »Wir müssen sowieso gehen. Die Kerze ist bald niedergebrannt.«

»Und wie geht es weiter?«

»Wir gehen zum dritten Verkäufer von Häusern. Was denn sonst?« Mit diesen Worten pustete Adelaide die Kerze aus. Ich hörte den Leuchter auf dem Tisch klappern und spürte Sekunden später eine Hand an meiner Hüfte. »Kommst du?«

»Willst du jetzt da einsteigen?«

Adelaide kicherte. »Manchmal stellst du komische Fragen. Wie du sehr wohl weißt, haben wir keinen Leuchter mit. Und bei diesem Maître Grazian weiß ich nicht, wo eine Kerze steht und Zündhölzer oder Stahl und Feuerstein liegen. Den Herrn besuchen wir auf die gewöhnliche Weise. Vielleicht erweist er sich als zugänglicher gegenüber meiner Überredungskunst.« Nach dieser Ansprache schob sie mich vorwärts Richtung Tür.

Wir schlossen hinter uns ab und begaben uns durch die stillen, nächtlichen Straßen auf den Heimweg. Unterwegs mussten wir vor dem Marktplatz erneut einem Nachtwächter ausweichen.

Im Hotel warf nur der nächtliche Bewacher des Empfangstresens uns einen gelangweilten Blick zu. Er schien nicht weiter verwundert, dass Gäste erst in den frühen Morgenstunden in ihre Zimmer heimkehrten.

Am nächsten Morgen ging Adelaide zunächst zum Empfang und erklärte, dass uns die Stadt sehr fasziniere und wir daher noch eine Nacht länger zu bleiben gedächten. Kein Problem, wie sich zeigte.

Während des ausgiebigen Frühstücks, das im Wesentlichen aus Käse bestand, erklärte mir Adelaide, dass sie einen neuen Plan gefasst habe. »Du kannst deinen Anzug ausführen«, sagte sie in einem Ton, als müsse ich angesichts dieser Aussicht in Jubelgeschrei ausbrechen.

Stattdessen runzelte ich nur die Stirn und fragte: »Warum?«

»Erstens übst du so, dich wie ein feiner Herr zu benehmen, und zweitens haben wir so vielleicht eine Möglichkeit, den Aufenthalt des Pfeifers herauszufinden, ohne dass wir wieder nachts in ein Kontor einsteigen müssen.«

»Warum willst du nicht dein Mesmeri-Dings benutzen?«

»Ich fürchte, das funktioniert bei dieser Art Leute nicht besonders. Du hast selbst erlebt, wie dieser Uetli reagiert hat.« Sie schob sich einen Happen helles Brot in den Mund und nahm einen Schluck des traumhaften Frühstücksgebräus, das hier gereicht wurde. Die Bedienung nannte es Kakao. Es gehörte zu den vielen Dingen des feinen Lebens, an die ich mich hätte gewöhnen können.

»Man könnte außerdem glauben, es gefiele dir, mich in Hosen herumlaufen zu sehen«, erwiderte ich.

»Nun, da ist auch etwas Wahres dran. Wenn ich mich je noch einmal in einen Mann verlieben sollte, müsste er so aussehen wie du.« Sie lachte, als sie mein verdutztes Gesicht sah. »Habe ich dich wieder erwischt«, prustete sie. Sie tätschelte meinen Arm. »Eigentlich können mir die Männer herzlich gestohlen bleiben. Iss auf und dann ziehen wir los.«

Eine halbe Stunde später verließen wir das gastliche Haus in Richtung Maître Grazian. Ich trug Hemd, Anzug und einen falschen Schnurrbart.

Adelaide hatte mich instruiert, mein Name sei Magister Maria, wobei ich den Namen so aussprechen sollte, als werde er auf der ersten Silbe betont und schriebe sich mit wenigstens zwei *a* in der Mitte. Sie meinte, er klinge dann, als käme ich aus Arbersarien. Das sei nützlich, weil sich auch der Name Adagio nach diesem Land anhöre. Ich sollte ihren Advokaten darstellen, der eine Klage gegen Herrn Adagio vorbringen wollte. In ihrem Namen, versteht sich.

Bihaar am Tage schien, wenn man es zuvor in der Nacht erlebt hatte, eine völlig andere Stadt zu sein. Auf allen Straßen wuselten Menschen durcheinander. Tatsächlich fühlte man sich an Geschichten über Geisterschiffe erinnert, die zeitweise mit einer toten Mannschaft über die Meere segelten, welche von Zeit zu Zeit wieder lebendig wurde und dann voller Enthusiasmus ihrem Tagwerk nachging.

Das Kontor von Maître Grazian befand sich im ersten Stock eines mit wunderbaren Schnitzereien verzierten Hauses auf einer Straße, die breit genug war, um drei Kutschen nebeneinander Platz zu bieten. Die in die Holzbalken geschnittenen Figuren stellten Männer und Frauen bei harter Arbeit dar. Ich entdeckte unter anderem einen Bauern, einen Schmied, einen Steinmetz, eine Sennerin und eine Dame, die ihrem Gewerbe mit hochgezogenem Rock und gespreizten Beinen nachging. Mit ihr verlustierte sich ein Mann mit hohem Zylinderhut auf dem Kopf und einem Stoß Papiere unter dem Arm. Zur gleichen Zeit zog ihm eine weitere Gestalt den Geldbeutel aus der Tasche. Der Schnitzer hatte eindeutig Humor besessen.

»Denkst du darüber nach, so mit jemandem zusammenzuarbeiten?«, fragte Adelaide. »Mich kannst du jedenfalls aus deinen Überlegungen streichen, es sei denn, du möchtest die Rolle der Hure übernehmen.«

Ich sah sie grimmig an, was sie dazu veranlasste, mir einen Stoß gegen den Oberarm zu versetzen. »Schau nicht immer gleich so pikiert, wenn ich dich auf den Arm nehme.«

Wir stiegen die Stufen in den ersten Stock hinauf, klopften an und traten auf das »Herein« ein.

»Guten Morgen«, grüßte Adelaide sofort nach dem Eintreten und hielt dem Maître die Rechte huldvoll zum Handkuss hin.

Anschließend stellte sie sich als Vittoria del Tonnata vor und deutete auf mich. »Mein Advokat, Magister Maria. Wir kommen aus dem Norden in einer sehr prekären Angelegenheit.« Ohne darauf zu warten, dass uns Platz angeboten wurde, setzte sie sich vor dem Schreibtisch nieder. Dann deutete sie auf den Stuhl hinter dem Kontorinhaber und sagte in einem Ton, als sei sie selbst in den Räumen zu Hause: »Setzen Sie sich doch.«

Maître Grazian schaute verwirrt und nahm Platz. Auch ich ließ mich nieder. Ich wusste ein wenig von dem, was Adelaide zu sagen beabsichtigte, aber sie weihte mich ja nie vollständig in ihre Pläne ein. Manchmal vermutete ich, sie formten sich erst in ihrem Kopf, während wir an Ort und Stelle waren.

»Es geht um meine Schwester«, sagte Adelaide, gerade als der Maître den Mund öffnete, um etwas zu sagen oder zu fragen. »Sie ist, wie man hierzulande sagt, sitzengelassen worden. Magister Maria hat eine Klageschrift verfasst, die einen jungen Mann dazu veranlassen soll, seinen Verpflichtungen nachzukommen, wenn Sie verstehen, was ich meine.«

»Und was habe ich damit zu tun?«, fragte Grazian völlig verdattert und schaute von Adelaide zu mir und wieder zurück.

»Nun, Sie können uns sagen, wo wir den jungen Mann finden. Er ist gut aussehend, so wie praktisch alle jungen Männer in meiner Heimat. Ach, es ist eine Schande, dass ich mich um diese Dinge sorgen muss und nicht selbst nach einem Ehemann Ausschau halten kann. Finden Sie nicht?« Sie beugte sich ein wenig vor und ließ ihr Gegenüber Einblick in ihr Dekolleté nehmen.

Der Maître zog ein Taschentuch hervor und tupfte seine Stirn.

»Aber das muss Sie ja nicht kümmern, nicht wahr«, hob sie erneut zu einem Wortschwall an. »Vielmehr müssen Sie uns sagen, wo Sie dem üblen Gauner, der im Begriff ist, meine Schwester zu entehren, ein Haus vermittelt haben.« Sie wandte sich zu mir. »Magister, geben Sie dem Maître das Schreiben der Präfektur.«

Ich griff in die Innentasche meines Jacketts und zog einen Brief hervor, den Adelaide in aller Eile aufgesetzt hatte. Ich reichte ihn dem Mann gegenüber, der immer noch völlig sprachlos seine Stirn abtupfte.

»Wie Sie sehen können«, sagte Adelaide, »sind Sie verpflichtet, uns bei der Suche nach dem Mann zu unterstützen. Er nannte sich Adagio, aber da er natürlich weiß, dass sowohl der lange Arm des Gesetzes als auch meine Familie nach ihm greifen, kann es sein, dass er inzwischen einen anderen Namen verwendet.«

Maître Grazian sprang auf, ohne den Brief vor ihm auch nur angerührt zu haben. Das Wort Familie in Verbindung mit Adelaides arbersarischem Namen und Gehabe hatte ihm einen gehörigen Schrecken eingejagt. Jeder wusste, dass die reichen Familien in Arbersarien machtvolle Organisationen waren, die vor nichts zurückschreckten, um ihre Ehre zu schützen.

Er wühlte in einem Schrank hinter dem Schreibtisch und kehrte in weniger als einer Minute mit einem Bündel Papiere zu uns zurück. »Adagio sagten Sie. Da haben wir ihn schon.« Er legte das Bündel vor sich zurecht und blätterte den Akt langsam durch. Schließlich hatte er wohl gefunden, was er suchte, denn er zog ein Blatt heraus, drehte es so, dass wir es lesen konnten, und schob es zu uns herüber. Dabei lächelte er verkrampft.

»Sehen Sie, der Herr hat ein Haus am Hang des Beutli erworben. Das ist der Nachbar des Wandrahaar zur Linken. Eine Straße führt direkt aus der Stadt bis auf die halbe Höhe. Von dort hat man einen fabelhaften Blick über …«

»Wir wollen das Haus nicht kaufen. Wir wollen den Mann finden. Danke«, schnitt Adelaide ihm das Wort ab und griff nach dem Blatt. »Das dürfen wir doch behalten, oder?«

»Eigentlich …«

»Magister Maria, wie sehen Sie die Angelegenheit. Können wie den Maître verpflichten, uns dieses Schreiben zu überlassen?«

»Es wird einiger gerichtlicher Entscheidungen bedürfen, aber ich nehme doch an, dass das Recht schließlich auf unserer Seite sein wird«, sagte ich mit meiner männlichsten Stimme in gemessenem Tonfall.

»Gerichte werden nicht nötig sein. Behalten Sie es. Wenn Sie den Mann gefunden haben, werden Sie es ja nicht mehr benötigen und können es zurückbringen.«, sagte Maître Grazian. Er sah blass aus.

»Aber gewiss, guter Mann. Meine Familie wird Sie in dankbarer Erinnerung behalten.« Adelaide erhob sich. »Guten Tag.« Sie hielt ihm die Hand zum Handkuss hin, der Maître sprang auf, küsste und geleitete uns zur Tür. Ehe sich die hinter uns schloss, sah ich ihn noch einmal seine Stirn mit dem Taschentuch abtupfen. Ich konnte trotz geschlossener Tür förmlich hören, wie er aufatmete, uns los zu sein.

»So«, sagte Adelaide, »jetzt wird es Zeit, unser Hotelzimmer zu räumen.«

Blut, Schweiß und Tränen

Die Kutsche rollte gemächlich die Straße hinan. Je höher wir gelangten, umso weniger erinnerte die Umgebung noch an eine Stadt. Vielmehr fühlte ich mich an mein Heimatdorf erinnert. Die Stadthäuser wichen einzeln stehenden Gehöften mit Stallungen und Remisen. Die Straße verwandelte sich in einen Fahrweg aus festgetretenem Lehm, in dem vorherige Fahrzeuge Rinnen hinterlassen hatten, die die Route festlegten. Hühner liefen aufgeschreckt vor uns her. Auf einer Koppel sahen uns zwei Pferde gelangweilt nach. Aus einer halb geöffneten Stalltür glotzte eine Kuh zu uns herüber und aus einem Fenster des Hauses nebenan tat es eine alte Frau ihr gleich.

Die meisten der Häuser waren auf die gleiche einfache Art errichtet worden. Die untere Etage war aus Lehmziegeln gemauert und auf dieser ruhte eine aus Brettern gefertigte Wand. Bei uns daheim wurde zwischen eine innere und eine äußere Bretterlage eine Schicht aus Lehm eingebracht, um Wärme im Haus zu halten. Ich vermutete, bei diesen Häusern sah das ähnlich aus, zumal in dieser Höhe der Wind uns beachtlich um die Ohren pfiff.

Adelaide hielt nach einem Gasthaus Ausschau, wie sie erklärte. Dort, meinte sie, finde man immer jemanden, der über die neuen Nachbarn tratschte, zumal wenn diese wohlhabend oder anderweitig besonders waren. Und nach ihrer Ansicht musste der Pfeifer als überaus besonders gelten.

Schließlich entdeckten wir linker Hand ein Schild mit der Aufschrift »Kletterers Ruh'«. Neben den Worten erkannte ich einen Mann an einem Felsen, der offensichtlich damit beschäftigt war, diesen zu erklimmen.

Adelaide stoppte und stieg vom Bock. Ich folgte ihr.

Das Gasthaus erwies sich als ziemlich unbelebt. Allein eine Frau um die Vierzig mit breiten Hüften und verlebtem Gesicht stand hinter einem Tresen und schaute gelangweilt drein. »Seid gegrüßt«, sagte sie, nachdem wir eingetreten waren. »Wie kann ich euch dienen?«

»Wir brauchen ein Zimmer für die Nacht«, sagte Adelaide.

»Es ist alles frei. Um diese Zeit kommt keiner lange auf den Berg, um herumzuklettern. Der Wind ist tückisch und schnell zieht schlechtes Wetter auf. Dann ist man besser unten in der Stadt.« Sie musterte uns. »Was führt zwei vornehme Damen wie euch da hinauf?«

»Wir wollen jemanden besuchen. Einen Herrn Adagio. Kennt Ihr den?«

»Ist das der Neue im Chalet Gerstäcker?«

Adelaide wandte sich zu mir um. »Schaust du gleich mal nach, bitte.«

Ich kramte in den Taschen herum, bis ich das Papier fand, das wir von Maître Grazian mitgenommen hatten. Tatsächlich stand dort als Name des Anwesens jener, den die Dame gerade genannt hatte. »Ja, das hat er gekauft«, sagte ich.

Die Wirtin lachte gekünstelt. »Ein feiner Herr. Will mit niemandem heroben was zu tun haben. Ich glaube, der hat nicht einmal Dienerschaft.« Sie wendete eine Hand in der Luft, um anzudeuten, dass sie dem Mann nicht traute. »Wenn ihr mich fragt, meine werten Damen, ist das ein Hallodri. Kein Umgang für Mesdames wie euch. Außerdem ist er momentan nicht da. Das hat mir der Gustl erzählt, der hier die Post besorgt. Der weiß des, weil der Hallodri es ihm gesagt hat. Wegen der Post. Versteht's?«

Adelaide nickte. »Das ist natürlich Pech«, sagte sie. »Wir hätten dennoch gern ein Zimmer für zwei Nächte.«

»Natürlich.« Die Wirtin griff unter den Tresen und reichte uns einen Schlüssel. »Die Treppe hinauf und gleich rechts. Ist mein bestes Zimmer.«

»Danke. Wo können wir eine Kutsche abstellen und die Pferde tränken und versorgen?«

»Links vom Haus ist Platz für die Kutsche. Ein Stall ist auf der Rückseite. Da haben die Tiere einen feinen Blick bis ins Tal.«

Wir holten unser Gepäck, brachten es aufs Zimmer und kümmerten uns anschließend um die Pferde. Während wir mit Striegeln beschäftigt waren, kam ein Bursche dazu, der anbot, uns die Arbeit abzunehmen. Adelaide gab ihm einen Taler, dankte und wir gingen wieder ins Haus.

Wir fragten bei der Wirtin nach, wie wir zum Chalet Gerstäcker kämen. »Der Herr ist aber nicht daheim. Wie ich schon gesagt hab.«, erwiderte sie statt einer Antwort auf unsere Frage.

»Vielleicht hat er uns eine Nachricht hinterlassen«, sagte Adelaide leutselig. »Eigentlich erwartet er uns.«

Die Wirtin legte den Kopf schief und musterte uns abermals von oben bis unten. »Na, ihr seid's mir ein paar seltsame Geschöpfe«, sagte sie schließlich. »Ich kann mir keine feinen Fräuleins vorstellen, die dieser Herr da erwarten möcht'. Nur liederliche Weiber.«

»Aber meine Dame«, sagte Adelaide und klang entrüstet. »Was denkt Ihr von uns? Der Herr Adagio ist ein Geschäftsmann. Soviel wir wissen, handelt er mit Musikinstrumenten.«

»Und ihr seid Musikerinnen? Versteht Euch auf Blasinstrumente, he?« Sie zwinkerte und ich spürte, wie mir die Hitze ins Gesicht schoss.

Adelaide lachte und es klang durchaus echt. »Ihr werdet es nicht glauben, aber der Herr Adagio hat tatsächlich eine beachtliche Sammlung von Flöten, Oboen und ähnlichen Instrumenten. Manche davon verkauft er.«

»Ach.« Die Wirtin kratzte sich am Rücken. »Na dann will ich nichts gesagt haben. Soll er nur nicht so tun, als seien wir hier droben alle Luft für ihn, dann findet unsereiner auch freundlichere Worte für ihn.«

»Also, wie kommen wir zu seinem Haus?«

»Geht einfach weiter die Straße 'nauf, bis ihr zur nächsten Kehre kommt. Da führt ein Fußpfad rechter Hand weiter. Dem müsst ihr folgen. Er führt um eine Felsnase herum und dahinter ist das Chalet.«

Adelaide dankte für die Auskunft und wir zogen los. Die Straße führte weiter gemächlich bergauf, aber der Fußpfad rankte sich am Berg steil nach oben. Stellenweise waren Stufen in den Fels geschlagen, um den Aufstieg zu erleichtern. An der Felsnase führte er sehr eng vorbei und beim Blick in die Tiefe auf der anderen Seite wurde mir ganz schwummrig. Adelaide vor mir schritt so sicher aus, als flaniere sie noch immer über den Markt von Bihaar.

Wir kamen um den Fels herum und erblickten ein aus Balken erbautes zweistöckiges Haus mit einer ausgedehnten Terrasse, die bis an den Abgrund heranreichte. Eine hüfthohe Mauer schützte Gäste vor dem Absturz. In den oberen Etagen gab es zwei Balkone mit Blumenkästen davor, deren Bepflanzung ein wenig verkümmert aussah. Den Blumen fehlte offenbar jemand, der sie hin und wieder mit Wasser versorgte.

Vor dem Haus verwandelte sich der Fußpfad in einen gepflasterten Weg, der zu einer Tür mit Rundbogen führte. Sie besaß ein kleines Fenster, das dem Bewohner erlaubte, Gäste zu beäugen, ehe er öffnete. Niemand zeigte sich.

»Offenbar ist wirklich niemand zu Hause«, sagte Adelaide, nachdem wir einmal um das Haus herumgegangen waren. Auch ich fand, dass es verlassen wirkte.

Auf dem Weg zurück trafen wir einen alten Mann, der Pfeife rauchend auf einem Stein saß und in die Ferne schaute.

»Grüß Sie«, sagte er.

Wir erwiderten seinen Gruß. Er deutete ins Tal hinunter. »Ist wie Theater. Und jede Vorstellung ist anders.«

»Wirklich?«, fragte Adelaide. »Sieht die Stadt nicht immer gleich aus von hier oben?« Sie warf einen flüchtigen Blick nach unten. »Man sieht ja nicht das Gewimmel der vielen Menschen.«

Der Alte winkte ab. »Ach, die Leut'. Schauen Sie nur auf die Wolken, auf das Land, die Sonne. Immer im Wandel.« Er nickte versonnen vor sich hin. »Nicht so hektisch wie die, die im Tal herumwuseln, aber doch immer in Bewegung.« Er deutete mit dem Kopf den Weg hinauf, den wir herabgekommen waren. »Ist nicht da, der Schnösel. Was wollten Sie denn von dem?«

»Eine Flöte kaufen.«

»Der handelt mit Instrumenten?« Der Alte schien wahrlich überrascht. »Wenn Sie gesagt hätten, Sie wollten Viecher kaufen, ja, das hätte ich sofort geglaubt.« Er zeigte direkt nach oben den Berg hinauf. »Ich wohn' da oben. Ich kann direkt auf den sein Dach spucken, wenn ich will.« Ich warf den Blick hinauf und entdeckte eine Art Bretterbude in der Höhe. Ich anstelle des Alten hätte jeden Tag Angst, mein Haus könnte in die Tiefe stürzen.

»Wieso Viecher?«, fragte Adelaide.

»Ach, man hört Geräusche von dort unten«, sagte er. »Hört sich an wie ein großes Tier, das hungrig ist.«

Adelaide beugte sich zu mir herüber und raunte: »Vermutlich seine Ratten.«

»Hä?« Der Alte legte eine Hand ans Ohr und neigte sich näher zu ihr. »Ich glaube nicht, dass das nur Ratten waren«, erklärte er dann und bewies damit, dass sein Gehör besser war, als er tat. »Also, wenn ich Sie wäre, ich würde da nicht wieder hingehen.«

»Danke für Ihren Rat«, sagte Adelaide.

Er musterte sie, nickte wieder vor sich hin und sagte: »Sie werden sich bloß nicht drum scheren, junge Frau, oder?«

Sie zuckte mit den Schultern. »Manchmal muss man Dinge tun, auch wenn sie nicht angeraten sind.«

»Oh ja.« Der Alte lehnte sich zurück und hielt sein bärtiges Gesicht in die Sonne. »Schauen Sie nur, die Wolken sind weitergezogen und die Welt sieht ganz anders aus.«

»Nochmals danke«, sagte Adelaide.

Wir ließen den Alten zurück und kehrten wieder im Gasthof ein. Adelaide bestellte ein Abendessen und wir setzten uns in der Gaststube nieder, die ansonsten noch immer verwaist war. Wenig später servierte uns die Wirtin einen Eintopf und zog sich wieder zurück.

Adelaide nahm einen ersten Löffel und sagte: »Besser als das teure Zeug im Tal. Iss dich satt, wir werden heute Nacht noch einmal einen Spaziergang machen. Besser konnten wir es gar nicht treffen. Der Pfeifer ist nicht zu Hause und sein Haus liegt so abgelegen, dass man uns nicht einmal erwischen würde, wenn wir uns Zugang mit einer Axt verschafften.«

»Er könnte irgendwelche Schutzzauber angebracht haben.«

Adelaide schaute am Tisch vorbei zu Boden. Nach einigen Sekunden derartiger innerer Einkehr schaute sie wieder auf und schüttelte den Kopf. »Ich glaube, er ist nicht der Typ dafür. Er hält sich für überlegen …«

»Wie du«, warf ich ein.

Sie wackelte mit dem Zeigefinger vor meiner Nase. »Falsch, Marie! Ich halte mich nicht nur für überlegen. Das ist ein Unterschied. Darum weiß ich auch, wie er tickt. Er hat dieses Haus weit oben, praktisch am Ende der Welt, gekauft, weil er sich dort ungestört fühlt. Ich hab's dir ja erzählt: Hier in Bihaar treiben sich alle möglichen Gestalten herum, die nicht ganz ehrlich zu ihrem Reichtum gekommen sind. Und alle bleiben unbehelligt.«

Sie aß ein paar Löffel Eintopf. »Erinnerst du dich an den Typen«, setzte sie ihre Rede dann fort, »der den Schlüssel von dir wollte, als wir diesen Mann am Empfang befragt haben?« Ich nickte. »Seth Rumpel, besser bekannt als Rumpelstilzchen. Gesucht in drei Reichen wegen Goldfälschung und Kindesentführung.«

»Das war Rumpelstilzchen? Ich habe mir den immer als verhutzelten Zwerg vorgestellt.«

»Sein Talent ist das Schminken. Er wäre sicherlich auch ein begnadeter Schauspieler geworden, wenn er nicht diesen anderen Broterwerb gefunden hätte. Angeblich kann er Stroh zu Gold spinnen. Aber das ist natürlich nur ein Trick. Nach einem Jahr ist das Gold wieder Stroh.« Sie winkte ab. »Aber das ist alles egal, wichtig ist, hier kann jeder gut leben, wenn er nur eine dicke Geldkatze sein Eigen nennt. Genau darum ist auch der Pfeifer hier, und er erwartet nicht, dass ihm irgendwer in sein Haus einsteigt.«

Wir leerten unsere Teller, tranken jeder noch einen Becher dünnes Bier und zogen uns auf unser Zimmer zurück, nachdem Adelaide der Wirtin ein paar Kupfer in die Hand gedrückt hatte.

Die Nacht löste die Dämmerung ab. Der Mond stieg am Himmel auf, ihn begleiteten Sterne. Ich sah aus dem Fenster und fühlte mich verzaubert. Hier in der Höhe schienen sie zum Greifen nahe. Manche wirkten, als zwinkerten sie mir zu.

»Wir gehen los«, sagte Adelaide hinter mir.

Ich wandte mich um. Sie trug ihre graue Tarnkleidung und hielt eine Blendlaterne in der Hand, die sie mir sogleich entgegenhielt. »Hier, greif zu!«

Vorsichtig stiegen wir die Treppe hinab. Der Gastraum lag verlassen, was nicht verwunderlich war, da auch am Tage niemand außer uns sich hierher verirrt hatte.

Kälte schlug uns entgegen, kaum dass wir draußen standen. Es wehte ein heftiger Wind von den Bergen herab, der mich bangen ließ, wenn ich an den Weg hinauf zum Anwesen des Pfeifers dachte. Wir erreichten den Abzweig von der Straße. Automatisch blickte ich nach oben, wo sich die Hütte des alten Mannes befand, der hier gesessen hatte, als wir zuletzt die Stelle passiert hatten. Ich konnte sie im allgemeinen Schwarz der Nacht nicht entdecken. Mich fröstelte und ich nahm an, dies sei nicht nur dem eisigen Wind geschuldet. Ich verspürte keine Lust, plötzlich einen Haufen Ratten um meine Füße wuseln zu spüren oder gar zu sehen.

Der Aufstieg erwies sich tatsächlich als deutlich beschwerlicher als am Tage. Zu dem unangenehmen Wind gesellte sich die Tatsache, dass wir nur einen Schritt voraus entlang des Weges sehen konnten. Die ganze Zeit fürchtete ich, über einen Stein zu stolpern und mir den Knöchel zu verdrehen. Dessen ungeachtet erreichten wir schließlich das Haus.

Adelaide überließ mir auch diesmal die Arbeit am Schloss. Wenig später traten wir in einen mit Marmor ausgelegten Vorraum. Eine Treppe aus Kiefernholz führte nach oben. Mehrere Türen gingen von hier aus ab.

»Wie gehen wir vor?«

»Erst einmal durchsuchen wir die oberen Räume. Von da aus arbeiten wir uns nach unten vor.«

»Was suchen wir?«

»Alles, was nach einem Blasinstrument aussieht.«

Ich nickte und wir gingen nach oben. Eine Stunde später standen wir wieder im Vorraum. Nichts, was auch nur wie eine Vogelpfeife aussah, war uns in die Hände gefallen. Ich hatte wunderschön aussehende Intarsienmöbel erspäht, Schränke mit geschnitzten Fronten, Truhen mit kunstvollen Beschlägen, die zumeist alte Kleider oder Luft enthielten, zwei Kachelöfen mit Bentaner Kacheln, die, wie mir Adelaide erklärte, die teuersten der Welt waren, mit Samt und Seide bezogene Stühle und Sessel.

Alles in allem war dieses Haus möbliert wie ein Schloss. Aber Musikinstrumente suchten wir vergeblich. Nur eine Tür blieb uns noch und die führte in den Keller. Meine Begeisterung, dort hinunterzugehen, bei einem Mann, der bekanntermaßen mit Ratten arbeitete, hielt sich in Grenzen, wenn ich es vorsichtig ausdrücken soll. Direkter gesagt, fand ich die Idee Scheiße. Aber Adelaide lief mit beschwingten Schritten nach unten und ich folgte ihr.

Tatsächlich roch es in dem Gang, den wir erreichten, nach Tier. Ich hielt die Laterne ein wenig höher, um tiefer in den Korridor hineinschauen zu können. Er erstreckte sich weiter nach hinten, als angesichts der Größe des Hauses zu erwarten gewesen wäre. Offenbar war er weit in den Felsen getrieben worden. So stellte man sich das Versteck eines raffinierten Verbrechers vor: eine Art Kaninchenbau mit Nebenausgängen irgendwo weit von der eigentlichen Wohnstatt entfernt. Und genau das musste dieser Keller wohl sein.

»Schauen wir mal, wo uns das hinführt«, sagte Adelaide und setzte sich in Bewegung. Ich trabte neben ihr her. Nach etwa zwanzig Schritten gelangten wir an eine Gittertür, hinter der sich ein weiter Raum befand. Sie besaß kein Schloss, sondern lediglich einen Riegel. Ich konnte die Umrisse von Regalen erkennen. Irgendwo in der Dunkelheit vernahm ich ein leises Schnaufen. Wenn das Ratten waren, mussten sie ziemlich groß sein.

Ehe ich sie zurückhalten konnte, hatte Adelaide bereits die Gittertür geöffnet und trat hindurch. Ich folgte ihr, mich beständig nach links und rechts umsehend. Irgendetwas schien in diesem Gewölbe zu lauern. Seltsamerweise wäre mir wohler gewesen, wenn ich gesehen hätte, was.

Wir gingen zu den Regalen hinüber. Sie enthielten Notenblätter und Bücher, aber keine Instrumente. Adelaide nahm ein paar der Blätter heraus und beleuchtete sie. Sie schüttelte den Kopf und stopfte sie zurück. »Nicht, was wir suchen«, raunte sie.

Sie wandte sich nach rechts, hielt die Lampe höher, um einen besseren Überblick über den Kellerraum zu gewinnen, und setzte sich in Bewegung. Zwei Schritte später hielt sie abrupt an. An einer teilweise noch im Dunkel liegenden hinteren Wand hingen Haken und daran lederne Beutel. Davor ruhte eine mächtige Gestalt und atmete gleichmäßig. Das Wesen schien zu schlafen.

»Was ist das?«, fragte ich.

»Keine Ahnung.«

Wir hatten uns die Worte nur zugehaucht, aber ich konnte sehen, wie die Ohren des Tieres zuckten. Langsam richtete es sich auf und trat weiter ins Licht, sodass ich erkennen konnte, worum es sich handelte.

Uns gegenüber stand die größte Katze, die ich je im Leben gesehen hatte. Ich hätte nie für möglich gehalten, dass es Tiere dieser Gattung gab, die solche Ausmaße annahmen. Sie war gelblich mit schwarzen Streifen und im Licht der Laterne leuchteten auch ihre Augen strahlend gelb wie Monde. Ihre Schnurrhaare zuckten. Sie öffnete das Maul zu einem Gähnen und entblößte dabei Zähne, die mich an Teile aus Adelaides Waffensammlung erinnerten. Was für eine normale Katze eine Maus war, mussten wir in den Augen dieses Wesens sein.

»Eine Ratte ist das nicht«, sagte Adelaide. »Du kommst doch ganz gut mit Katzen aus. Tu was!«

»Ist das dein Ernst?«

»Ich kann dir versichern, dass mir im Augenblick überhaupt nicht nach Scherzen zumute ist.« Ich sah, wie ihre Schulter aus meinem Blickfeld verschwand. Sie bewegte sich offensichtlich rückwärts Richtung Gittertür.

Das Tier wandte den Kopf leicht. Sein Blick folgte wohl Adelaides Bewegung. »Bleib stehen«, zischte ich.

»Ich will nicht gefressen werden.« Ich hörte zum ersten Mal, seit ich sie kannte, ein Zittern in ihrer Stimme.

»Wenn wir weglaufen«, erklärte ich, »stehen wir auf dem Speiseplan.« Ich sah, wie sich die Ohren der Katze in meine Richtung drehten und sie den Blick auf mich richtete. Behäbig bewegte sie sich einen Schritt vorwärts. Sie schien keinen allzu großen Hunger zu haben.

»Ich laufe nicht weg, ich schleiche«, sagte Adelaide, die vermutlich bereits zwei Schritte hinter mir stand. Ich war mir sicher, dass in diesem Fall den Letzten nicht nur die Hunde bissen, wenn wir eine Flucht versuchten.

Was sollte ich tun? Dem Tier gut zureden, wie ich es bei Willie getan hatte? Natürlich besaß ich ein gewisses Einfühlungsvermögen, was Katzen betraf, schließlich besaßen wir einige Gemeinsamkeiten. Für sie wie für mich war nur eine tote Ratte eine gute Ratte und außerdem teilten wir die Vorliebe für lange Schläfchen an kuschligen Orten, während jemand uns etwas zu Essen bereitete.

Aber diese Überlegungen brachten mich nicht weiter. Das Tier musterte uns immer noch eher neugierig als bedrohlich. Vielleicht fragte es sich auch, wer von uns besser schmecken würde. Hoffnung machte mir die Tatsache, dass der Pfeifer dieses Wesen zur Bewachung seiner Schätze einsetzte. Er muss also irgendwie in der Lage sein, wohlbehalten an ihm vorbeizukommen. Der Schlüssel war vermutlich Musik. Sollte ich versuchen, dem Tier etwas vorzusingen?

Ich probierte es zunächst mit sanften Worten, wie ich sie auch gegenüber dem Kätzchen verwendet hatte. »Gute Katze«, gurrte ich. Das Tier schaute mich an und gähnte.

»Ganz ruhig.« Ich fragte mich, ob ich diese Worte zu mir oder der Katze sprach. Ich atmete tief und begann ein Schlaflied zu singen. »Guten Abend, gute Nacht …«

Weiter kam ich nicht, da riss das Biest das Maul auf und stieß ein Brüllen aus, das wie Donner im Raum widerhallte. Trappelnde Schritte hinter mir verkündeten, dass Adelaide sich am Ende doch für Rennen entschieden hatte. Die Riesenkatze hob den Kopf, brüllte erneut und setzte zu einem kurzen Sprint an. Ich schlug die Hände vor die Augen, um dem Tod nicht ins Auge blicken zu müssen, spürte einen Luftzug, der mich streifte, hörte die Gittertür quietschen und kurz darauf ein krachendes Geräusch, als habe jemand mit einem Hammer gegen die Gitter gedroschen.

Ich öffnete die Augen und wandte mich um. In der Finsternis in der Nähe des Ausgangs sah ich die Umrisse der massigen Katzengestalt. Sie lag auf der Seite und atmete schwer. Ich nahm an, sie war mit Schwung gegen die Gitter gesprungen und mit dem Kopf dagegengeschlagen.

»Du warst ein wenig übermütig, oder?«, sagte ich in die Finsternis hinein. Ich musste das Vieh irgendwie beruhigen und davon überzeugen, von der Tür zu verschwinden. Sonst müsste ich direkt über seinen Leib hinwegsteigen, um anschließend mit seinem heißen Atem im Nacken den Riegel zu öffnen. Mein Gesang schien ihm allerdings nicht gefallen zu haben.

Ich sah einen Lichtschein vor dem Gitter auftauchen. Adelaide war zurückgekehrt. »Geht es dir gut?«, fragte sie.

Das Tier hob kurz den Kopf, gab eine Art Grollen von sich, als rollten Steine durch ein Wasserrohr, und ließ ihn wieder sinken.

»Danke der Nachfrage.« Ich konnte nur hoffen, dass Adelaide die Ironie in meiner Stimme vernahm.

»Tut mir leid. Das war Panik. Ich …« Sie zögerte. »… ich hätte nie gedacht, dass ich einmal so reagieren könnte. Aber diese Zähne …« Sie verstummte erneut. »Wie wäre es, wenn ich ein paar Brocken Fleisch aus der Speisekammer hole? Vielleicht können wir dieses Vieh damit ablenken. Ich glaube, ich habe einen Schinken hängen sehen.«

»Beeil dich. Das Kätzchen kommt bestimmt bald wieder zu sich. Und ich vermute, dann ist es wütend.«

Während unseres Dialogs hatte sich das Tier nicht gemuckst. Ich schlich ein bisschen dichter heran.

»Du bist aber auch ein Dummer«, sagte ich. »Du lebst doch bestimmt schon eine Weile hier. Da musst du doch wissen, dass diese Gitter hart sind.«

Die Katze rollte sich auf die andere Seite und richtete sich langsam wieder auf. Wie ein Mann, der seine Trunkenheit aus dem Kopf bekommen will, schüttelte sie das Haupt.

»Ganz ruhig, Großer. Dann passiert dir das auch nicht noch einmal«, sagte ich.

Ich stand inzwischen praktisch in Griffweite. Wenn diese Katze eine Vorderpfote ausstreckte und die Krallen ausfuhr, würde ich vermutlich in Scheiben geschnitten. Stattdessen sah sie mich allerdings nur mit einem traurigen Blick an.

»Du bist hier gefangen, oder? Und gefangen zu sein, ist schlimm.« Während ich das sprach, kam mir ein weiterer Gedanke. »Und hier ist es ewig finster. Was immer du bist, das hast du nicht verdient.«

Ich stand jetzt direkt neben dem mächtigen Schädel des Tieres. Er musste nur das Maul öffnen, um ein Stück aus mir herauszubeißen. Aber es schnurrte lediglich dumpf.

Ich berührte seine Flanke und strich über das Fell. Es fühlte sich an wie eine grobe Decke. Ich sprach weiter auf das Tier ein und streichelte es. Es schnaufte gleichmäßig, ich spürte die Bewegung seines Atmens unter meiner Hand.

»Komm«, sagte ich, »wir gehen ein Stück.« Wider Erwarten folgte diese Riesenkatze mir tatsächlich, als ich mich von der Gittertür entfernte.

Ich hörte Schritte, die den Flur entlangkamen. Adelaide brachte den Schinken, vermutete ich. Aber weder ich noch mein tierischer Begleiter interessierten sich momentan dafür. Wir schritten nebeneinander durch die Finsternis in den hinteren Bereich des Saales.

Hin und wieder gab das Tier ein befriedigtes Schnurren von sich, als habe es etwas gefunden, das es seit vielen Monaten oder gar Jahren vermisste.

Die Gittertür quietschte nur sehr leise. Das Tier blieb stehen, drehte den Kopf und sah mich direkt an. Schwärze umgab mich und in ihr leuchteten zwei einsame Monde.

»Was ist los?«, fragte ich, als hätte ich es mit einem verständigen Wesen zu tun.

Das Tier riss das Maul auf und zeigte seine Zähne, stieß aber kein Geräusch dabei aus. Wie sollte ich das deuten? Als Warnung, als Drohung, als Geste der Verständigung? Ich fand keine Antwort. Sicherheitshalber sagte ich zwei Mal: »Ganz ruhig.«

Das Maul schloss sich und das Tier legte sich vor mir zu Boden. Sein Schwanz peitsche durch die Luft. Ich spürte den Luftzug, wenn er dicht an meinem Körper vorbeistrich.

Adelaide näherte sich auf leisen Sohlen. Ich sah den Lichtschein, der herankam und schließlich mich, das Tier und einen Teil der Umgebung einhüllte. Im nächsten Augenblick flog ein Schinken durch die Luft und landete direkt neben der großen Katze. Sie hob den Kopf und zum ersten Mal seit Adelaides Flucht erklang ihr Brüllen.

»Für dich«, sagte ich. »Oder hast du keinen Hunger?«

Sie zog mit einer Pranke das Fleisch zu sich heran und legte ihr Haupt darauf. Eine Geste der Besitznahme, niemand sollte ihr diesen Brocken streitig machen.

»Ich weiß jetzt, was das ist«, sagte Adelaide. »Ich erinnere mich an einen Besuch beim König von Ischpunar. Felle dieser

Tiere langen überall in seinem Palast auf dem Boden. Er nannte sie Tiger.«

»Hat er erzählt, wie man sie zähmt?«

»Er hat sie nicht gezähmt. Er hat sie gejagt und getötet. Außerdem sieht es so aus, als beherrschtest du das Zähmen ganz hervorragend.« Sie deutete auf das Tier, das den Fleischbrocken als Kissen verwendete und gleichmäßig mit dem Schwanz schlug.

Wir traten an ihm vorbei in den hinteren Teil des Saales, wo die Ledersäcke an der Wand hingen. An jedem war ein Zettel befestigt. Ich betrachtete den ersten und las: »Kinder führen.« Adelaide stand vor einem weiteren.

»Der ist für Hunde«, sagte sie.

»Wonach suchen wir?«

»Schau, ob auf einem der Zettel so etwas wie Aufruhr oder Zorn steht.«

Wir arbeiteten uns von links nach rechts an der Wand entlang.

Hin und wieder warf ich einen Blick zu dem Tiger hinüber, der auf seiner Beute döste. Ich fragte mich, ob wir ihn aus diesem finsteren Loch und in die Freiheit führen sollten. Würde er hier in den Bergen überleben können, würde er genug zum Jagen finden, was ihm als Futter diente? Oder müsste er, wie manche Wölfe, am Ende alte Frauen und kleine Mädchen fressen?

»Das ist seltsam«, sagte ich, als ich schließlich fand, was wir suchten.

Die anderen Ledersäcke waren einfach Behältnisse gewesen, in deren Innerem sich ein Instrument befunden hatte, wie ich nach ein paar neugierigen Blicken wusste. Hier aber waren flötenartige Gegenstände direkt außen an dem Sack zu finden. Sie waren fest mit diesem verbunden, als hätte jemand Flöten mit einem Blasebalg verbunden, um nicht selbst die Arbeit des Pustens beim Spiel übernehmen zu müssen. Auf dem Schild an dem merkwürdigen Ding las ich »Aufstand«.

Ich nahm den Beutel vom Haken. Die Flöten, fünf an der Zahl, schlugen klappernd aneinander.

»Hast du etwas gefunden?« Adelaide eilte herbei und besah sich meine Beute.

»Dieses komische Ding ist mit ›Aufstand‹ beschriftet.«

»Dann ist es das Richtige.« Sie nahm mir die Beute aus der Hand, drehte und wendete sie und sagte dann: »Jetzt müssen wir nur noch herausfinden, wie man damit Musik macht.«

»Aber nicht hier. Ein Aufstand dieses Tigers wäre kaum gut für unsere Gesundheit. Ich habe schon genug Blut, Schweiß und Tränen hier gelassen.«

»Blut? Soweit ich erkennen kann, hat dich der Tiger nicht angerührt.«

»Nimm nicht immer alles zu wörtlich«, sagte ich. »Ich sollte dich ihm vorwerfen, weil du mich im Stich gelassen hast.«

»Das wollte ich nicht. Das war ein Reflex.« Sie sah mich voller Trauer im Blick an. »Und dann kam dieses Biest herangeschossen. Was hättest du da gemacht?«

Tja, was wohl? Ich hätte die Beine in die Hand genommen wie sie. Konnte ich ihr also böse sein? Ein bisschen, sagte ich mir. Und dann entschloss ich mich, ein gutes Werk zu tun.

Als wir wieder an dem Tiger vorbeikamen, hockte ich mich nieder, tätschelte seine Flanke und sagte: »Komm, mein Großer. Wir gehen an die frische Luft.«

Adelaide riss die Augen auf. »Du willst ihn hier herausbringen?«

»Ja. Er hat die Freiheit verdient. Wie wir.«

»Aber er ist ein wildes Tier, ein Räuber.«

»Wie wir.«

»Wir haben kleinere Zähne«, sagte Adelaide.

»Wirklich? Ein Gutteil deiner Zähne lagert in deinem Haus, hat stählerne Spitzen und ist eindeutig größer.«

Adelaide wusste einen Augenblick lang nicht, was ich meinte. Als es ihr aufging, erwiderte sie: »Die benutze ich nicht. Jedenfalls nicht gern.«

»Er ist eben nicht so clever wie du. Und jetzt lass uns gehen.«

Noch einmal stieß ich den Tiger sanft an und forderte ihn auf, mir zu folgen. Er richtete sich in einer fließenden Bewegung auf, die beinahe tänzerisch zu nennen war, nahm die Schinkenkeule ins Maul und schritt los. Seine Schritte waren so gut wie lautlos. Er glitt über den Boden, als liefe er auf Wolken.

Ich beobachtete seine Bewegungen und fragte mich, wie man Vergnügen haben konnte, so ein erhabenes Wesen zu töten. In höchster Not, wenn er hungrig und Anstalten machte, einen zu fressen, mochte das gerechtfertigt sein, aber nicht, nur um Felle für den Boden eines Schlosses zu haben.

Nachdem wir die Gittertür hinter uns gelassen hatten, lief die große Katze an uns vorbei. Voller Grazie schritt sie vor uns her den Gang entlang und die Treppe hinauf. Ihr Kopf pendelte leicht von links nach rechts und zurück, als wolle sie sich jeden Meter des Weges genau einprägen. Ihr Schwanz schlug wie ein Pendel im gleichen Takt hin und her.

Nachdem wir nach draußen getreten waren, verharrte der Tiger und ließ sich auf seine Hinterläufe sinken. Für ein paar Augenblicke saß er da und erinnerte mich an den alten Mann, den wir getroffen hatten, der voller Ehrfurcht die Landschaft und den Himmel betrachtet hatte, die er doch eigentlich genau kannte. Aber dieses Tier sah all das vielleicht nach langer Zeit zum ersten Mal. Plötzlich hob er den Kopf, öffnete das Maul und stieß sein durchdringendes Brüllen aus. Dann sprang er auf alle viere, wandte sich in Richtung der Berge und verschwand mit wenigen Sprüngen im Gewirr der Felsen, als habe es ihn nie gegeben.

»Tiger, Tiger, Lichtgestalt in der Finsternis des Walds …«, murmelte ich.

»Werd' jetzt bloß nicht lyrisch wegen des Viehs.« Mit diesen Worten marschierte Adelaide an mir vorbei talwärts.

Die Sonne schickte ihre ersten Strahlen über den Horizont, als wir wieder am Gasthof ankamen. Wir schlichen in unser Zimmer hinauf und zumindest ich fiel wie erschlagen ins Bett.

Ich weiß nicht, ob Adelaide überhaupt geschlafen hatte, denn als sie mich weckte, zeigte die Sonne die Mittagsstunde an. Sie wirkte so putzmunter wie immer, kitzelte mich mit ihren Haaren im Gesicht und erklärte, es werde Zeit, Bihaar den Rücken zu kehren.

»Wolltest du nicht probieren, wie man dieses Instrument benutzt?«, fragte ich.

»Ich will keinen Aufstand in Bihaar provozieren.«

»So zufrieden, wie die Leute hier zu sein scheinen, wird das vermutlich auch nicht funktionieren«, entgegnete ich.

»Ach!« Adelaide winkte ab. »Irgendeinen Grund, unzufrieden zu sein, finden Menschen immer. Ich will nicht in einen Aufstand geraten, der uns nur von unserem eigentlichen Vorhaben abhält. Jetzt können wir endlich nach Hopfenburg aufbrechen, da will ich keine Zeit mit wütenden Leuten vergeuden, die meinen Plänen nichts nützen. In Hopfenburg dürfte es auch viel einfacher sein, die Leute ein bisschen in Wut zu versetzen. Da staut sich über die Jahre viel auf.«

»Wie meinst du das?«

»Das erkläre ich dir, wenn es an der Zeit ist.« Sie verdrehte die Augen Richtung Decke, als müsse sie sich etwas gründlich überlegen, »Sagte ich dir das nicht bereits?«

Ich antwortete nicht, sondern begann, unser Gepäck zusammenzuräumen. Adelaide ging nach unten zur Wirtin und bezahlte das Zimmer. Eine Stunde später beluden wir die Kutsche.

Gerade als ich mit dem letzten Gepäckstück aus dem Haus trat, ging auf der Straße der alte Mann vorbei, der oberhalb des

Weges zum Chalet wohnte. Er sah mich und ein Lächeln breitete sich auf seinem Gesicht aus. Er warf einen Blick auf den Koffer in meiner Hand und fragte: »Sie verlassen uns?«

»Ja, wir reisen weiter.«

»Schade. Es ist interessant in den Bergen. Gerade heute habe ich etwas gesehen, was ich nie zuvor bemerkt habe.«

»Was?«, fragte ich ein wenig atemlos, denn ich konnte mir bereits denken, was ich zu hören bekommen würde.

»Eine riesige gestreifte Katze. Sie schleppte einen Hirsch höher hinauf, den sie vermutlich erbeutet hatte. Muss man sich mal vorstellen. Eine Katze die Hirsche statt Ratten fängt. Das wird noch mehr Neugierige anlocken. Wo sie wohl hergekommen sein mag?«

»Keine Ahnung«, sagte ich.

»Gut so, Mädchen. Es ist immer gut, nicht zu viel zu wissen.« Er zwinkerte mir zu. »Als ich jung war, sagten alle, ich sei dumm, weil ich nicht einmal verstand, mich vor etwas zu fürchten. So bin ich reich geworden. Eine Zeit lang war ich sogar ein Prinz. Aber meine Frau, die Prinzessin, starb, und ich wusste nicht, wie man trauert. Und da bin ich hierhergekommen, wo man nichts verstehen, sondern nur besitzen muss, um jemand zu sein.«

»Sie haben also keine Angst vor dieser Katze?«

»Warum sollte ich? Es ist nur eine Katze. Sie wird für sich sorgen in den Bergen.« Er zog den Hut. »Gute Reise, die Damen.«

Etwas beschwingter als zuvor lud ich den Koffer ein, stieg zu Adelaide auf den Bock, die bereits ungeduldig mit der Peitsche wedelte, und wir rollten aus Bihaar hinaus.

Die Nacht verbrachten wir jenseits der Berge in einem Waldstück. Adelaide und ich hielten abwechselnd am Feuer Wache. Ich muss gestehen, dass ich während meiner Stunden auf Posten ein wenig einnickte. Zum Glück war die Glut noch nicht völlig erloschen, als mich der Ruf einer Eule aufschreckte. Eilig fachte ich das Feuer wieder an, damit ich es in vorbildlichem Zustand präsentieren konnte, wenn Adelaide mich ablöste.

Nach dem Frühstück am nächsten Morgen untersuchte Adelaide das Instrument, das wir dem Pfeifer entwendet hatten.

»Scheint eine Art Sackpfeife zu sein«, sagte sie nach einigem Studium der verschiedenen Flöten, die aus dem Ledersack herausragten.

Ich rückte näher heran, denn ich hatte so ein Ding nie zuvor gesehen. »Wie funktioniert das?«

»Wenn es wirklich eine Sackpfeife ist, bläst man sie zunächst auf, dann klemmt man sich den Balg unter den Arm und drückt die Luft langsam wieder hinaus. Dadurch klingen dann die Pfeifen. Wir hatten Spielleute bei Hofe, die auf solchen Instrumenten spielten. Aber nie zuvor habe ich eine mit so vielen Pfeifen gesehen. Die dieser Spielleute hatten immer nur drei.« Sie zeigte auf eine der Flöten. Sie lief nach außen spitz zu. »Die hier ist keine wirkliche Pfeife, da bläst man nur die Luft in den Sack. Die hier unten …« Sie deutete auf eine weitere, die im Gegensatz zur ersten sich nach außen erweiterte. »… spielt die eigentliche Melodie. Die drei anderen erzeugen eine Art Hintergrundgeräusch. Ein bisschen sind Sackpfeifen wie ganz, ganz kleine Orgeln.«

Sie stand auf, nahm das Instrument, klemmte sich den Ledersack unter den linken Arm, nahm die spitze Flöte in den Mund und blies hinein. Ein schauerliches Heulen erklang, das selbst Wölfe in die Flucht geschlagen hätte. Die Vögel in den umliegenden Bäumen schrien und krächzten erbost.

»Ja«, sagte ich, »ich kann mir vorstellen, dass man so einen Aufstand erzeugen kann. Gegen den Musikus.«

»Ha, ha!«, machte Adelaide. »Ich pumpe das Ding auf.«

Wenig später begann sie zu spielen. Eine sowohl kraftvolle, wie auch traurige Melodie erklang, die an irgendeiner Saite der

Seele zupfte, sie zum Schwingen und so zum Mitklingen brachte. Man wollte mit Tränen in den Augen marschieren. Wie verzaubert schloss ich die Augen. Plötzlich erblickte ich grüne Hügel und linker Hand die Ruine eines Schlosses. Wind sang in den leeren Hallen und Gängen.

Die Flügel der Musik trugen mich an dem Bau vorbei, über den Hügel hin zu mächtigen Klippen, die sich so hoch über einer brausenden See erhoben, dass mich schwindelte. Möwen schrien heiser über mir. Unter mir donnerte die Brandung an die Felsen.

Ich öffnete die Augen und saß wieder zu Füßen von Adelaide, die voller Inbrunst spielte. Schließlich nahm sie die Pfeife aus dem Mund, die nur als Luftzufuhr diente und setzte das Instrument ab. Sie schien ein wenig atemlos.

»Es ist nicht ungefährlich«, sagte sie schließlich.

»Was?«

»Die Instrumente des Pfeifers zu spielen. Sie nehmen dich gefangen. Sie wollen, dass du ohne Unterlass weiter und weiter spielst, bis dir der Atem ausgeht und du entkräftet zu Boden sinkst. Er ist ein machtvoller Magier, wenn er sie Tag ein, Tag aus benutzt, ohne ihnen zu verfallen.« Sie ließ sich auf den Boden sinken und schob die Sackpfeife mit einem Fuß ein Stück zur Seite, den Blick darauf gerichtet, als handele es sich um giftigen Abfall eines Alchemisten.

Ein paar Augenblicke saßen wir nur stumm da. Ich dachte an die Landschaft, die die Musik in meinen Kopf gezaubert hatte, Adelaide mochte bereits wieder Pläne schmieden. Und richtig, im nächsten Moment erklärte sie: »Jetzt benötigen wir einen Kutscher, der uns bis zum Schloss von Hopfenburg bringt. Ich hoffe, im nächsten Dorf oder der nächsten Stadt werden wir fündig. Er muss nur für genug Geld schweigen können. Schweigen zu können, ist in Hopfenburg sowieso das Wichtigste überhaupt.«

»Wieso?«

»Das muss du noch nicht wissen.«

»Doch, Adelaide. Du machst immer so merkwürdige Andeutungen über dein ehemaliges Königreich. Was ist da los in Hopfenburg?« Ich hatte inzwischen wirklich die Nase voll davon, immer wieder zu hören, dass sie mir diese Dinge zu gegebener Zeit erzählen werde.

»In Hopfenburg sind bestimmte Worte einfach verboten. Der König erlässt Dekrete und dann darf man dieses oder jenes einfach nicht mehr sagen. Sein erstes Dekret bezog sich natürlich auf das Wort Drosselbart.«

»Ist ja nicht so, als würde man so etwas dauernd von sich geben«, erwiderte ich.

»Nein, das sicherlich nicht. Als Nächstes wurden Worte verboten, die … Wie wurde es ausgedrückt? Ach ja: Worte die geeignet sind, an die Verunglimpfung des Königs zu erinnern, indem sie andere verletzen oder verunglimpfen. Lauter Worte mit *d*: dürr, dumm, dämlich, dick, desaströs, dilettantisch, dröge, dumpfbackig, diffizil.«

»Da sind Wörter dabei, von denen habe ich noch nie gehört«, sagte ich.

»So ging es vermutlich auch vielen Leuten in Hopfenburg. Aber natürlich war es damit nicht genug. Meinem Herrn Gemahl gab es noch immer viel zu viele Wörter, die angeblich seine Gefühle verletzten oder die anderer Leute. Aber tatsächlich ist ihm das egal, denn darum geht es gar nicht.«

»Worum dann?«

Adelaide schnaufte. Er will, dass die Leute am Ende überhaupt nicht mehr wagen, etwas zu äußern. Schon jetzt überlegt sich jeder im Land zweimal, was er sagt, ehe er spricht. Also sagt man in Hopfenburg auf Geheiß des Königs auch nicht mehr taub, blind, naiv oder kratzbürstig. Es sind nicht nur offensichtlich negative Ausdrücke verboten, nein. Man darf zum Beispiel auch nicht Bohnenranke sagen, weil sich dadurch dünne Leute angegriffen fühlen könnten. Er wollte sogar das Wort Bierfass verbieten, aber da sind die Gastwirte auf die Barrikaden gegangen und mit denen wollte er sich nicht streiten. Zu viele Leute gehen gern in Wirtshäuser und trinken ein Bier.«

»Und was bringt das alles?« Ehrlich gesagt konnte ich nicht begreifen, was ein König dabei gewann, wenn die Dicken nicht mehr dick genannt werden durften.

»Es lenkt die Leute ab. Während sie sich streiten, ob es wirklich sinnvoll ist, dieses oder jenes Wort zu verbieten, erhöht er die Steuern und Abgaben. In den meisten Ländern zahlt man den Zehnt an den König. Er nimmt bereits den fünften Teil von jedem Einkommen des Landes. Aber keiner beschwert sich darüber. Stattdessen passt die eine Hälfte der Leute auf, dass die andere nichts Verbotenes sagt.«

»Wie meinst du das?«, fragte ich. Ich war fasziniert von der Boshaftigkeit der Idee dieses Herrschers. Er knebelte seine Bevölkerung, ohne ihnen wirklich zu verbieten, ihre Meinung zu sagen. Sie konnten es bloß nicht mehr tun, wie ihnen der Schnabel gewachsen war.

»Er könnte nie allein die Wache dafür einsetzen, all seine Wortverbote zu kontrollieren. Daher darf jeder, der einen anderen in der Öffentlichkeit dabei erwischt, wie dieser ein solches Wort benutzt, ihn festsetzen und an einen öffentlichen Schandpfahl binden. Um seinen Hals wird ein Schild gehängt, welches Vergehens er sich schuldig gemacht hat. Inzwischen sind die Pfähle aber nur noch selten besetzt.«

»Du meinst, die Leute bespitzeln sich gegenseitig? Wieso tun sie das? Was haben sie davon?«

»Nur das Gefühl, besser zu sein als die anderen«, sagte Adelaide. »Nur das, nicht mehr.« Sie ließ den Kopf hängen, als erfülle sie diese Tatsache mit Trauer. Aber bereits im nächsten Augenblick hielt sie den Kopf schräg und zwinkerte mir zu. »Es wird Zeit, meinem Herrn Gemahl seine Boshaftigkeit auszutreiben. Findest du nicht?«

»Höchste Zeit«, sagte ich.

Adelaide klatschte in die Hände. »Dann los, sitzen wir nicht länger herum und schwatzen müßig. Unternehmen wir etwas!« Sie schnappte sich die Sackpfeife und lief los. »Wer zuerst auf dem Bock sitzt!«

Natürlich hatte ich keine Chance, denn sie begann zu rennen, ehe sie die Worte ausgesprochen hatte. Aber ich gab mir wenigstens den Anschein, ihr Spiel mitzuspielen.

Als wir anfuhren, begann Adelaide zu singen. Es handelte sich um die gleiche Weise, die sie auf der Sackpfeife gespielt hatte. Sie klang noch aggressiver als zuvor.

So bin ich

Den nächsten Tag verbrachten wir auf der Reise. Wir nahmen diesmal eine andere Route als auf dem Weg nach Bihaar. Unterwegs kamen wir durch einige Dörfer, sodass wir uns zum Mittag die Bäuche vollschlagen konnten, aber ein Kutscher war nicht zu finden. Jedenfalls meinte Adelaide, dass wir uns in armseligen Dörfern wie diesen nicht nach einem Mann umzusehen brauchten, der einen Fahrer für einen Diplomaten mimen konnte. Da mochte sie recht haben. Dort lebten einfache Bauern und Handwerker, die sich um ihr Tagwerk und ansonsten nicht viel scherten.

»Du musst auch noch lernen, einen feinen Herrn abzugeben«, sagte sie gegen Abend, während wir vor der Tür eines Gasthofes haltmachten.

»War ich nicht bereits ein ausgezeichneter Hauptmann?«

»Du konntest einen Juwelier täuschen. Mein Ex ist ein König. Er ist auf dem diplomatischen Parkett zu Hause, auch wenn er dies in seinem Privatleben gern vergisst. Vielleicht betrachtet er das als Entschuldigung für all seine Fehler.« Sie legte den Kopf schief und schien intensiv nachzudenken. Schließlich kam sie zu einem Entschluss: »Das ist mir ehrlich gesagt egal. Er ist und bleibt ein Mistkerl.«

Nach diesen Worten stieg sie vom Bock und hielt mir die Hand hin. »Jetzt brauchen wir erst einmal ein Zimmer.«

Wir bezogen eine kleine Kammer, gerade groß genug für das Doppelbett und einen Schrank. Eine Waschgelegenheit gab es in einem gesonderten Gelass. Wir spannten die Gäule aus, rieben sie ab und tränkten sie. Danach stärkten wir uns bei Brot,

Wurst und Käse. Die Wirtschaft war gewiss kein Hotel, wie die noblen Gasthäuser in Bihaar hießen, aber das Essen schmeckte und machte satt.

Irgendwann schauten ein paar Dörfler herein, ließen uns aber unseren Frieden und kümmerten sich um ihre eigenen Sorgen. Wir gingen aufs Zimmer und Adelaide hielt mir einen Vortrag über gutes Benehmen. Sie verstand eindeutig mehr davon, als sie gemeinhin zeigte. Wer sie mit wild geschminktem Gesicht und bunten Haaren erlebte, glaubte bestimmt nicht daran, dass sie sich bei Hofe korrekt zu bewegen wusste.

»Der König wird in Hopfenburg mit Durchlaucht angesprochen.« Sie kicherte. »Ist vielleicht das einzige Wort mit d, das nicht verboten worden ist. – Wenn er einen Raum betritt, wenden sich alle, die bereits anwesend sind, ihm zu und verbeugen sich. Auf keinen Fall bleibt jemand sitzen. Der könnte sich gleich von seinem Kopf verabschieden. Wenn du mit dem König durch das Schloss gehst, wird vor euch immer ein Lakai laufen, der dem Herrn die Türen öffnet. Der König durchschreitet diese Tür immer als erster, dann folgst du. Der Lakai geht als letzter und wird dann unterwegs an euch vorbeieilen, um wieder der Erste an der Tür zu sein. Wenn der König gut gelaunt ist, wartet er auf den Diener. Hat er schlechte Laune, wird er ihn schlagen oder ihm einen Tritt versetzen, wenn dieser seiner Ansicht nach zu langsam ist. Du darfst das nicht kommentieren. Nicht einmal mit Blicken. Wenn der König dich etwas fragt, antworte knapp, aber nicht zu kurz. Musst du nur Ja oder Nein sagen, hänge immer ein Durchlaucht an.«

»Muss ich mir das alles merken?«

»Was – das alles? Wir fangen gerade erst an. Das Gehen haben wir schon geübt. Wichtig ist, dass du schreitest. Du gehst mit geradem Rücken, hältst den Kopf leicht erhoben, als suchtest du eine Kirchturmspitze am Horizont. Stell dich mal hin.«

Ich stand auf und rollte mit den Augen.

»Das musst du unterlassen, wenn du bei Hofe bist. Lass dich von nichts aus der Ruhe bringen. Wenn der König vor deinen Augen kotzt, lächle und schau darüber hinweg. Und natürlich sagt man das nicht so. Seiner Durchlaucht ist unwohl.« Sie stand ebenfalls auf und musterte mich. »Schon ganz gut. Nimm das Kinn ein wenig höher und mach die Augen ein bisschen mehr auf. Du darfst nicht gucken, als würde dich alles unendlich langweilen. Was ich dir gerade beizubringen versuche, sollte dich übrigens auch nicht langweilen. Oder willst du im Kerker landen?«

»Das sind ja nette Aussichten«, sagte ich.

Sie packte mich an den Schultern, drehte mich zu sich herum und zog sich an meinen Schultern hoch, sodass sie mir direkt in die Augen sehen konnte. »Wir wollen einen König beklauen. In seinem eigenen Schloss, in seinem Reich. Wir stehen beide unter dem Galgen. Bloß der Henker ist nicht in der Nähe. Noch nicht.«

»Die Aussichten werden immer besser«, kommentierte ich.

»Stimmt!«, sagte sie, ließ mich los und wandte sich ab. Sie ging zwei Schritte bis zum Fenster, drehte sich um und kommandierte: »Komm jetzt zu mir!«

Ich schlenderte zu ihr hinüber.

»Was war das denn?« Sie warf den Kopf nach vorn, dass die Haare über ihr Gesicht fielen, hob ihn und linste durch den Vorhang aus Haaren zu mir. »Du bist nicht auf Wanderschaft, du bist bei Hofe. Los zurück und noch einmal.«

Ich lief eine Viertelstunde am Bett hin und her, ehe Adelaide mit meinen Bewegungen zufrieden war.

»Jetzt üben wir die Verbeugung und die Begrüßung.« Sie straffte sich, hob den Kopf, als wolle sie mir auf Selbigen spucken und verkündete: »Ich bin der König von Hopfenburg. Ich geruhe, den Abgesandten des Konsuls von Rappuristan zu empfangen.

Lakai, führe Er ihn herein.« Sie wedelte mit einer Hand und in einem Reflex wandte ich mich zur Tür, um zu öffnen. Adelaide quittierte das mit einem Kichern. »Ich bin gut, was?« Nach diesen Worten gab sie eine nahezu perfekte Imitation eines Türquietschens von sich. »Die Tür ist offen, der Abgesandte kann eintreten.«

Ich schritt gemessen durch die nicht existente Tür auf Adelaide zu. Einen Schritt vor ihr verharrte ich.

»Er beleidigt mich mit seinem Odem.« Sie streckte den Arm aus und machte eine wedelnde Bewegung mit der Hand. »Schafft ihn hinaus und legt ihn in Ketten.«

»Warum?«

»Weil du mir viel zu dicht auf die Pelle gerückt bist. Das sah aus, als wolltest du mich in die Arme schließen und küssen. Man bleibt etwa drei Schritte vom König entfernt stehen und verbeugt sich.«

Ich deutete durch den Raum. »Wie soll ich auf dich zuschreiten und drei Schritte vor dir stehen bleiben in diesem Karnickelstall von einem Zimmer?«

»Dein Problem.« Sie reckte den Kopf wieder auf hochherrschaftliche Weise. »Noch mal, Herr Abgesandter.«

Ich blies die Backen auf, stampfte zur Tür und wiederholte die Prozedur. Diesmal blieb ich wenigstens drei Armlängen vor ihr stehen und verbeugte mich.

»Und?«, fragte Adelaide knapp.

Ich richtete mich wieder auf. »Was und?«

Sie streckte den Arm mit gerecktem Zeigefinger aus. »Schafft diesen Buben hinaus und schnallt ihn aufs Rad!« Das mussten Leute im Nebenzimmer auch gehört haben, wenn es welche gab.

»Verdammt, Adelaide, dann sag mir vorher, was ich alles zu tun habe. Spiel dich nicht so auf!«

»Ach, du lässt mir auch gar keinen Spaß. – Also gut. Du betrittst den Thronsaal oder das Audienzzimmer, je nachdem wo der König dich empfängt. Du gehst auf ihn zu, bleibst drei Schritte vor ihm stehen, machst einen Bückling. Dann richtest du dich schleunigst wieder auf, nennst deinen Namen und dein Anliegen.«

»Wie heiße ich?«

»Das müssen wir uns noch überlegen. Es muss nach Rappuristan klingen, also exotisch und ein wenig schwer auszusprechen. Die Leute dort haben alle Namen, die wie kurze Geschichten klingen. Der Schallai heißt Branduranserimavexer, was so viel bedeutet wie Mann, der ein Pferd heben kann. Ich weiß nicht, ob er wirklich dazu in der Lage ist.«

»Und so ein Monstrum von Namen soll ich mir merken?« Ich riss die Augen auf, starrte sie an und schüttelte frustriert den Kopf.

»Wenn sich jemand aus Rappuristan vorgestellt hat, nennt er gewöhnlich eine Kurzform seines Namens, wenn er mit jemandem diesseits des Meeres zusammentrifft. Die Leute wissen genau, wie unaussprechlich ihre Namen für uns sind. Und ehe wir sie Mann, der mit einer Gazelle kopuliert nennen oder Ähnliches, finden sie lieber ein einfaches Wort, das ihren Namen repräsentiert. Der Herrscher wollte einfach nur Brandu genannt werden.«

»Aber …«, setzte ich an.

»Ja, ich weiß, du musst den Namen einmal ganz aussprechen. Aber du musst ihn nie wiederholen. Niemandem wird es also auffallen, wenn du dich bereits beim ersten Mal versprochen hast. Es sei denn, da ist wirklich jemand aus Rappuristan am Hofe. Das ist aber sehr unwahrscheinlich. Los, verbeug dich noch ein paar Mal. Inzwischen denke ich mir einen Namen aus.«

»Weißt du denn, wie man in Rappuristan spricht?«

Adelaide lachte. »Ach, du bist goldig. Mehr als diesen einen Namen kann ich nicht übersetzen, mein Liebling.« Sie stützte das Kinn auf eine Hand und versank in eine Denkerpose. Schließlich kehrte sie aus dieser zurück, schnipste mit den Fingern und verkündete: »Ich hab's. Wischiwaschaturexbanaa. Das rollt leicht über die Zunge und lässt sich gut merken, klingt aber dennoch ausreichend rappuristanisch. Was sagst du?«

»Und als Kurzform nehme ich was? Wischi?« Irgendwie machte es mich wütend, so genannt werden zu sollen.

»Na ja, klingt doch ganz nett, oder?«

»Nett?« Langsam kochte wirklich Wut in mir hoch. »Du verarschst mich doch!«

Adelaide sah mich für einen Moment so an, wie sie auch den Tiger angesehen hatte. In einer Geste der Abwehr hielt sie beide Hände vor sich. »Nein, Marie«, presste sie hervor.

Ich atmete tief ein und wieder aus. »Ich mag keine albernen Namen. Kannst du dir vorstellen, wie es ist, wenn ein ganzes Dorf, nicht bloß die dummen Gören, hinter dir herrennt, ›Pechmarie, Pechmarie!‹ grölend?«

Adelaide schluckte. »Okay, ja, kann ich nicht. Aber es fühlt sich vermutlich so ähnlich an, wie wenn dein wieder mal besoffener Ehemann dich vom Stuhl zerrt, auf den Boden wirft und dich dann bespuckt.«

In diesem Moment schämte ich mich für meinen Ausbruch. Gegen die Drangsal, die Adelaide erlebt hatte, waren die Erlebnisse meiner Vergangenheit eine Komödie.

Und dann geschah etwas, was ich wirklich nicht erwartet hatte. Adelaide fiel mir um den Hals, gab mir links und rechts einen Schmatz auf die Wange und flüsterte: »Lass mich bitte nicht im Stich.«

Ein Impuls, sie von mir zu schieben, vor allem um zu sehen, ob sie sich in Wirklichkeit über mich lustig machte, durchzuckte mich, aber ich drängte ihn zurück. Stattdessen hielt ich sie an mich gedrückt. Sie war die erste und einzige Freundin, die ich je gehabt hatte. Ich spürte sowohl, dass sie es ernst meinte, denn auch ich wollte nicht wieder allein durch die Welt ziehen müssen, als auch, dass sie nicht nur den gemeinsamen Beutezug in Hopfenburg meinte, sondern überhaupt von mir nicht zurückgelassen werden wollte. Ich glaube, was ich in diesem Moment empfand, war tatsächlich Liebe, auch wenn sie kein Mann war. Aber man konnte auch seine Schwester lieben – hatte ich gehört. Bei mir war das anders gewesen.

Schließlich lösten wir uns voneinander. Adelaide grinste mich schief an, wickelte eine Haarsträhne um ihre Finger und sagte: »Ich glaube, wir sollten eine Pause einlegen. Gehen wir schlafen?«

Ich nickte.

Wir zogen unsere Nachtgewänder an, gingen nacheinander in den Hof, um uns zu waschen, und stiegen schließlich ins Bett. Von dort aus konnten wir durch das Fenster ein paar Sterne am Himmel sehen. Es waren längst nicht so viele wie in den Bergen, aber sie vermittelten mir dennoch ein Gefühl der Ruhe. Adelaides Linke kroch zu mir unter die Decke, fand meine Hand und hielt sie fest. So lagen wir schweigend nebeneinander und schliefen schließlich ein.

Das durchdringende Krähen eines Hahnes weckte uns. Zum Glück konnte dieses Vieh nicht sprechen und die Wiederkehr irgendeines armen Mädchens verkünden, das den Ansprüchen einer alten Frau nicht genügt hatte, die verlangte, dass man von früh bis spät schuftete, ohne wirklich zu wissen, ob man einen gerechten Lohn dafür erhielt.

Adelaide sprang aus dem Bett, tanzte eine Runde darum herum und rüttelte an meinen Schultern. »Aufstehen, Schlafmütze!«

»Wie kannst du mich immer noch Schlafmütze nennen? Ich stehe jeden Tag mit dem ersten Hahnenschrei auf, seit wir unterwegs sind.«

»Übertreib nicht. In Bihaar hörte man keine Hähne.«

Ich winkte ab. »Du hast mich trotzdem früh genug aus den Federn getrieben. Und das Bett in diesem sogenannten Hotel lud geradezu dazu ein, den ganzen Tag darin zu verbringen.«

Sie stieß mich mit einem Finger in die Seite. »Ich habe eine Idee«, verkündete sie dann. »Du darfst noch ein paar Minuten liegen bleiben. Ich gehe nach unten, hole uns Frühstück herauf und das essen wir gemeinsam im Bett. Wie findest du das?«

»Die beste Idee, die du bisher hattest.«

»Siehst du, mir fällt immer etwas Tolles ein. Oder etwa nicht?«

»Ich kann mir Leute vorstellen, die dem widersprechen würden, manche Juweliere zum Beispiel.« Ich machte eine scheuchende Bewegung. »Und jetzt los mit dir. Wenn ich schon so zeitig aus dem Bett geworfen werde, will ich wenigstens was essen.«

»Du musst dich aber vorher waschen«, sagte Adelaide, ehe sie das Zimmer verließ.

»Immer waschen. Das habe ich doch schon gestern Abend gemacht«, maulte ich, aber die Tür war bereits hinter ihr ins Schloss gefallen. Ich zuckte also mit den Schultern, rieb mir den Schlaf aus den Augen, streifte eine warme Jacke über und schlich die Treppe hinunter in den Hof.

Wenig später kehrte ich in unser Zimmer zurück, wo Adelaide mich bereits erwartete. Das Frühstück war nicht gerade üppig, erinnerte mich aber an die Tage in Bihaar, denn es gab reichlich Käse. Wir hockten Seite an Seite im Bett, aßen, fütterten uns gegenseitig und ließen uns schließlich gesättigt lachend auf den Rücken fallen. So lagen wir eine ganze Weile. Ich lauschte ihren gleichmäßigen Atemzügen, die völlig entspannt klangen. Schließlich sprang sie auf, eilte zum Gepäck und schminkte sich eifrig. Ich brachte das Tablett in die Gaststube zurück. Anschließend fütterten und tränkten wir die Pferde, bezahlten den Wirt und fuhren weiter.

Auch dieser Tag führte uns durch Dörfer, die im Grunde nur aus vier oder fünf dicht beieinanderstehenden Gehöften bestanden. Wir kauften unterwegs bei einem Bauern einen reichlichen Kanten Brot und Wurst und lagerten in der Nacht am Waldrand. Wir schliefen abwechselnd am Feuer, während die andere Wache hielt. Diesmal gelang es mir, nicht zwischendurch einzunicken.

Am Abend des folgenden Tages erreichten wir endlich eine kleine Stadt. An einem Tor hielt ein Posten Wache, der allerdings eher gelangweilt als aufmerksam dreinblickte, als wir stoppten.

Er fragte, woher wir kämen und was wir in der Stadt wollten.

»Wir reisen nach Hopfenburg und brauchen ein Quartier für die Nacht«, sagte Adelaide.

Der Posten nickte. »Ihr könnt passieren«, sagte er mit müder Stimme.

»Wie heißt diese Stadt?«, fragte ich.

»Tobrücken, Ihr habt es nicht mehr weit ins Nachbarreich.« Dann beugte er sich vertraulich näher zu uns und raunte: »Aber ich würde da nicht hinfahren, wenn ich Ihr wäre. Ist ein trauriges Land.«

Im nächsten Augenblick richtete er sich wieder auf, stand stramm und hielt seine Pike aufrecht.

»Machst du dich wieder an fremde Frauen heran, Tobias?«

»Nein, Herr!«

Auf der anderen Seite der Kutsche war ein weiterer Wächter aufgetaucht, der, wenn ich Tobias' Verhalten richtig deutete, sein Vorgesetzter sein musste. Der Mann verbeugte sich leicht. »Guten Abend, die Damen. Was führt zwei so reizende Geschöpfe in das beschauliche Tobrücken?«

Ausgerechnet dieser Schmeichler warf seinem Untergebenen vor, sich an Frauen heranzumachen? Lachhaft.

»Wir wollen nur eine ruhige Nacht hier verbringen«, sagte Adelaide. »Dann reisen wir weiter nach Hopfenburg.« Sie lächelte den Offizier auf ihre liebreizendste Art und Weise an. Ich konnte für den Mann nur hoffen, dass er sich zu benehmen wusste.

»Für eine Nacht kann ich das Haus *Zu den zwei Brücken* empfehlen«, sagte der Offizier und zwirbelte seinen beeindruckenden Schnurrbart. »Ich speise dort auch hin und wieder. Gute Küche, Weine aus Rosenthal und ordentliche Zimmer ohne Ungeziefer.«

»Wir sehen es uns an, danke Herr … ?« Adelaide beendete den Satz in einer Art, die die Erwartung andeutete, dass ihr Gegenüber sich vorstellte.

»Leutnant Schwargel.« Er salutierte. »Immer zu Diensten.«

»Danke Leutnant, wir werden uns an Euer Entgegenkommen erinnern. Eine Frage noch, gibt es im Ort eine Kutschenstation, wo man einen Kutscher mieten könnte?«

»Am Markt, meine Damen.« Der Leutnant salutierte erneut.

Adelaide schnalzte mit der Zunge, die Pferde zogen an und wir rollten durchs Tor.

»Ich setze mein letztes Hemd darauf, dass wir den schneidigen Leutnant heute Abend wiedersehen werden, wenn wir speisen«, sagte Adelaide, als wir vor dem *Zu den zwei Brücken* hielten.

Dem Haus gegenüber strömte ein Fluss neben der Straße und ein kurzer Blick nach links und nach rechts von unserem Standpunkt aus fiel auf jeweils eine Brücke. Die links von uns war hölzern und gedeckt und an ihren beiden Brückenköpfen befand sich jeweils ein hölzernes Brückenhaus.

Die andere schien mir neuer zu sein. Als steinerner Bogen spannte sie sich über den Fluss. Gerade fuhren zwei Karren mitten auf ihr aneinander vorbei. Das wäre auf der hölzernen Brücke schwierig gewesen.

Wir gingen ins Haus und fragten nach einem Zimmer. Wir erhielten eines in der zweiten Etage. Der Wirt rief nach einem Dienstboten, der unser Gepäck hinauftragen und sich anschließend um Kutsche und Pferde kümmern sollte. Dieses Gasthaus war beinahe ein Hotel.

»Was hast du mit diesem Leutnant vor?«, fragte ich, als wir allein im Zimmer waren.

»Nichts«, sagte Adelaide.

»Warum sind wir dann hier und nicht in einem anderen Gasthof? Wir haben zwei auf dem Weg hierher passiert.

»Gutes Essen, saubere Zimmer – reicht das nicht als Begründung?«

Ich wackelte zweifelnd mit dem Kopf. »Bei dir nicht«, sagte ich schließlich.

»Diesmal bin ich wirklich unschuldig. Allerdings …« Sie legte eine Hand an die Wange. »Wenn ich es recht bedenke, könnte ein Abgesandter des Konsuls auch eine Ordonnanz gebrauchen.«

»Und wie willst du diesen Leutnant überzeugen?«

»Du weißt doch, dass ich meine Methoden habe.«

Ich zweifelte. »Kann man einen Menschen so lange unter mesmerischer Kontrolle halten?«

»So, wie der uns mit den Augen ausgezogen hat, brauchen wir die kaum«, erwiderte Adelaide. Sie öffnete einen Koffer, wühlte eine Weile darin herum und förderte schließlich ein tief ausgeschnittenes nachtblaues Kleid zutage, das ich an ihr noch nicht gesehen hatte.

Fünf Minuten später stand sie in diesem vor dem Spiegel und wiegte sich hin und her.

»Was denkst du? Ist es zu gewagt?«

»Für jede andere Frau vermutlich ja«, sagte ich. »Es schreit förmlich: Ich will einen Mann verführen.«

Sie wandte sich von ihrem Abbild ab und schaute mich mit in die Hüften gestützten Händen an. »Das Mannsvolk hat Piken und Büchsen und wir haben unsere Waffen.«

»Was hat Leutnant Schwargel dir getan?«

»Noch nichts, aber er ist die Art Mann, die sich alles nehmen, was sie wollen, auch wenn eine Frau nicht bereit ist, es ihnen zu geben. Verstehst du?«

»Woher willst du das wissen?«

»Es stand groß und überdeutlich in seinen Augen, mein Schatz. Aber gut, geben wir ihm eine Chance. Wenn er heute nicht hier im Gasthof auftaucht oder wenn er auftaucht, aber sich zu benehmen weiß, will ich ihm nicht die Freiheit der Entscheidung für ein paar Tage nehmen. Ist das in deinen Augen in Ordnung, mein Schatz?«

»Ach, Adelaide …« Ich hob die Schultern. Was sollte ich dazu sagen?

Wir gingen gemeinsam zum Essen hinunter und wie Adelaide erwartet hatte, saß der Leutnant im Gastraum. In seiner Begleitung befanden sich zwei weitere Herren in Uniformen der Wache. Sie waren in ein angeregtes Gespräch vertieft.

Wir bestellten Essen und Trinken für uns und zunächst schien es, als würde der schneidige Offizier von uns weiter keine Notiz nehmen. Aber nachdem unsere Teller von einem Schankmädchen abgeräumt worden waren, stand er von seinem Platz auf und trat zu uns an den Tisch.

»Ich kann nicht zulassen«, sagte er, »dass Gäste unserer schönen Stadt, dazu noch so bezaubernde, den Abend mit schnödem Wasser beschließen.«

Er winkte dem Wirt und orderte drei Gläser Wein. Dann setzte er sich unaufgefordert zu uns.

Adelaide hob unmerklich die Brauen. Sie wollte wohl ausdrücken, dass sie recht behalten hatte.

Schließlich hatten wir den Herrn Leutnant nicht zu uns an den Tisch eingeladen. Aber genau so gab er sich.

Irgendwann später verkündete Adelaide, ein anstrengender Tag liege hinter uns und es sei an der Zeit, sich zurückzuziehen.

»Aber meine Dame«, begehrte Schwargel auf, »es ist ein herrlicher Abend und er ist noch jung. Ich muss Ihnen unbedingt ein paar Sehenswürdigkeiten dieser Stadt zeigen.«

Adelaide beugte sich zu mir und flüsterte: »Er glaubt, eine davon befände sich in seiner Hose.« Dann lehnte sie sich eilig wieder zurück, lächelte ihn an und sagte: »Wenn Sie so lieb darum bitten, begleite ich Sie ein Stück.«

Ich gähnte demonstrativ. »Ich ziehe mich lieber zurück, Adelaide. Du bist ja in Begleitung der Wache, da wird dir nichts geschehen.«

»Ich gebe gut auf Ihre Freundin acht«, versicherte mir der Leutnant. Er strahlte, wohl in Vorfreude darauf, ein paar Stunden mit Adelaide allein verbringen zu können. Ein wenig tat er mir trotzdem leid.

Ich ging ins Zimmer, kleidete mich zur Nacht um und legte mich nieder. Wenig später war ich eingeschlafen.

Am nächsten Morgen fand ich Adelaide neben mir schlafend. Ich war überrascht, nicht wie üblich von ihr geweckt zu werden, sondern vor ihr die Augen geöffnet zu haben. Ich richtete mich vorsichtig auf, um sie nicht zu wecken, denn dies konnte nur bedeuten, dass sie erst spät ins Zimmer zurück und ins Bett gekommen war. Direkt unter dem Fenster auf dem Boden lag Leutnant Schwargel schnarchend auf dem Rücken wie ein Baby. Wie er so dort lag, wirkte er richtiggehend süß.

Ich stand auf, schlich aus dem Zimmer und machte mich frisch für den Tag. Als ich wieder ins Zimmer trat, war Adelaide ebenfalls wach. Der Leutnant saß auch aufrecht. Er lehnte an der Wand und hielt die Augen noch immer geschlossen.

»Was wird mit ihm?«, fragte ich.

»Er begleitet uns nach Hopfenburg. Ich habe ihn sehr höflich gebeten, nachdem er versucht hat, mich in ein Waldstück zu zerren und dort seinem Willen zu unterwerfen. Es wurde ein wenig unschön, aber ich konnte ihn beruhigen. Jetzt ist er fromm wie ein Lamm.«

Ich setzte mich zu ihr aufs Bett. Irgendwie fühlte ich mich bedrückt. Waren denn alle Männer Unholde? Gab es keine, die sich einer Frau gegenüber zu benehmen wussten? Mussten sie all ihre Erziehung und die guten Sitten vergessen, wenn sie ein paar Rundungen sahen?

»Schau nicht so traurig«, sagte Adelaide. Sie schien meine Gedanken gelesen zu haben, denn sie fuhr fort: »Ein paar Anständige gibt es gewiss. Es ist nur schwer, sie zu finden. Weißt du, wie man Gold sucht?«

Wie immer überraschten mich ihre Gedankensprünge.

Sie kam zu mir herüber und begann, zu dozieren: »Man setzt sich mit einer Art Pfanne an einen Bach. Natürlich sollte man wenigstens davon ausgehen können, dass es überhaupt Gold darin gibt. Dann nimmt man von dem Sand und Kies im Bachbett etwas in die Pfanne. Man hält sie schräg und schwenkt sie. Dabei lässt man immer mehr von dem Sand und Kies aus der Pfanne gleiten. Das Gold, weil es schwer ist, bleibt am Ende zurück. Es ist eine mühevolle Arbeit. Man muss viele, viele Pfannen Sand und Kiesel so behandeln, um ein paar Gramm Gold zu finden. Und so ähnlich ist es, wenn man einen guten Mann finden will. Zumal, wenn man dann auch noch den Anspruch hat, dass er gut aussieht.«

Einen Augenblick blieb es still im Zimmer.

Dann sprang sie mit einem Quieken in die Luft, wirbelte mit Armen und Beinen herum wie eine wahnsinnige Windmühle, schlug einen Purzelbaum über das Bett und rief schließlich: »So, auf zum Frühstück. Und dann machen wir uns auf den Weg, einen Kutscher zu finden.«

»Was wird mit ihm?«

»Er bleibt hier. Vielleicht bekommt er zum Mittag etwas zu essen.«

»Wird man ihn bei der Wache nicht vermissen?«

»Na und, warum sollten die ihn ausgerechnet hier suchen?«

»Weil seine Kameraden ihn gestern Abend mit uns gesehen haben«, sagte ich.

»Das ist ein Argument.« Sie ging zu dem Mann am Fenster, hockte sich vor ihm nieder und berührte ihn an der Schulter. Dann schnipste sie mit der anderen Hand vor seiner Nase. »Hör zu, Theophil ...«

»Ich höre.«

»Unterbrich mich bitte nicht.«

Er schüttelte den Kopf.

»Du gehst zum Wachhaus und meldest dich krank. Du hast Fieber und dein Kopf schmerzt. Und dein Hals auch. Du fürchtest, du hast dir eine schlimme Krankheit eingefangen bei dem elenden Weib, mit dem du die letzte Nacht verbracht hast. Dann kommst du hierher zurück. Hast du verstanden?«

Theophil antwortete nicht.

»Du darfst wieder sprechen.«

»Ja, ich habe verstanden.«

»Dann los.« Adelaide schnipste erneut. Der Leutnant erhob sich und spazierte aus dem Zimmer.

»So, jetzt gehen wir frühstücken und dann zur Kutschenstation.«

Eine Stunde später standen wir vor einem zweistöckigen Gebäude, dessen Front eine Seite des Marktplatzes einnahm. Zwei große Tore sorgten für die reibungslose Ein- und Ausfahrt der Kutschen, die benachbarte Städte oder weiter entfernte Landstriche zum Ziel hatten oder daher kamen. Vor der Station standen zwischen diesen Toren weitere Gefährte. Ihre Rösser blickten gelangweilt in die Runde, neigten von Zeit zu Zeit die Köpfe in die Futtersäcke und verscheuchten ansonsten hauptsächlich Fliegen mit dem Schweif.

Wir gingen hinein und fragten, wo Mietkutscher zu finden seien. Man wies uns in einen Raum im Obergeschoss. Dort saßen eine Reihe von Herren. Vier hockten um einen Tisch und spielten Karten, zwei weitere hielten auf einer Bank nahe der Tür ein Nickerchen, einer saß am Fenster und verzehrte einen Brotkanten.

»Holla«, rief einer der Kartenspieler, »meine Damen, was können wir für Euch tun?«

»Seid gegrüßt«, erwiderte Adelaide, »wir suchen einen Kutscher, der uns nach Hopfenburg bringt, ohne unnötige Fragen zu stellen. Wir bieten fünfzig Taler.«

Statt einer Antwort schauten uns sieben Augenpaare abschätzend an. Keiner schien allzu großes Interesse zu haben, sich den guten Batzen Geld verdienen zu wollen.

Trotz dieser ablehnenden Haltung trat Adelaide direkt auf einen der Kartenspieler zu. Es handelte sich um den Jüngsten in der ganzen Runde. Der Bursche mochte eher fünfzehn als zwanzig sein. Da, wo gestandene Männer einen Bart trugen, wuchs bei ihm blonder Flaum. Er gehörte zu den Leuten, von denen meine Mutter sagte, sie könnten nackig hinter einem Maibaum stehen, ohne Anstoß zu erregen.

»Wie ist es mit dir?«, fragte ihn Adelaide. »Du siehst interessiert aus.«

»Ich?« Der Junge schaute überrascht nach links und rechts, als stände sie nicht direkt vor ihm und könne auch jemand anderen meinen.

»Sind fünfzig nicht genug? Wie wäre es mit fünfundsiebzig?«

»Ich … äh …«

»Junge«, sagte einer der Älteren, »lass die Finger davon. Wenn einer einen braucht, der keine Fragen stellt, hat er nichts Gutes im Sinn. Und dann auch noch in das verfluchte Hopfenburg.« Er schüttelte den Kopf.

»Du wolltest sagen«, sagte Adelaide, »dass du von einer eigenen Kutsche träumst, damit du hier nicht auf dubiose Aufträge warten musst. Stimmt's?«

Der Junge öffnete den Mund, vermutlich um zuzustimmen, schloss ihn jedoch sofort wieder. Er fragte sich wohl, wie Adelaide seine Gedanken erraten hatte.

»Sie muss eine Hexe sein«, sagte der Mann, der inzwischen seinen Brotkanten aufgegessen hatte.

»Ich bin nur gut darin, in Gesichtern zu lesen«, sagte Adelaide. »Also, pass auf. Ich mache dir ein Angebot: Du bekommst hundert Taler und wenn wir aus Hopfenburg zurück sind, gehört die Kutsche samt Pferden dir. Mehr kannst du für ein paar Tage Arbeit nicht verlangen.«

Allgemeines Luftschnappen antwortete diesem Angebot. Das war eindeutig mehr, als je einer für eine Fahrt geboten hatte.

»Gut«, sagte das Jüngelchen und stand auf. »Ich mach's.« Er war nicht nur dürr wie eine Hopfenstange, sondern auch so lang.

»Dann komm mit. Wir wollen in einer Stunde fahren.« Adelaide wandte sich bereits ab und ging zur Tür. Der Junge sah sich noch einmal kurz nach seinen Kollegen um, die ihm viel Glück für den Weg wünschten.

»Komm nur gesund wieder, dass du deinen Reichtum auch genießen kannst«, mahnte einer der Kartenspieler.

Adelaide drehte sich um. »Ich passe auf ihn auf.« Dann ging sie hinaus. Wir folgten.

Eilig kehrten wir zum Gasthof zurück. Ich wurde angewiesen, dem jungen Mann die Kutsche und die Pferde zu zeigen. Adelaide wollte die Sachen zusammenpacken.

»Wie heißt du?«, fragte ich unseren Kutscher.

»Leopold, aber alle sagen Leo zu mir.«

»Ich heiße Marie«, sagte ich. »Und die andere Dame heißt Adelaide. Sie ist manchmal ein bisschen schwierig. Am besten ist, du machst einfach, was sie sagt, dann gibt es den wenigsten Ärger.«

Er beugte sich näher zu mir. »Ist sie wirklich keine Hexe?«

Ich schüttelte den Kopf. »Nein, bestimmt nicht. Aber pass trotzdem auf. Sie kann andere Tricks. Sie wird dich nicht in eine Kröte verwandeln, aber sie kann dafür sorgen, dass du glaubst, eine zu sein.«

In diesem Moment kehrte Adelaide zurück. Sie trug einen Koffer und sah besorgt aus. »Der Schwargel ist noch nicht wieder da. Ich frage mich, wo er bleibt.«

»Erwarten wir noch einen Fahrgast?«, fragte Leopold.

»Du sollst doch keine unnötigen Fragen stellen«, sagte Adelaide. »Wenn wir sagen, fahr los, fährst du los. Alles klar?«

»Klar.«

»Komm, Marie, wir holen das restliche Gepäck. Dann können wir los, sobald deine Ordonnanz wieder da ist.«

»Sie ha…« Leopold verstummte, weil Adelaide warnend einen Finger hob. »Klar.« Er ging zu den Pferden, um sie anzuschirren.

Wir trugen das Gepäck nach unten und luden es in die Kutsche. Leopold hatte die Pferde angespannt und saß bereits auf dem Bock. Alles war zur Abfahrt bereit, nur der Herr Leutnant fehlte noch.

Adelaide war nach draußen auf die Straße getreten, um nach ihm Ausschau zu halten. Plötzlich kam sie auf den Hof gefegt. Sie wedelte aufgeregt mit den Händen. »Los, Marie, rein da! – Leo, auf gehts!«

Der junge Mann hatte gelernt. Ohne nachzufragen, ließ er das Gefährt anrollen, noch bevor Adelaide auf- oder eingestiegen war. Sie langte nach einem der Haltegriffe und schwang sich auf den Bock. Dann war sie aus meinem Blickfeld verschwunden. Wir rollten auf die Straße und da sah ich, was Adelaide zur Eile bewegt hatte. Eine Gruppe von sechs oder acht Wächtern näherte sich, die alle nicht so aussahen, als wollten sie uns nur liebe Grüße von Leutnant Schwargel überbringen. Was immer geschehen sein mochte, es war nicht so gelaufen, wie Adelaide geplant hatte.

»Das sind sie!«, hörte ich einen der Gruppe rufen. »Los packt sie!«

»Galopp!«, rief Adelaide. Die Peitsche knallte und die Kutsche ratterte im Eiltempo über das Pflaster. Ich drückte beide Daumen, dass die Räder hielten.

»Verdammt!«, fluchte hinter uns jemand laut genug, dass die ganze Straße es hören konnte.

Ich lehnte mich aus dem Fenster und sah die Wächter zurückbleiben. Dann blickte ich in Fahrtrichtung, weil auch dort gerade jemand laut fluchte. Ein Mann mit einer Milchkanne sprang gerade noch rechtzeitig vor den Pferden von der Straße. Die Milch kam als Schwall aus dem Behältnis geflogen. Er drohte mir mit der Faust, als mein Fenster ihn passierte.

Wenig später rollten wir aus der Stadt und durch üppige Weizenfelder. Nach einer weiteren Stunde ließ Adelaide anhalten.

Wir befanden uns auf einem Waldweg an einer Lichtung. Wir rasteten und Adelaide erklärte Leopold so viel von dem, was ihn erwartete, wie er ihrer Meinung nach wohl unbedingt wissen musste. Sie sagte, er solle sich nicht wundern, wenn ich eines Tages in Männerkleidung in die Kutsche steige. Dann wären wir beinahe am Ziel unserer Reise. An diesem Tage solle er immer bereit sein, auf den leisesten ihrer Winke sofort loszufahren. Sie werde ihm alles zu gegebener Zeit aber noch genauer erläutern.

»Was seid Ihr für seltsame Weiber?«, fragte er mehr sich selbst als uns.

»Weiber, die es gut mit dir meinen, solange du fein deinen Dienst tust und ansonsten keine Fragen stellst.« Adelaide sah ihn durchdringend an und er senkte den Kopf. »Nimm es nicht so schwer. Es ist besser, wenn du nicht alles weißt. Am Ende hast du Geld und eine Kutsche mit Pferden. Welchen Grund gibt es also für dich, dir Sorgen zu machen?«

»Was nützen mir Geld und Kutsche, wenn mein Kopf nicht mehr an seinem Platz sitzt?«, begehrte er auf.

Adelaide lachte. »Sehen wir aus wie Wegelagerer, die man einen Kopf kürzer macht?« Sie griff nach einer ihrer Locken und kitzelte ihn damit an der Nase. »Was bist du für ein törichter Kerl, dass du zwei anständige, ehrbare Frauen nicht erkennst?«

Das fand sogar ich ein wenig zu dick aufgetragen.

»Ehrbare Frauen sitzen daheim bei ihren Lieben und kutschieren nicht ohne Begleiter durch die Welt«, sagte er auch prompt. »Ihr seht wohlhabend aus und scheint gebildet zu sein. Aber ich weiß nichts von Euch, weder woher Euer Geld kommt, noch wer Ihr wirklich seid.«

Adelaide hob in der Imitation einer pikierten Dame den Kopf und flötete: »Ich bin jedenfalls kein Straßenräuber.« Das stimmte sogar. Dann schüttelte sie ihr Haar, lachte und beugte sich wieder zu dem Jungen. »Ich verspreche dir, du kommst wohlbehalten nach Hause zurück. Was immer auch geschieht, dafür werde ich Sorge tragen.«

Leopold schaute von ihr zu mir und ich nickte. Ich vertraute Adelaide, soweit wie man einer Person wie ihr eben trauen konnte.

Wir fuhren weiter und erreichten in der Abenddämmerung des nächsten Tages die Grenze nach Hopfenburg. Nur ein Pfosten an der Straße mit dem Reichswappen legte davon Zeugnis ab. Es gab keine Grenzstation, keinen Posten, keine Zöllner. Allerdings erkannte ich eine Veränderung, als wir das erste Dorf erreichten.

Der Ort wirkte seltsam grell. Wir sahen ein paar Bauern am Feldrain, die wohl gerade ihr Tagwerk beendeten. Sie schauten der Kutsche aus müden Augen hinterdrein. Sie alle trugen graue oder erdbraune Kutten, die in krassem Gegensatz zu den bunten Fassaden der Häuser standen. Über der Straße hingen Wimpelketten. Ein Wegweiser nach links wies zum sogenannten Königlichen Weinbrunnen. Ich fragte mich, ob tatsächlich Wein dort sprudelte.

Wir fuhren weiter, Ausschau nach einem Gasthof haltend, wo wir die Nacht verbringen könnten. Als wir einen entdeckten, erwies er sich als genauso schreiend bunt wie der ganze Rest des Ortes. Ein Spruchband über dem Eingang versprach die besten Betten und Speisen weit und breit in goldenen Lettern.

Direkt gegenüber stand an der Straße ein etwa doppelt mannshoher Pfahl. Er war nur grob behauen, Splitter ragten aus dem Holz. An seinem oberen Ende war ein hölzernes Schild angenagelt. »Schande über dich!«, stand darauf zu lesen. Am unteren Ende entdeckte ich Spuren von Fäkalien und wandte mich voller Ekel ab. Was immer in diesem Ort vor sich ging, es war nichts Gutes.

Dennoch hielten wir vor dem Gasthof, stiegen ab und gingen hinein. Ein mit hellem Kiefernholz getäfelter Gastraum begrüßte uns. Aus eben solchen Brettern waren die Tische, Stühle und der Tresen gezimmert. Auf jedem Tisch standen eine Kerze und eine Vase mit ein paar Wiesenblumen. Der Wirt, ein blond gelockter Jüngling, vielleicht in Adelaides Alter, trug einen Backenbart, der ihm ein energisches Aussehen verlieh. Auf seiner Nase saß ein Zwicker, durch dessen Gläser uns hellblaue Augen interessiert musterten.

»Guten Tag, die Herrschaften«, grüßte er höflich und deutete auf die leeren Tische. »Es ist alles noch frei. Die Bauern kommen erst später auf einen Trunk vorbei.«

»Wir möchten auch Zimmer für die Nacht. Eines für mich und meine Begleiterin, eines für unseren Kutscher. Und außerdem benötigen wir Platz und Futter für die Pferde und eine Stellmöglichkeit für die Kutsche.«

»Die Kutsche lasst nur vor dem Gasthof stehen. In unserem Dorf wird nicht gestohlen. Um die Pferde wird sich der Knecht kümmern.«

Der Wirt klatschte zweimal kräftig in die Hände und ein weiterer Mann in seinem Alter erschien. Sein Haar war dunkel, er war kleiner und gedrungener als der Wirt und trug keine Brille. »Kümmere dich um die Pferde der Herrschaften!«, befahl sein Herr und er ging nach draußen.

Inzwischen trat der Wirt an einen Tisch, zog einen der Stühle zurück und deutete darauf. »Setzt Euch nur, meine Damen, der Herr. Ich bin gleich wieder bei Euch und berichte, was die Küche zu bieten hat.« Er ließ den Stuhl los und eilte durch eine Tür nach hinten, vermutlich in die Küche.

Adelaide setzte sich, Leopold und ich folgten ihrem Beispiel.

»Sieht nett aus«, sagte Adelaide und sah sich um.

»Wie alles, was ich bisher gesehen habe. Nur die Menschen sehen traurig aus«, ergänzte Leopold.

»Ja, so ist es in Hopfenburg. Alles scheint eitel Sonnenschein, bis man mit anderen zusammentrifft. Die könnten einen belauschen und am Ende denunzieren oder an den Pfahl binden.«

Ich dachte an das Ding, das ich draußen gesehen hatte, und eine Gänsehaut zog über meine Arme.

Der Wirt kehrte zurück, rieb sich die Hände und trat an unseren Tisch. »Es gibt einen sehr schönen Schmorbraten mit Wintergemüse oder Falscher Hase. Wenn der Hunger nicht so groß ist, kann ich einen bunten Salat anbieten. Zuerst aber, was möchten die Herrschaften trinken?« Er beugte sich etwas weiter über den Tisch.

»Mir genügt ein Wasser«, sagte ich.

»Mir auch«, erklärte Adelaide.

»Ich nehme einen Roten, ein ...« Weiter kam Leopold nicht, ein entsetzter Aufschrei des Wirts unterbrach ihn. Dieser war aufgeschnellt, einen Schritt zurückgetreten und sah sich voller Entsetzen nach allen Seiten um. Schließlich atmete er tief durch und beugte sich wieder näher.

»Zum Glück war der Knecht nicht in der Nähe. Das ist ein ganz scharfer Hund.« Er wandte sich direkt an Leopold. »Herr, ich rate Euch, Eure Zunge im Zaum zu halten, sonst verbringt Ihr die Nacht draußen gegenüber.

»Aber ich wollte doch nur ...«

»... ein Glas Wein von blauen Trauben«, fiel der Wirt ein, ehe unser Kutscher seine Bestellung vervollständigen konnte. »Wir benutzen das andere Wort nicht mehr. Wisst Ihr nicht, dass man die Leute aus Dragistan früher so nannte?«

»Aber es ist doch schon ein Unterschied, ob einer von einem Wein oder einem Menschen redet, oder nicht?«, sagte ich.

»Nicht hier. Nicht in Hopfenburg.« Der Wirt sah sich erneut um. »Ich melde Euch nur nicht, weil Ihr ganz offensichtlich gerade erst in unser Land gekommen seid. Merkt es Euch für die Zukunft, es heißt Wein von blauen Trauben. Beim Weißen ist es zurzeit noch egal.«

Etwas blass um die Nase bestellte Leopold einen Schmorbraten, Adelaide nahm nur einen Salat und auch mir war der Appetit vergangen.

»Es ist schlimmer geworden«, sagte sie, nachdem der Wirt sich zurückgezogen hatte. »Viel schlimmer.«

Wir aßen in gedrückter Stimmung und zogen uns anschließend auf die Zimmer zurück. Kaum dort angekommen, tigerte Adelaide durch den Raum, immer wieder vor sich hin murmelnd: »Ich hasse ihn, oh, wie ich ihn hasse.«

Schließlich warf sie den Koffer aufs Bett, der einen Teil ihrer unzähligen Schminkutensilien enthielt, öffnete ihn und wühlte emsig darin herum. Sie förderte mehrere Tiegel und Fläschchen zutage, stellte sie auf einen kleinen Tisch am Fenster und holte anschließend auch einen Spiegel hervor. Sie fand keinen günstigen Platz, diesen aufzustellen, und hielt ihn mir hin: »Halt den mal.«

»Was hast du vor?«

»Mich abreagieren. Diese falsche Fröhlichkeit hier überall kriecht in meine Seele. Ich verliere mich.« Sie stampfte mit einem Fuß auf wie ein bockiges kleines Mädchen. Ich nahm den Spiegel und hielt ihn ihr hin.

Sie rieb sich ein Pulver in die Haare, das diese hellblau färbte. Anschließend streute sie bunten Flitter hinein, der an den Strähnen haftete. Sie strich sich eine weiße Paste über das ganze Gesicht, bis sie wie der Bajazzo aussah, malte anschließend grellrote Kreise auf die Wangen und färbte auch die Lippen in schreiendem Rot. Danach malte sie ihre Brauen grün an und zog von ihren Augen zu den Wangen hin schwarze Striche, die wie überdimensionale Schatten ihrer Wimpern wirkten. Schließlich begutachtete sich Adelaide ausgiebig im Spiegel, dann sprang sie mit einem Fanfarenstoß auf den Lippen in eine Art halbe Verbeugung. »So bin ich!«, rief sie. »Keine ängstliche Trine, die sich jammernd in eine Ecke kauert, nur weil der Wind mal ein bisschen heftiger weht. Nein, ich lache ihm ins Gesicht, tanze durch ihn hindurch und komme so immer an, wo ich ankommen will!«

Ganz eindeutig sprach sie sich selbst Mut zu. Ich legte den Spiegel beiseite und schwieg, denn ich wollte diesen Zauber, der wohl eine Art Selbstmesmerisierung darstellte, nicht zerstören.

Sie richtete sich wieder auf, stemmte die Hände in die Hüften und fragte: »Na, wie gefalle ich dir, mein Schatz?«

»Du siehst unkonventionell aus«, sagte ich.

»Unkonventionell könnte mein Name sein. Königin Unkonventionella von Hopfenburg. Findest du, ich sollte mich umbenennen?«

»Adelaide gefällt mir eigentlich recht gut.«

»Hm. Könige und Königinnen haben ja oft solche Beinamen. Wie wäre es mit Königin Adelaide von Hopfenburg, genannt die Unkonventionelle. Wäre dir das lieber?«

»Ist dir das wichtig?«

»Das ist mir verdammt wichtig. Wir sind Freundinnen. Auf wen sollte ich hören, wenn nicht auf dich? Sonst sind doch bloß noch die Stimmen in meinem Kopf da und die plappern oft genug Unsinn. Also, wie hört sich die Version mit dem Beinamen an?«

»Besser, aber ich finde, Königin passt nicht zu dir.«

»Ich war schon einmal Königin, das weißt du.«

»Und? Hat es dich glücklich gemacht?«

Adelaide senkte den Blick und schüttelte den Kopf. Sie zog einen Flunsch wie ein verschämtes Kind, das mit den Fingern im Marmeladenglas erwischt wurde.

»Tröste dich«, sagte ich. »Besonders erfolgreiche Gauner haben auch Beinamen. Denk nur an den Pfeifer.«

Sie blickte auf, lachte und umarmte mich. »Du bist einfach großartig.«

Im nächsten Moment drückte sie ihre Lippen auf meine und zog mich enger an sich. Plötzlich spürte ich ihre Zunge, die sich zwischen meine Lippen schieben wollte.

Ich nahm den Kopf zurück. »Äh … üben wir wieder, dass ich ein Mann bin?«

Sie ließ mich los, trat einen Schritt zurück und blickte mich mit einem Ausdruck von Furcht an. »Tut mir leid … ich … ich weiß nicht, was über mich gekommen ist.«

»Bist du eine Schwester Sapphos?«

»Ich weiß nicht.« Sie zuckte hilflos mit den Schultern. »Vielleicht. Ich … Du weißt, dass ich alle Heiratskandidaten abgelehnt habe, die mein Vater herbeigeschafft hatte. Mag sein, das war nicht nur, weil sie dick oder doof oder beides waren. Mir kommt es vor, als seiest du der erste Mensch, dem ich je begegnet bin, den ich wirklich liebe. Was ist mit dir?«

»Was soll mit mir sein?«

»Liebst du mich?«

Ein Kloß bildete sich in meinem Hals. Was für eine Frage von einer Frau an eine Frau? Außerdem hatte ich in meinem bisherigen Leben auch keine Erfahrungen mit Männern gemacht. Von der Sache mit ihnen wusste ich nur durch die Belehrungen meiner Mutter. Ehe ich zur Pechmarie wurde, und alle in unserem Dorf nur noch über mich lachten, hatte ich die meiste Zeit zu Hause verbracht. Meine Mutter hatte stets gemeint, ich wäre noch zu jung für den Tanz auf dem Anger. Wenn ich daran zurückdachte, vermutete ich, sie wollte mich zu jener Zeit einfach noch länger um sich haben.

»Keine Ahnung«, sagte ich nach einigen Sekunden des Schweigens wahrheitsgemäß. »Vielleicht. Ich habe nie zuvor geliebt.«

»Da stehen wir beide also vor einem Dilemma«, sagte Adelaide überaus sachlich, so als denke sie über einen weiteren Raubzug nach. »Wie finden wir das heraus?« Sie wandte sich ab, lief ein paar Schritte am Bett entlang Richtung Wand, kehrte dort um und eilte auf mich zu. Sie blieb praktisch Nase an Nase zu mir stehen. »Küss mich!«, verlangte sie.

Ich gab ihr einen Schmatz.

»Nein, Marie. So wie Liebende sich küssen. Du weißt schon, mit offenem Mund.«

Ich gehorchte sehr zögerlich. Wie sollte ich beschreiben, was ich fühlte? Ich schloss die Augen und spürte nur die Wärme ihres Körpers, der an meinen gepresst war, ihren Herzschlag und ihre Zunge, die mit meiner spielte, ja fast verschmolz. Ein seltsames Flattern breitete sich in meinem Unterleib aus. Meine Haut sehnte sich nach Adelaides Berührung und prickelte, als würde Schaumwein auf ihr tanzen. Ich hielt die Augen geschlossen und doch waren da Farben, die sich zu wilden Wirbeln formierten und immer neue Muster bildeten. Mein ganzer Körper rief nach ihr. Wie eine Welle aus Glück rollte dieses Gefühl über mich hinweg.

Adelaide war es, die sich schließlich aus der Umarmung löste und einen Schritt zurücktrat. Sie sah mich mit glänzenden Augen an, die heller strahlten, als jeder Flitter es je vermocht hätte.

»So, jetzt sage mir: Wenn ich jetzt ginge und erklären würde, wir sehen uns nie wieder, was würdest du fühlen?«

Ich lauschte in mich hinein. Eine Stimme in mir rief: »Nein, das kann sie nicht machen! Nicht jetzt! Nicht nach diesem Kuss!« Auch wenn die Frage wohl nur hypothetisch war, krampfte sich etwas in mir zusammen, als hätte ich einen Schlag in den Unterleib erhalten. Schmerzhaft, dass mir Säure im Hals aufstieg.

»Geh nicht, bitte«, presste ich heraus.

Sie trat wieder zu mir, nahm mich in die Arme und flüsterte mir ins Ohr: »Ach, du Dummchen. Ich will dich doch nicht verlassen. Ich liebe dich.« Ich spürte ihre Hände über mein Haar streichen, über meinen Rücken und sogar noch tiefer. Ich spürte eine Gänsehaut über meinen Körper rinnen. »Ich brauche dich doch«, sagte sie.

Und dann küssten wir uns wieder.

Bring dich in die Hölle

Am nächsten Morgen fühlte ich mich erschöpft, aber unendlich glücklich. Wir hatten nicht bei Küssen aufgehört und Dinge getan, über die man nicht spricht. Ich fühlte mich leicht, befreit. Durch meinen Kopf tanzten rosarote Kätzchen. Adelaide erwachte zum zweiten Mal, seit wir uns kannten, nach mir. Sie rekelte sich, drehte sich zu mir um und gab mir einen Schmatz auf die Nase. »Nun, mein Schatz, wie geht es dir heute?«

»Großartig.«

Adelaide hob den Kopf und schaute das völlig mit Schminke besudelte Kopfkissen an. »Der Wirt wird nicht begeistert sein.«

»Seit wann machst du dir über so etwas Sorgen?«

»Seit wir in Hopfenburg sind«, sagte Adelaide und es klang so zaghaft, wie ich sie nie zuvor erlebt hatte. In Anbetracht der letzten Nacht erschien mir das doppelt merkwürdig.

»Was ist los?«

Sie wühlte in ihren Haaren, warf die Arme in die Luft und fluchte: »Verdammt!« Kopfschüttelnd nahm sie mich in die Arme und sagte neben meinem Ohr: »Ich liebe dich, du liebst mich und ich bring dich in die Hölle zum Dank dafür.«

»Jetzt übertreibst du aber wirklich«, sagte ich. »Komm, steh auf, wir müssen weiter. Wir haben einem König einen Denkzettel zu verpassen.« Ich stieg aus dem Bett und wandte mich um.

Adelaide sah mich im Bett hockend an. »Haben wir jetzt die Rollen getauscht?«

»Nein, du hast mich mit deinem Elan angesteckt.«

»Na hoffentlich nur angesteckt, nicht dass ich ihn dir einfach überlassen habe.« Sie klatschte in die Hände. »Ach was, da ist er ja wieder!« Mit diesen Worten hüpfte sie aus dem Bett und sprintete an mir vorbei. »Wer als letzter im Bad ist, ist ein Schweinchen!«

Was für eine Freude. Sie war noch immer die alte Adelaide.

Nach einem guten Frühstück fuhren wir weiter. Der Wirt machte irgendwie den Eindruck, als sei er froh, uns loszuwerden. Leopold saß auf dem Bock und wir Mädels saßen drinnen und schwatzten. Adelaide war endlich soweit, dass sie mich in ihren Plan einweihen wollte.

»Eigentlich ist es ganz einfach«, sagte sie. »Mein Ex hat sich schon immer auf die Wache am Tor verlassen. Wenn man einmal im Schlosshof ist, kann man praktisch überall hin. Ich schreibe dir eine Empfehlung des Konsuls von Rappuristan. Die zeigst du zusammen mit dem Bild am Tor vor. Wenn jemand fragt, warum die Kutsche kein Wappen führt, erklärst du, dass du in geheimer Mission unterwegs bist.«

»Wird dich niemand im Schloss erkennen?«, fragte ich.

»Ich werde nicht da sein.«

Ich muss Adelaide angeglotzt haben wie ein Mondkalb, denn sie brach in schallendes Gelächter aus.

»Entschuldige«, sagte sie schließlich, »aber wenn du deinen Blick gerade gesehen hättest, wärst du auch vor Lachen geplatzt.« Sie schüttelte den Kopf in dem Versuch, den Lachanfall zu unterdrücken. »Warte.« Sie atmete zweimal tief ein und aus. »So, natürlich werde ich in der Kutsche sein, aber niemand wird mich sehen. Ich hocke hinten im Gepäckfach. Da dürfen wir also das Bild nicht hinlegen. Das muss mit dir in der Kutsche fahren.«

»Was, wenn die Wachen dieses Fach durchstöbern wollen?«

»Dann erklärst du so huldvoll wie möglich, dass sie sich nicht an einer Kutsche des Konsuls von Rappuristan vergreifen werden, oder es kommt zu einem Krieg. Oder etwas ähnlich Bösartiges. Sie dürfen, wenn sie wollen, einmal und nur einmal mit einem Schwert oder einer Pike hineinstechen.«

»Während du da drin bist?«

Adelaide nickte. »Kein Problem. Die Ritzen zwischen den Brettern sind so eng, da kommt ein Schwert nur langsam durch. Also sehe ich rechtzeitig, wenn der Stahl eindringt, und kann ausweichen. Ich bin klein und biegsam, wie du weißt.« Sie grinste.

Ja, das wusste ich inzwischen sehr gut.

Adelaide wedelte mit einer Hand, als sei ein Schwarm Mücken in die Kutsche eingedrungen. »Lassen wir das. Ich denke, die Wache wird dich einfach durchwinken, nachdem sie das Schreiben gelesen hat. Eventuell auch erst, nachdem sie dem König Meldung von dem Bild gemacht hat, aber er wird es haben wollen und demzufolge rollt die Kutsche durchs Tor und auf den Hof. Du steigst aus, nimmst das Bild und gehst zu meinem ehemaligen Gemahl. Ein Lakai wird erscheinen und die Kutsche vom Eingang weg in eine stille Ecke des Hofes lenken, wo sie nicht stört, falls weitere Besucher oder Bittsteller kommen. Das darf dich nicht beunruhigen.« Adelaide holte tief Luft und sah ein paar Sekunden auf die vorbeiziehende Landschaft. Ich folgte ihrem Blick. Draußen zog flaches Land vorbei, das im Wesentlichen als Ackerland genutzt wurde. Ich erkannte Rüben, Weizen und Kohl.

Sie wandte sich wieder mir zu. »All dieses schöne Land gehört dem König Drosselbart!«, deklamierte sie. Dann rieb sie sich die Hände. »Aber vielleicht nicht mehr lange. Weiter im Plan. Du gehst zum König, ich klettere aus der Kutsche. Es gibt im Hof einen Zugang zum Wein- und Lagerkeller. Er wird benutzt, um Vorräte ins Schloss zu schaffen, und ist ungesichert. Schließlich bringen fast täglich Bauern irgendetwas, was später in der Küche in eine Mahlzeit verwandelt wird. Das ist der Moment, in dem ich ein schönes Käserad benötige.«

»Das hätten wir in Bihaar kaufen sollen«, sagte ich.

»Es wäre ein bisschen auffällig, wenn eine Magd aus Hopfenburg einen Käse aus Bihaar liefert, meinst du nicht?«

»Das habe ich nicht bedacht«, gab ich zu.

»Ich brauche den Käse nur, um mein Gesicht zu verbergen, falls jemand zufällig in meine Richtung schaut, während ich von der Kutsche zur Kellertür gehe. Ich steige also in den Keller, lege den lästigen Ballast ab und eile an den Vorräten vorbei in den Kellergang und dort zur Schatzkammer. Alles kein Problem. Du musst dir nur Zeit lassen, denn wenn der König dich wegschickt, muss ich bereits wieder in der Kutsche sitzen.«

»Gibt es an der Schatzkammer keine Wache?«

»Es gibt ein Wachzimmer, aber das liegt weiter vorn im Gang gegen die Haupttreppe. Entweder weiß niemand von der Verbindung zum Vorratskeller oder niemand rechnet damit, dass von dort Diebe kommen könnten. Wer immer diesen Wachraum angelegt hat, hielt Diebe für feine Gesellen, die den Haupteingang benutzen.« Adelaide deutete hinaus. »Schau, der schöne Wald gehört dem König Drosselbart.«

»Warum sagst du das?«

»Weißt du nichts von meiner Geschichte? Dieser Spielmann hat mich genau diese Straße entlanggeführt. Man erzählt sich, ich hätte immer wissen wollen, wem der Wald, die Wiesen, die Äcker gehören. Aber das ist natürlich Unsinn. Ich bin ja nicht blöde, ich war ja selbst eine Königstochter und wusste, wie der Besitz in so einem Königreich verteilt ist. Aber mein Herr Gemahl hat mich mit der Nase darauf stoßen wollen. Praktisch an jedem Stein hat er verkündet, dass dieser dem König Drosselbart gehört, und dass er mir gehören könnte, wenn ich den nur zum Gemahl genommen hätte. Ach, ich arme Jungfer zart … Ha!« Sie zeigte auf ihre Nasenspitze. »Sehe ich so aus, als würde ich solch gereimten Schmus von mir geben?«

Ich schüttelte den Kopf. Ich konnte sie mir wirklich nicht als verhuschtes Persönchen vorstellen, das in Reimen seinen Weltschmerz ausdrückte.

»Wie erfahre ich, dass du wieder in der Kutsche bist?«, wollte ich wissen.

»Gar nicht. Ich kann nicht pfeifen und am Tage schreit kein Käuzchen. Außerdem sind die Empfangsräume des Königs von dem hinteren Bereich weit entfernt. Wenn dann die Fenster geschlossen sind, könnte ich laut Trommeln schlagen, ohne dass du es hörst. Dafür aber die Wache am Tor. Und irgendwann wird selbst die stutzig.« Adelaide beugte sich dichter zu mir. »Ich brauche genau eine Stunde. Ich werde versuchen, es in kürzerer Zeit zu schaffen, aber diese Stunde musst du herausschlagen. Am einfachsten ist das sicherlich, wenn du einen viel zu hohen Preis ansetzt, damit der König oder einer seiner Speichellecker mit dir darum feilscht. Nach einer Stunde schnappst du dir das Bild, sagst, dass du einen Tag Bedenkzeit benötigst, und eilst zur Kutsche. Dann fahren wir ab. Wenn ich gefangen genommen werden sollte, wirst du es vermutlich durch Bänkelsänger erfahren. Jedenfalls wird mein Ex-Mann einen großen Wirbel darum machen, mich hinzurichten. Dann musst du die Sackpfeifen des Pfeifers einsetzen. Stell dich mitten auf den Platz, wo alle darauf warten, dass ich einen Kopf kürzer gemacht werde und spiel, was die Lungen hergeben. Ich kann nur hoffen, dass dann wirklich ein Aufruhr ausbricht.«

»Und wenn nicht?«

»Dann nimmst du die Beine in die Hand, fliehst und vergisst mich. Sieh dich nicht um, rette dich.«

»Aber …«

»Kein aber. Es genügt, wenn dieser Drecksack von einem König eine von uns beiden dem Henker ausliefert. Es ist noch genügend Geld übrig, um dir ein neues Leben in einem anderen

Land zu sichern.« Sie lächelte. »Für zwei ist es eh ein bisschen wenig.«

Ich schnaufte. »Ich will nicht wieder allein sein.«

»Such dir einen netten Mann oder eine nette Frau, je nachdem, was dir lieber ist. Bring ihm alles bei, was ich dir beigebracht habe, und mach ein hübsches kleines Reich unsicher.« Adelaide legte mir eine Hand aufs Knie. »Außerdem ist es noch lange nicht so weit und ich habe nicht vor, mich erwischen zu lassen.« Ihr Blick jagte mir einen Schauer über den Rücken. Plötzlich beugte sie sich vor und gab mir einen Kuss auf die Nasenspitze.

»Wir stehen das durch«, sagte sie.

Am Nachmittag erreichten wir Hopfenburg-Stadt, die Hauptstadt des Reiches. Auch hier wirkte die Atmosphäre gedrückt, obwohl viele Fassaden in leuchtenden Farben gestrichen waren. Über der Straße hingen an einigen Stellen Banner mit Aufschriften wie: »Lang lebe der König« oder »Ein Hoch auf unseren König«. Ich hatte noch von keinem Reich gehört, wo die Leute so begeistert von ihrem Herrscher waren, dass sie diese Begeisterung auf allen Straßen zum Ausdruck bringen mussten.

Die Leute liefen mit gesenktem Blick durch die Stadt. Hin und wieder sah sich der eine oder andere um, als fürchte er, von hinten angegriffen zu werden. Ein paar Wächter patrouillierten die Straße entlang. Leute, die ihnen entgegenkamen, wechselten zumeist die Straßenseite, ehe sie sie passierten. Ich erblickte auch ein paar Pfähle, die dem ähnelten, der dem Gasthof gegenüber stand. An einem war eine Frau angebunden. Eiserne Schellen lagen um ihre Handgelenke und hielten so die Arme hinter ihrem Rücken um den Pfahl geschlungen. Sie schaute zu Boden und strähniges Haar fiel ihr über das Gesicht, sodass ich es nicht sehen konnte. Ihre Kleidung war ärmlich und stellenweise zerrissen. Faules Obst lag zu ihren Füßen. Um ihren Hals hing ein Schild: »Ich habe das Wort ›dumm‹ benutzt.«

Wir bogen um eine Kurve in eine breite Straße ein, in der beiderseitig viele Händler ihren Geschäften nachgingen. Fahnen und Wimpelketten schmückten die Gebäude in den Reichsfarben, als bereite sich die Stadt auf eine Festivität vor. Aber die meisten Leute sahen nicht besonders fröhlich aus.

Nur ein paar eindeutig gut Betuchte flanierten erhobenen Hauptes die Straße entlang. Sie wirkten dabei, als gäbe es die anderen gar nicht. Ohne überhaupt auf die Idee zu kommen, diese könnten ihnen nicht ausweichen, schritten sie dahin und grinsten in die Welt. Sie waren allesamt wohlbeleibt und steckten in Anzügen aus edlen Stoffen. Keiner von ihnen schien jünger als vierzig zu sein.

»Bewunderst du die Honoratioren?«, fragte Adelaide.

Ich wandte mich vom Fenster ab und sah sie an. »Wen?«

»Die feisten Herren, die durch die Stadt stolzieren, als hätten sie jedes einzelne Haus darin entworfen und erbaut.«

»Haben sie das?«

»Ach, Marie, du bist manchmal noch sehr naiv. Natürlich nicht. Es sind fast alles Leute, die Ämter für den König bekleiden. Amtmänner, Regierungsräte, Kanzleivorsteher, Einflussverwalter. Keiner von denen erschafft etwas mit seiner Hände Arbeit. Sie passen lediglich auf, dass alle anderen arbeiten, und sorgen dafür, dass ein ausreichender Anteil in die Kassen des Königs fließt. Und natürlich in ihre Taschen. Hinter vorgehaltener Hand sagte man früher, sie hätten eine dritte Hand, die immer offen nach vorn gehalten wird, wenn man etwas von ihnen will, während die anderen beiden hinter ihren Rücken verschränkt sind. Aber heute wird niemand mehr so etwas äußern. Ich nehme an, dann steht man fünf Minuten später am Pfahl.«

Ich schaute noch einmal zum Fenster hinaus und dann zu Adelaide zurück. »Wie kann so etwas funktionieren? Warum begehren die Leute nicht auf?«

»Weil der König es verstanden hat, jeden zum Spitzel des Nächsten zu machen. Jeder lauscht, was der Nebenmann sagt. Die meisten Menschen denken, sie tun etwas Gutes, wenn sie jemanden anprangern, der behauptet, ein anderer sei dick oder dumm. Sicherlich ist das nicht nett, aber es beginnt damit, solche Worte zu verbieten, und endet mit allgemeiner Sprachlosigkeit.«

Adelaide hörte sich wütend und desillusioniert bei dieser Rede an. Jede Silbe führte mir deutlich vor Augen, wie sehr sie nicht nur unter den Demütigungen ihres Mannes gelitten hatte, sondern auch unter seiner Art, sein Reich unter der Knute zu halten. Die Menschen darin taten ihr leid. Vermutlich würde sie einen Aufstand anzetteln, egal wie leicht oder schwer es sich erwiese, sich der Krone Drosselbarts zu bemächtigen. Wenn es keinen Grund dafür gab, würde sie sich einen einfallen lassen.

An einem unscheinbar, aber sauber wirkenden Gasthof in einer stillen Seitenstraße hielten wir an und stiegen aus. Leopold fuhr die Kutsche in den Hof, während wir hineingingen und zwei Zimmer nahmen, eines für uns und eines für unseren Kutscher.

Wir schafften das Gepäck hinauf und fuhren wieder los, um ein Käserad zu besorgen. Adelaide und ich nahmen selbst auf dem Bock Platz und überließen Leopold seinem Vergnügen. Im Vergleich zu Bihaar war das Angebot an Käsen in diesem Königreich erbärmlich. Obwohl wir ihn eigentlich nur zur Tarnung brauchten, kosteten wir von verschiedenen Sorten. Meiner Ansicht nach schmeckten alle gleich und eher nach nichts, obwohl sie unterschiedliche Namen trugen, die aber alle mit dem Wort Königlich begannen. Adelaide entschied schließlich, dass wir einen Königlichen Spitzwanger nehmen. Wir luden den Käse in die Kutsche und fuhren ab.

»So«, sagte Adelaide, »jetzt brauchen wir etwas wie einen kurzen Besenstiel, Siegellack und ein Schnitzmesser. Mal sehen, wo wir das finden.«

Sie lenkte die Kutsche. Ich saß neben ihr und hielt nach Händlern Ausschau, die die von uns benötigten Dinge anbieten mochten. Nebenbei betrachtete ich die Stadt. Nirgendwo hatte ich bisher so viele verschiedene Farben an Häusern gesehen. Mir schien, als wollten sich die Einwohner in der bunten Extravaganz ihrer Anwesen übertreffen. Gegen diese Kakophonie aus farbigem Geschrei wirkte Adelaides Schminkstil sittsam. Dazu kamen zahlreiche Banner, die Waren der Händler oder den König priesen.

»Miniaturschloss Hopfenburg«, las ich auf einem. »Sehen Sie selbst, wie bescheiden unser König lebt.«

»Königstaler – beste Backwaren«, verkündete ein anderes auf der gegenüberliegenden Straßenseite.

»Unsere Schweine sind die bestgenährten«, stand über der Tür eines Fleischers und der Weinhändler propagierte: »Wein von blauen Trauben … aber der Geschmack ist geblieben.«

Adelaide deutete darauf. »Er sollte sein Plakat ändern. Man könnte es als Verhöhnung eines königlichen Edikts auslegen.«

Ich entdeckte einen Stellmacher. Wir stoppten die Pferde vor der Tür, stiegen ab und gingen hinein. Kaum fünf Minuten später hielten wir einen handlangen Stock von der Stärke eines Schaufelstiels in der Hand. Der Mann, der ihn uns verkauft hatte, zwinkerte uns zu, als er unser Geld nahm und grinste anzüglich. Erst als wir wieder auf den Kutschbock stiegen, dämmerte mir, was in seinem Kopf vorgegangen sein musste. Ich wischte meine Hände aneinander ab und warf das Ding eilig auf den Boden.

»Langsam, mein Liebling, den brauchen wir noch«, sagte Adelaide. Sie blickte mich an und grinste ebenfalls.

»Wozu eigentlich?« Ich klang ein wenig besorgt.

»Nicht was dieser alte Lustmolch geglaubt hat. Wir müssen das Siegel von Rappuristan unter das Schreiben setzen, mit dem du die Wachen und den König beeindrucken wirst. Dafür muss ich ein Petschaft schnitzen.« Sie knallte mit der Peitsche und wir rollten an. »Jetzt suchen wir Siegellack und ein Messer. – Ah, da vorn an der Ecke ist ein Messerschmied und Scherenschleifer.« Sie deutete auf ein Hauszeichen und ein Banner mit der Aufschrift: »Messer von höfischer Qualität«.

Auch dieser Einkauf gestaltete sich einfach und reibungslos.

»Wo bekommt man Siegellack?«, fragte ich, als wir wieder auf dem Bock saßen.

»Bei einem Petschierer«, war die lapidare Antwort.

»Was ist das für einer?« Ich hatte das Wort nie zuvor gehört.

»Das ist ein Mann, der Petschaften graviert. Wir hätten versuchen können, eine für unsere Zwecke machen zu lassen, aber zum einen sind Petschaften teuer und wir benötigen es nur einmal, zum Zweiten ist fraglich, ob wir einfach so ein Petschaft mit einem Staatssiegel bekämen, und drittens würde der Mann uns zumindest mit Fragen löchern, wozu wir ein solches Amtssiegel bräuchten. Alles Dinge, die es einfacher erscheinen lassen, uns selbst darum zu kümmern. Ich bin recht begabt, wenn es um Schnitzerei und Malerei geht. Das habe ich schon als kleines Mädchen gern gemacht.« Sie lächelte versonnen. Für einen Moment war sie wohl in das Schloss ihrer Eltern und ihr Kinderzimmer zurückgekehrt, in eine Zeit, die glücklich gewesen sein mochte, zumindest glücklicher als die Jahre bei König Drosselbart.

Zweimal hielten wir und erkundigten uns danach, wo wir einen Petschierer fänden. Es stellte sich heraus, dass zwei Herren dieser Zunft in unmittelbarer Nähe des Schlosses ihr Handwerk betrieben. Das erschien mir vernünftig. Sicherlich benötigten der König und seine Beamten am häufigsten Siegelstempel und Petschaften.

Der Petschierer, den wir schließlich aufsuchten, war ein alter Mann mit wallendem, weißem Haar und tiefen Furchen im

Gesicht. Seine Augen waren von strahlendem Blau und sein Lächeln überaus einnehmend. In seinen jungen Jahren musste er die Herzen unzähliger Mädchen gebrochen haben. Adelaide verlangte nach rotem Siegellack, darauf runzelte er die ohnehin runzlige Stirn noch mehr. »Ihr wisst, Madam, dass roter Siegellack nur hohen Ämtern zusteht?«, fragte er.

»Nein«, sagte Adelaide.

»So ist es aber. Ich kann Euch leider keinen Rotlack verkaufen. Er drehte sich von uns weg, öffnete ein Schubfach in einer Kommode hinter sich und legte uns mehrere Streifen Siegellack in anderen Farben vor. »Diese kann ich Euch anbieten«, sagte er.

Adelaide tippte auf einen Lackstreifen in Schwarz. »Dann nehmen wir den«, sagte sie.

Der Alte nickte, nannte den Preis, wir zahlten und gingen.

»Dann müssen wir mal wieder einen nächtlichen Ausflug unternehmen«, sagte Adelaide, während wir auf den Kutschbock kletterten. »Ich wünschte, wir würden nur einmal alles auf ehrliche Art erhalten, was wir brauchen.«

Ich lachte. »Das meinst du nicht ernst.«

»Nein.« Mit diesen Worten ließ sie die Kutsche anrollen.

Wir kehrten in den Gasthof zurück und gingen aufs Zimmer. Adelaide öffnete einen Koffer, nahm Papier, Feder und Tintenfass heraus und stellte beides auf ein Tischchen am Fenster. »Kaum ein geeigneter Schreibtisch«, sagte sie. »Aber er muss genügen.«

Sie setzte sich und begann zu schreiben. Plötzlich sprang sie auf, knüllte das Blatt in der Faust zusammen und schleuderte den Papierball durchs Zimmer. »So wird das nichts!«

Ich saß auf dem Bett und hatte ihr zugesehen. Jetzt traf mich ihr Blick. »Weißt du, wie es sich anfühlt, wieder hier zu sein? Hier an diesem Ort, von dem ich geflohen bin, weil ich fürchten musste, nicht mehr lange zu überleben?« Sie lächelte zaghaft. »Komm her und nimm mich in die Arme. Bitte.«

Zögernd stand ich auf.

»Keine Angst. Ganz keusch. Halt mich einfach fest. Ich muss mich unter Kontrolle bringen. Ich muss die Dämonen der Vergangenheit aus meinem Denken vertreiben, wenn ich ein ordentliches Schreiben des Konsuls zuwege bringen will, das mein ehemaliger Gemahl dir abnimmt.« Erwartungsvoll breitete sie die Arme aus.

Ich ging zu ihr und schlang meine Arme um sie. Sie lehnte ihren Kopf an mein Schlüsselbein, ich spürte ihren Atem auf meiner Haut. So standen wir einige Sekunden da und hingen unseren Gedanken nach. Schließlich löste sie sich von mir.

»Besser?«, fragte ich.

»Viel besser.« Sie nahm wieder Platz, griff nach einem frischen Bogen Papier und vertiefte sich in die Arbeit, während ich mich erneut auf dem Bett niederließ.

Anfangs hatte ich Adelaide für eine durch und durch verrückte Person gehalten, die nur tat, was ihr Vergnügen bereitete. Inzwischen wusste ich von ihrer Verletzlichkeit und von den Wunden, die die Jahre mit König Drosselbart ihr zugefügt hatten. Keine Wunden, die Narben auf ihrer Haut hinterlassen hatten. Die war makellos und zart vom Kopf bis zu den Zehen, wie ich inzwischen wusste. Aber ihre Seele war vernarbt wie die Haut eines alten Soldaten nach Jahren im Felde. Zum Glück hatte keine dieser Wunden ihre Seele hässlich werden lassen oder ihr gar Teile abgetrennt, die lebensnotwendig waren. Ich lächelte still vor mich hin und spürte, dass ich glücklich war, auch wenn dieses Reich für die meisten seiner Einwohner Unglück zu bedeuten schien.

Adelaide legte die Feder zur Seite, blies vorsichtig über das Schreiben, nahm es auf und betrachtete es.

»Ja, sieht gut aus«, sagte sie. »Ich schneide jetzt das Siegel und heute Nacht besorgen wir den Lack. Zu ärgerlich, dass wir den nicht kaufen durften. So entgeht uns eine ruhige Nacht.«

»Warum hört sich das bei dir nicht so an, als würdest du an Schlaf denken?«, fragte ich verschmitzt.

Zwar war ich mir noch immer nicht meiner Gefühle für Adelaide sicher, aber die wilde Nacht mit ihr war eindeutig berauschend schön gewesen.

Sie zwinkerte mir zu. Dann begann sie mit der Arbeit an dem hölzernen Petschaft. Nach einer Stunde etwa legte sie das Messer zur Seite und sagte: »So weit, so gut.«

Wir gingen früh am Abend Essen.

Leopold stieß erst zu uns, als wir das Mahl fast beendet hatten. »Haben die Damen noch etwas vor heute Abend? Ihr nehmt das Nachtmahl recht zeitig ein«, sagte er sich setzend.

»Ich wüsste nicht, was dich das angeht, Leopold«, erwiderte Adelaide und klang wirklich wie eine Königin, die einen Lakaien zurechtweist.

Leopold senkte den Blick. »Natürlich, tut mir leid«, murmelte er.

»Ha!«, rief Adelaide und lachte. »Erwischt. Also, Leo, hör zu: Marie und ich werden heute Nacht einen kleinen Bummel in Richtung Schloss unternehmen. Es soll bei Mondenschein besonders beeindruckend wirken. Vielleicht finden wir auf dem Weg auch ein paar junge Männer, die uns weitere Schönheiten von Hopfenburg zeigen wollen.«

Leopolds Gesicht erglühte und Adelaide lachte schallend.

Dann strich sie ihm mütterlich über das Haar. »Du hast es nicht leicht mit uns, oder? Mach dir nichts draus. Genieß einen schönen Abend.« Mit diesen Worten erhob sie sich. »Komm, Marie, wir haben noch etwas zu erledigen.«

Wir gingen aufs Zimmer, legten die üblichen mausgrauen Kleidungsstücke an, nahmen die Allesöffner und machten uns auf den Weg. Die Kutsche wäre zu auffällig gewesen, also gingen wir zu Fuß.

Das Schloss von Hopfenburg lag auf einem Hügel am Rande der eigentlichen Stadt. Dort thronte es und blickte auf das Leben der Untertanen hinab. Bereits aus einiger Entfernung erkannte ich die von Fackeln erhellte Zufahrt. Auch die Fenster des Schlosses erstrahlten größtenteils im Lichterglanz.

Ich deutete hinauf. »Wohnen eigentlich viele außer dem König im Schloss?«

»Wir hatten wenigstens dreißig Bedienstete, dazu die Schlosswache und Hofbeamte, die sich um Wohl und Wehe des Reiches kümmerten, um all die kleinen Sorgen und Nöte der einfachen Leute, für die der König weder Zeit noch Lust hat. Das waren allesamt Speichellecker, die dem König nach dem Munde reden und tiefe Bücklinge machen, wenn er auch nur eine Fußspitze in ein Zimmer hält.« Sie sah mein besorgtes Gesicht. »Um die musst du dir keine Sorgen machen. Keiner wird sich dir in den Weg stellen, wenn der König dich in seine Gemächer führt. Er ist der Herrscher. Er entscheidet, wer gut ist und wer in den Kerker geworfen wird. Selbst wenn zwanzig andere mit Fingern auf dich zeigen und dich Dieb nennen, wenn der König dich für vertrauenswürdig hält, passiert dir nichts. Nur darauf kommt es an. Und dieses Bild ist ein besseres Begleitschreiben, als jedes Schriftstück, das jemand aufsetzen könnte. Ich musste dieses Schreiben nur verfassen, damit er dich überhaupt vorlässt, und das Bild sieht.«

Wir erreichten die Werkstatt des Petschierers, die in völliger Dunkelheit lag. Auch in der Umgegend schien kein Leben zu herrschen. Einige Fenster waren fest mit Läden verschlossen, als wollten die Bewohner ganz sichergehen, dass niemand zu ihnen hineinsehen konnte.

Wir konnten sicher sein, dass uns keiner beobachtete, während wir uns Einlass zur Werkstatt des Petschaft-Graveurs verschafften. Ein geradezu lächerlicher Gedanke stieg in mir auf. Es wäre ein bitterer Witz, wenn wir ausgerechnet beim Diebstahl von ein bisschen Siegellack ertappt würden, nachdem wir Schmuck für Tausende Taler, ein vermutlich noch wertvolleres Bild und eine geradezu unbezahlbare Sackpfeife entwendet hatten.

Nichts dergleichen geschah, unser Raubzug, wenn man den Diebstahl eines Artikels für wenige Kupfertaler so nennen wollte, verlief geradezu ermüdend ereignislos.

Adelaide entzündete eine mitgebrachte Kerze und ging auf die Kommode zu, die auch die anderen Siegellacke enthalten hatte. Nach kurzer Suche fand sie den roten Lack, hielt ihn triumphierend in die Höhe und blies die Kerze aus. Wir verließen den Laden, schlossen sogar wieder hinter uns ab und gingen zum Gasthof zurück.

Wir eilten sofort aufs Zimmer. Adelaide zündete eine Kerze an, erwärmte den Siegellack und tropfte etwas davon auf den zusammengefalteten Brief an den König. Dann drückte sie das Petschaft hinein und studierte einige Augenblicke das Ergebnis. Schließlich nickte sie und verkündete: »Jetzt können wir zu Bett gehen. Ich werde auch brav sein. Morgen brauchen wir all unsere Kraft und unseren Verstand.«

Ich nickte. Der große Tag war gekommen, wir würden einem König die Krone nehmen! Wir kleideten uns zur Nacht um und legten uns nieder, aber der Schlaf wollte sich nicht sogleich einstellen. Zu viel stand am nächsten Tag auf dem Spiel, zu viel schwirrte durch unsere Köpfe.

Ich fragte mich nicht nur, was der nächste Tag bringen würde, sondern auch, wie die Geschichte für mich danach weiterginge. Wäre Adelaide noch an meiner Seite, wenn sie ihr Ziel erreicht, die Krone in ihren Besitz gebracht hatte? Ja, sie schien mich zu lieben, aber sie war in ihrem Wesen so sprunghaft. Konnte nicht der nächste Tag ihren Sinn schon ändern, sie mich vergessen lassen?

Und ich selbst? War ich wirklich bereit, eine Frau zu lieben? Waren diese berauschenden Stunden in ihren Armen eben nur das, ein kurzer Rausch, der einen am nächsten Morgen reute? Ich wusste noch so wenig von der Welt. Nie zuvor hatte ein Mann meine Schlafstatt geteilt. War ich nur deshalb Adelaide erlegen?

Ich atmete tief ein und aus und spürte diesen Fragen nach. Nach und nach sickerte die Erkenntnis ein, dass der Verlust meiner Begleiterin mir tiefen Schmerz bereiten würde. Es gab keinen Ersatz für Adelaide. Sie war so einzigartig, dass ich mich nie mehr von ihr trennen wollte.

»Ich liebe dich«, hauchte ich in die Stille der Nacht hinein.

Adelaide öffnete die Augen und lächelte. »Das trifft sich ausgezeichnet«, sagte sie. »Ich dich nämlich auch.«

Eine Weile sahen wir einander nur still ins Gesicht. Ohne ihre wilde Schminke und ihr aufgedrehtes Wesen wirkte Adelaide tatsächlich so sanft und verletzlich, wie man sich eine Prinzessin vorstellt, die eine Erbse durch etliche Matratzen spüren kann. Ihr Haar ergoss sich wie ein goldenes Band über die Bettdecke.

Wir verschränkten die Hände ineinander und schliefen so schließlich ein.

Eine Taube vor dem Fenster weckte uns mit ihrem Gurren. Wir zogen uns an, gingen gemeinsam hinunter zum Frühstück, wo Leopold bereits wartete. Während wir aßen, erzählte er von seinen Abenteuern am Vorabend. Er war noch ein wenig ausgegangen, um, wie er sagte, einen Schoppen zu trinken. Dabei war er in einen Teil der Stadt gekommen, wo die Häuser ärmlicher und weniger bunt aussahen. Seiner Meinung nach wohnten dort Tagelöhner, Fuhrleute und auch zwielichtiges Gesindel. Ich fragte mich an dieser Stelle, wie er Adelaide und mich wohl benannte, wenn wir nicht in der Nähe waren.

Er kehrte schließlich in einem Wirtshaus ein, das gut von trinkfreudigen Gesellen besucht wurde. Irgendwann kurz vor Mitternacht brach ein Streit unter einigen Gästen aus. Einer hatte wohl im Rausch ein verbotenes Wort benutzt und ein anderer wollte ihn an den Pfahl bringen. Daraufhin griffen die Freunde des ersten ein und eine Rauferei begann. Nach Leopolds Worten wurde es hitzig und es flogen Worte hin und her, die wohl jeden der Streithähne an den Pfahl gebracht hätten. Als die zankenden Gäste damit begannen, statt mit Worten mit Fäusten aufeinander loszugehen, hatte Leopold sich zurückgezogen und war heimgekehrt.

Adelaide fühlte sich durch die Geschichte bestätigt in ihrer Annahme, dass keineswegs alle mit den Erlassen des Königs glücklich und zufrieden waren. Dies mochte ja stimmen, aber ob wirklich ein Aufruhr in der Luft lag, vermochte die Erzählung meiner Ansicht nach nicht zu belegen.

Nachdem wir alle gesättigt waren, klatschte Adelaide in die Hände. »Heute«, sagte sie, »ist der Tag der Tage. Leopold, putz die Kutsche auf Hochglanz und schirre die Pferde an. Wir fahren zum Schloss! Wundere dich nicht, wenn Marie nachher wie ein junger Herr herunterkommt. Das ist in Ordnung. Verschwende keinen Gedanken daran, denn das führt nur zu Kopfweh.« Nach dieser kurzen Ansprache stand sie auf und wir folgten.

Ich zog mich um. Als ich mich vor dem Spiegel erblickte, musste ich zugeben, dass ich tatsächlich einen stattlichen Jüngling abgab. Adelaide drehte mich zu sich herum und begutachtete mich von oben bis unten.

»Da fehlen noch ein paar Lebensjahre«, sagte sie.

»So schnell altert man nicht«, erwiderte ich.

»Warte nur ab.« Sie griff nach ihren Schminktöpfen und suchte in ihrem Vorrat falscher Bärte. Dann begann sie mit ihrer Arbeit an meinem Gesicht. Als sie mich eine Viertelstunde später wieder dem Spiegel zudrehte, schaute mir ein ganz anderer Kerl entgegen. Er hatte Schatten unter den Augen, ein paar Falten auf der Stirn und die Wangen sahen nicht mehr so rosig aus. Er trug einen buschigen Backenbart. Wenn mir so einer auf der Straße entgegenkäme, würde ich mir denken, er habe eine etwas zu große Vorliebe für rote Weine.

»Meine Güte!«, entfuhr mir.

»Keine Angst, das geht alles wieder ab«, sagte Adelaide. »Schließlich will ich keinen alten Säufer neben mir im Bett.« Sie lachte, klemmte sich das Päckchen mit dem Bild unter den Arm und sagte: »Auf gehts. Mit Tigern bist du ja gut zurechtgekommen, jetzt gehen wir in die Höhle des Löwen.«

»Ein Tiger«, murmelte ich, folgte ihr aber nach unten und hinaus.

Leopold blinzelte und beäugte mich sehr intensiv, ehe er sicher war, dass ich tatsächlich noch immer die Person war, die er bereits kannte. »Das ist Hexerei«, sagte er.

»Nur ein bisschen Theaterschminke«, antwortete Adelaide. »Steig auf den Bock und warte, bis Marie dir das Zeichen zur Abfahrt gibt.« Sie blieb neben der Kutsche stehen, bis sie Leopolds Schopf über dem Kutschenkasten auftauchen sah, dann eilte sie nach hinten zum Gepäckkasten.

Ich stieg in die Kutsche. Nach einigen Minuten klopfte es an der Rückwand. »Wir können fahren«, rief ich nach vorn. Die Peitsche knallte und wir rollten an.

Dem Weg zum Schloss war nicht schwer zu folgen. Leopold musste lediglich immer die breiteste Straße entlangfahren. Je näher wir unserem Ziel kamen, desto mulmiger wurde mir. Ich spürte, wie sich mein Magen zusammenkrampfte, wenn ich daran dachte, was mir drohte, wenn dieser König mich entlarvte.

Schließlich erreichten wir das Schloss. Ich beugte mich aus dem Fenster, als Leopold stoppte. Ein eiserner Zaun mit Zaunstäben, die wie Speere gearbeitet waren, umgab ein ausgedehntes Areal, in dessen Zentrum sich das Schloss erhob. Meine Erfahrung mit Baumaterial hielt sich in Grenzen, ich glaubte jedoch, Sandstein zu erkennen. Vor dem Schloss blühten Rabatten in Rot und Gelb. Ich sah einen Gärtner, der linker Hand eine Hecke beschnitt. Überall an den Wegen durch diesen Park standen Skulpturen von Damen und Herren, die nur Tücher um den Leib geschlungen trugen, um das Notwendigste zu bedecken. Auf einer davon saß eine Amsel und sang.

Ein Posten näherte sich der Kutsche. Der Mann war nicht einfach dick, oder wohlbeleibt, wie man hierzulande sagte, er besaß einen ausgeprägten Bauch, obwohl seine oberen Brustregionen durchschnittlich aussahen. Bei einer Frau vermutete man bei einer derartigen Körperform sofort, sie sei schwanger. Bei einem Mann erschien mir das unwahrscheinlich, weshalb eine besonders ungesunde Ernährung oder irgendeine Krankheit die Ursache sein musste.

Er trat neben die Kutschentür, blies mir Knoblauchduft in die Nase und fragte nach meinem Begehr. Wie abgesprochen stellte ich mich als Gesandter des Konsuls von Rappuristan vor, reichte den Brief hinaus und erklärte, ich sei in geheimer Mission unterwegs und könne nur dem König persönlich mein Anliegen vortragen.

Der Posten sagte, ich solle warten. Er nahm den Brief entgegen, rief nach einem weiteren Wachmann, gab dem das Schreiben und erklärte, es solle zum König gebracht werden. Der andere salutierte und verschwand in Richtung Schloss.

Zehn Minuten später tauchte er wieder auf, salutierte erneut und flüsterte dem Wächter etwas zu, der die ganze Zeit neben der Kutschentür aufgepasst hatte, dass ich nicht etwa ausstieg und das Schloss eroberte. Dieser legte nun seinerseits eine Hand grüßend an seinen Helm, wobei er mich ansah, und rief laut:

»Kann passieren!« Die Kutsche rasselte die Auffahrt zum Schloss hinauf.

Ein Lakai riss die Tür auf, kaum dass die Fahrt vor der Eingangstür stoppte, verbeugte sich tief und erklärte: »König Ludwig von Hopfenburg erwartet Euch, Herr.« Es war das erste Mal, dass ich den Namen von Adelaides Ehemaligem hörte. Sie nannte ihn stets nur entweder den König oder den Drosselbart.

Ein weiterer Dienstbote eilte herbei, verneigte sich und schien abzuwarten, was als Nächstes geschehen mochte.

»Robert wird Euch führen«, sagte der Lakai an der Kutschentür.

Ich nahm das Paket mit dem Bild, stieg aus, wobei Robert mir hilfreich eine Hand hinhielt, und betrat das Schloss. Robert führte mich durch eine Vorhalle zu einer Treppe und dann durch die oberen Gemächer. Überall zeigte sich Prunk. In jedem Raum gab es einen deckenhoch gemauerten Ofen. Überall hingen goldgerahmte Spiegel und Bilder. Die Böden waren in unterschiedlichen Mustern parkettiert, die Decken mit Stuck und Malerei verziert, die Wände seidentapeziert. Gold und Silber dominierten jeden Raum. Selbst die Möbel waren mit Blattgold belegt.

Schließlich erreichten wir ein eher schlicht ausgestattetes Zimmer. An der Wand gegenüber der Fenster befand sich eine mit rotem Samt bezogene Bank. Sie stellte die einzige Möblierung dar.

»Bitte wartet hier, Herr«, sagte Robert und deutete auf die Bank.

Ich ließ mich nieder und der Bedienstete trat in einen Nachbarraum.

Über der Tür, durch die er getreten war, hing ein Bild von Adelaide. Sie lächelte, aber ihre Augen blickten den Betrachter flehend an, als hoffe sie, dieser könne sie aus der misslichen

Lage befreien, in der sie sich befand. Dieser Blick erinnerte stark an jenen Ausdruck, den sie auch in dem Bild *Salz* zeigte. Nur dass das Kind seinen Tränen noch freien Lauf gelassen hatte, während die Königin ihre Gefühle im Zaum hielt.

Ich schaute zur anderen Seite. Auch über der Tür, durch die wir in den Raum getreten waren, hing ein Bild.

Es zeigte einen Mann von etwa dreißig Jahren mit dunklem, lockigem Haar. Sein Blick hatte etwas Forderndes, als erwarte er von seinem Gegenüber eine Gabe oder Geste der Demut. Das bartlose Gesicht mündete in ein Kinn, das tatsächlich wie das Bugspriet einer Galeone hervorragte. Oder wie der Schnabel eines Vogels.

Robert kehrte zurück. »König Ludwig von Hopfenburg ist jetzt bereit, Euch zu empfangen.« Er öffnete die Tür weit und trat zurück, um mich hindurchzulassen.

Meine Knie zitterten vermutlich, aber ich stand wacker auf und ging in den angrenzenden Raum.

Es handelte sich um einen Saal, die Decke befand sich hier ein ganzes Stockwerk höher als in dem Raum, den ich gerade hinter mir gelassen hatte. Die Längsseite maß mindestens zwanzig Schritte. Gegenüber der Tür, durch die ich eintrat, befand sich ein Podest. Vier Stufen führten hinauf und auf dem Thron, der dort stand, saß der König. Er trug einen recht einfachen Anzug mit goldenen Knöpfen und Tressen.

»Seine Auserwähltheit, der Abgesandte des Konsuls von Rappuristan, Wischiwaschaturexbanaa«, verkündete Robert hinter mir. Zum Glück, denn für einen Moment hatte ich meinen Namen völlig vergessen.

»Tretet näher, Euer Auserwähltheit«, sagte der König.

»Nennt mich Wischi, Durchlaucht«, erklärte ich eilig, kam der Aufforderung nach und blieb die mit Adelaide geübten drei Schritte vor dem Aufstieg zum Thron stehen.

Der König erhob sich und kam die Stufen zu mir herab. Er lächelte mir freundlich entgegen. Aber irgendwie erinnerte mich dieses Lächeln an den Tiger, der seine Zähne bleckte.

König Drosselbart war ohne Zweifel ein schöner Mann. Er war schlank, gerade gewachsen und schritt in königlicher Haltung auf mich zu. Sein Haar war ebenso dicht und dunkel wie auf dem Bild im Vorraum.

Allerdings trug er inzwischen einen Bart. Der war so geschickt geschnitten, dass er das vorspringende Kinn kaschierte. Seine Augen waren braun. Sein Blick intensiv.

»Ich entnehme dem Schreiben des Konsuls, dass Ihr etwas Besonderes für mich habt«, sagte er, nachdem er das ebene Parkett unterhalb des Throns erreicht hatte. Er deutete in Richtung eines Tisches rechter Hand. »Zeigt es mir.«

»Natürlich, Durchlaucht«, brachte ich eilig heraus.

Wir bogen beide ab und traten an den Tisch heran, dessen Grundfläche durchaus Platz für das Schlafzimmer einer Bauernfamilie geboten hätte. Ich legte das Paket mit dem Bild darauf und entfernte das Papier, das den Inhalt bisher beim Transport geschützt hatte.

Drosselbart, wie ich ihn in Gedanken nannte, obwohl ich inzwischen seinen Namen wusste, starrte es mit glühendem Blick an. Ich hatte in meiner Zeit als Beutelschneiderin auf den Straßen so manchen Trunkenbold gesehen. Mit diesem Ausdruck musterten die dem Trunk Verfallenen eine Flasche Schnaps, die man ihnen hinhielt.

Er nickte und beugte sich näher zu dem Gemälde.

»Tatsächlich *Salz*«, murmelte er. Dann richtete er sich wieder auf, wandte sich zu mir um und fragte: »Was will Rappuristan dafür haben?«

»Dreißigtausend Taler, Durchlaucht«, sagte ich, ohne zu zögern.

»Gut«, erwiderte der König und klatschte in die Hände. »Robert, schaffe er mir den Schatzmeister herbei. Ich brauche Geld. Eile er.«

Das war gar nicht gut. Das ging zu schnell. Wir sollten feilschen. Der Preis, den ich genannt hatte, lag nach Adelaides Ansicht doppelt so hoch wie der tatsächliche. Wieso war dieser Mann so schnell darauf eingegangen? War er tatsächlich so besessen von diesem Gemälde?

Robert verließ den Saal, der König wandte seine Aufmerksamkeit wieder mir zu. Er deutete auf das Gemälde. »Das ist ein Kinderbild meiner verstorbenen Frau«, sagte er. »Ich habe sie über alles geliebt.«

»Tatsächlich, Durchlaucht«, sagte ich lediglich. Was hätte ich sonst sagen sollen? Dass er ein schamloser Lügner sei? Das wäre mit Sicherheit keine gute Idee gewesen.

Er wandte sich wieder dem Gemälde zu, fuhr in der Luft mit einem Finger die Konturen ihres Gesichts nach. Dafür, dass er sich beim Handel so beeilt hatte, ließ er sich jetzt doppelt Zeit. »Sie ist schlecht erzogen worden«, sagte er. »Man erkennt es schon in diesem Bild. Später wurde es natürlich schlimmer. Sie war trotzig und hoffärtig.« Er drehte sich wieder zu mir um. »Ich musste sie züchtigen. Oft, sehr oft. So, wie es mein Vater in jungen Jahren mit mir getan hat.« Er winkte mit einem Finger. »Kommt, Herr Wischi, ich will Euch etwas zeigen.«

Er drehte sich um und marschierte auf eine Tür hinter dem Thron zu, die von vorn gesehen von diesem verdeckt wurde. Er sah sich nicht um, um zu überprüfen, ob ich ihm folgte, er setzte das voraus. Und ich war neugierig genug, um ihm recht zu geben.

Neben der Tür stand ein Lakai, der mir bisher nicht aufgefallen war. Als er den König sich nähern sah, griff er nach der Klinke und riss die Tür vor seinem Herrn auf.

Wir traten nacheinander in einen absurden Raum. Er maß allerhöchstens drei Schritte im Quadrat und war fensterlos. Gähnende Schwärze umgab uns, nur ein schmaler Streifen Helligkeit fiel durch die offene Tür, bis der König zielsicher nach einer Fackel gegriffen und diese entzündet hatte.

Seine Bewegungen erfolgten so gewandt und selbstverständlich, dass sofort klar wurde, dass er diesen Raum häufig besuchte. Was sich anschließend aus der Dunkelheit schälte, ließ mich zurückweichen. An allen Wänden aufgereiht hingen Ruten, Rohrstöcke, Peitschen und Lederriemen. Jedes Stück war mit einem kleinen Schild versehen, als handele es sich um eine Ausstellung. Und darum handelte es sich tatsächlich, wie die folgenden Worte des Königs deutlich machten. »Die Sammlung meines Vaters«, sagte er. »Die meisten Stücke waren in Gebrauch. Er musste mich oft züchtigen. Und meine Mutter noch viel öfter.«

Das erklärte zumindest, wie dieser Mann so geworden war, wie Adelaide ihn beschrieben hatte.

»Meine Frau hat sich allerdings der Erziehung entzogen«, sagte der König. »Eines Tages ist sie in den Fluss gesprungen, heißt es. – Dummes Weib! Muss doch gewusst haben, dass sie nicht schwimmen kann. Allerdings …« Er verstummte und trat an mir vorbei wieder aus dem Gelass. Draußen löschte er die Fackel und legte sie durch die offene Tür dahin zurück, woher er sie genommen hatte. Der Lakai neben der Tür verbeugte sich und schloss sie.

In diesem Moment packte mich der König urplötzlich am Arm und zog mich zu dem Tisch zurück, wo er mich losließ und noch einmal einen Blick auf das Bild warf.

Ich fühlte mich bemüßigt, gegen diese Behandlung eines Gesandten zu protestieren. »Durchlaucht mögen verzeihen, aber als Abgesandter des Konsuls von Rappuristan muss ich Protest gegen solch eine Behandlung einlegen. Ich bin es nicht gewöhnt, wie ein Dienstbote herumgeschoben zu werden.«

»Wirklich nicht?«, fragte er und lächelte süffisant. In diesem Moment ging mir auf, dass hier etwas ganz und gar nicht in Ordnung war. Wo blieb der Schatzmeister? Die Zeit lief unerbittlich und wenn eine Stunde vergangen war, fuhr Adelaide davon.

Wie zur Antwort auf meine Gedanken öffnete sich die Tür zum Thronsaal und Robert erschien mit einem schlanken Mann in eleganter Robe. Er mochte um die fünfzig sein, hatte eine Halbglatze und einen unscheinbaren Spitzbart.

»Durchlaucht haben mich rufen lassen«, sagte er.

»Ah, Weinford, es ist gut. Ich bedarf Ihrer nicht mehr. Gehen Sie und schicken Sie mir den Hauptmann der Wache mit ein paar seiner Leute. Wir haben einen Spion im Schloss.« Er deutete auf den Lakaien. »Robert zu mir, hilf mir, diese Person festzuhalten, bis die Wache erscheint.« Ehe ich mich von meiner Überraschung erholt hatte, umschlang er mich und hielt mich an Ort und Stelle.

»Was fällt Ihnen ein?«, protestierte ich jetzt formlos. »Wie kommen Sie auf die Idee, mich einen Spion zu heißen?«

»Van Brenney war ein Perfektionist. Wer immer Sie geschickt hat, wusste offenbar zu wenig über ihn. Es gibt drei Versionen dieses Gemäldes …«

»Das weiß ich«, fuhr ich erbost dazwischen. »Das gibt Ihnen nicht das Recht, mich einen Spion zu nennen.«

»Spionin, wenn mich mein Tastsinn nicht trügt«, sagte der König und lachte. »Was für eine Scharade. Ich habe das Gefühl, ich weiß, wer hinter all dem steckt. Ich frage mich nur, was das verdorbene Miststück mit der Szene bezweckt. Aber zurück zu van Brenney. Er hat bei jeder Version von *Salz* versucht, das Gold der Haare meiner Frau besser einzufangen. Das Bild in

Rappuristan war die erste Version. Bei diesem war das Blond viel dunkler als in den folgenden beiden. Dieses Bild ist wesentlich später entstanden. Ich vermute, es stammt aus dem Besitz des Grafen von Cortock. Ist der alte Irre inzwischen gestorben?«

Ich erwiderte nichts. Auf einem Kaminsims schlug eine Uhr. Die Stunde war verstrichen und ich befand mich in den Händen König Drosselbarts. Ich stand nur da und fragte mich, ob Adelaide mich wohl befreien würde, wenn sie feststellte, dass ich nicht rechtzeitig zur Kutsche zurückkehrte, oder ob sie sich an ihren Plan hielt und davonfuhr.

Wächter erschienen.

»Führt diese Person in den Kerker. Morgen werden wir eine Hinrichtung haben. Lasst allem Volke diese überraschende Lustbarkeit verkünden.«

In diese Worte fiel das Rasseln von Kutschenrädern auf dem Hof. Der König ließ mich los und eilte zum Fenster. Er sah kurz hinaus, drehte sich um und rief: »Tore schließen! Lasst die Tore schließen!«

Kurze Zeit später erfuhren wir, dass der Befehl zu spät erfolgt war. Die Kutsche war im vollen Galopp durch das Tor geprescht und den Hügel hinabgerast. Adelaide hatte mich tatsächlich in die Hölle geführt und ließ mich dort zurück.

Wer zuletzt lacht

Der Kerker war kalt, feucht und stank nach Fäkalien. Ketten hingen an Ringen, die in die Wände eingelassen waren. Weil man sich inzwischen überzeugt hatte, dass ich eine Frau war, verzichtete man jedoch darauf, diese Ketten mit Schellen an meinen Armen zu befestigen. Sie hielten die dicke Eichentür mit der kaum handflächengroßen Klappe für ausreichend, um meine Flucht zu verhindern. Mir ging es ebenso.

Die Wächter erwiesen sich nicht einmal als besonders brutal. Sie streiften mir sämtliche Kleider bis auf den Unterrock ab und gaben mir einen Überwurf aus grobem Leinen, den sie das Büßerhemd nannten. Dann sperrten sie mich in die Zelle und verschwanden. Keiner vergriff sich an mir, keiner berührte mich mehr als nötig. Ich weiß nicht, ob dies tatsächlich Rücksicht war oder sie fürchteten, sich mit einer Krankheit oder Ungehorsam zu infizieren.

Ich hockte da und fragte mich, ob Adelaide am Ende doch so war, wie ihr Exmann sie beschrieben hatte. Würde sie mich meinem Schicksal überlassen? Ich wusste nicht einmal, ob sie wenigstens die Krone bekommen hatte, hinter der sie so her war. Aber ich nahm es an, denn schließlich wäre sie kaum einfach unverrichteter Dinge abgefahren. Sie wusste schließlich nicht, dass der König unseren Betrug bemerkt hatte. Sie mochte es ahnen, da ich nicht rechtzeitig wieder bei der Kutsche gewesen war und das gab mir einen letzten Funken Hoffnung ein, dass sie sich etwas einfallen lassen würde, mich aus dieser Lage zu befreien.

Ich saß schon einige Stunden trübsinnig in dem stinkenden Loch, da verschaffte mir seine Majestät Gewissheit. Mit einem

Rohrstock aus seiner Sammlung und zwei Wächtern tauchte er in der Zelle auf. Er war hochrot im Gesicht und keuchte. »Das hat sie also gewollt, ja?«, schrie er zur Begrüßung.

»Wovon sprecht Ihr, Durchlaucht?« Ich blieb meiner Rolle treu, wenn ich ihm auch lieber ins Gesicht gespien hätte. Ich ahnte schließlich, wie es weitergehen würde. Er hatte diesen Stecken bestimmt nicht nur als Zeigestock mitgebracht.

»Wovon ich spreche? Wovon ich spreche?«

Er holte aus und schlug mir mitten ins Gesicht. Ich schrie auf. Ein wenig höher und er hätte mein rechtes Auge erwischt. Dieser Mann war genau das Rabenaas, das Adelaide beschrieben hatte.

»Wo ist sie? Wo versteckt sie sich?«, tobte er. »Ich will meine Krone zurück!«

Der Schmerz, der noch immer in meiner Wange brannte, die Angst und die Verzweiflung angesichts meiner Situation ließen mich aufsässig werden. Er konnte mir wehtun, konnte mich peinigen und schließlich töten, aber meinen Willen sollte er nicht brechen. »Hat der arme König Drosselbart seine Krone verloren, oh, oh«, spottete ich.

»Wie, wagt das Weib, mich zu nennen?«, tobte er. »Reißt ihr den Fetzen vom Leib, damit ich ihr die Haut vom Fleisch prügeln kann.«

Trotz dieser Worte war mir plötzlich warm ums Herz, denn in den Augenblicken zuvor, kurz nach meinen Worten, war im Gesicht des einen Wächters ein Lächeln aufgeblitzt. Es erschien dort nur für den Bruchteil einer Sekunde, aber es war dort gewesen. Ein Samen war in fruchtbare Erde gefallen.

Aber nun waren die beiden Kerle eifrig dabei, den Wunsch ihres Herrn zu erfüllen. Andernfalls wären sie vermutlich in meiner Nachbarschaft eingezogen.

»An die Wand mit ihr! Haltet sie!«

Die Wachen packten und drehten mich mit dem Gesicht Richtung Wand. Dort hielten sie mich fest, jeder an einem Arm. Ich hätte mit den Füßen auskeilen können, aber ich verzichtete. Andernfalls hätte ich doch nur Bekanntschaft mit den Handfesseln und Ketten gemacht und sie hätten meine Beine gehalten. Aller Widerstand in den Tiefen dieses Kellers war sinnlose Kraftverschwendung. Ich musste überleben und hoffen, dass Adelaide mich nicht im Stich ließ.

Der Gedanke an sie, an ihr Lachen, ihre verrückten Einfälle, ihre knalligen Schminkeskapaden ließ mich die nächsten Minuten aushalten, ohne mir die Lunge aus dem Hals zu schreien. Ich sagte mir wieder und wieder, dass auch sie nicht schreien würde. Sie würde diesem Monster auf zwei Beinen ins Gesicht lachen, ihm eine lange Nase drehen, ihm gegen die Stirn schlagen und befehlen, zu schlafen. Dann ließe sie ihn wie einen Tanzbären im Kreise springen. Ich versuchte, zu lächeln, aber meine Lippen formten nur eine Grimasse des Schmerzes.

Als mich die Wächter schließlich losließen, sank ich an der Wand hinab und blieb als wimmerndes Bündel liegen.

»Was solls«, sagte Drosselbart, »morgen um diese Zeit kümmern sich die Raben des Schlosses um dich.«

Das Büßergewand fiel auf meinen zerschundenen Körper. Ich hörte die Zellentür in den Angeln quietschen und zuschlagen. »Kein Essen, kein Wasser«, sagte der König draußen, dann entfernten sich Schritte.

Später streifte ich das Hemd vorsichtig über meinen Leib. Der Stoff rieb unangenehm über die Wunden der Schläge, aber ich wollte mich nicht mit blutigen Striemen auf den schmutzigen Boden legen. Und die ganze Nacht zusammengekauert dazuhocken, erschien mir auch nicht erstrebenswert. Mein Magen knurrte und ich verspürte Durst. Schlaf erschien mir als die einzige Möglichkeit, diesen beiden Gefühlen und dem Brennen meines Rückens zu entfliehen. Ich bemühte mich, eine saubere Ecke zu finden. Schließlich legte ich mich bäuchlings nieder, bettete den Kopf auf meine verschränkten Arme und hoffte auf Schlaf. Es dauerte eine geraume Weile, ehe er mich schließlich mit sich nahm.

Ich schreckte mehrmals in der Nacht auf, weil ich mich unbewusst gedreht und auf dem Rücken zu liegen gekommen war, was jedes Mal mit Schmerzen verbunden war. Immer wenn ich erwachte, dachte ich für einen Moment an Adelaide. Was tat sie wohl gerade? Ersann sie irgendeinen Plan, um mich zu retten? Oder floh sie mit der Krone des Königs und befand sich bereits außerhalb der Grenzen dieses Reiches?

Der Morgen kam, ohne dass ich es zunächst bemerkte. Hier unten gab es kein Licht. Ich erkannte es erst daran, dass auf dem Gang vor der Zelle Bewegung aufkam. Jemand öffnete die Klappe in der Tür und warf einen Blick auf mich. Dann schloss er sie wieder.

»Was für ein Monstrum«, hörte ich eine dumpfe Stimme äußern. Ich weiß nicht, ob sie mich meinte, oder jenen, der mich so zugerichtet hatte.

Die Schritte draußen vor dem Kerker entfernten sich wieder. Da ich nicht einmal eine Henkersmahlzeit erhalten sollte, würde sich dessen Tür erst wieder öffnen, wenn man mich zum Richtplatz führte. Ich wusste allerdings nicht, wann das passieren sollte. Also setzte ich mich in eine Ecke, lehnte mich seitlich an die Wand und döste vor mich hin. Ich malte mir verschiedene Szenarien aus, wie Adelaide mich am Ende befreien würde. Einmal kam sie mit einem Ross zum Schloss hinaufgeprescht, packte mich im Vorbeireiten, zerrte mich aufs Pferd und verschwand so blitzschnell, wie sie aufgetaucht war. Eine weitere Idee war, dass sie als Abgesandte eines benachbarten Reiches auftauchen und meine Freilassung fordern würde, aber ich verwarf die Idee sofort.

Erstens ähnelte sie zu sehr dem ursprünglichen Plan und zweitens würde der König Adelaide erkennen. Vielleicht käme sie auch mit zwei Pistolen bewaffnet, um sich einen Weg freizuschießen. Zu viele Wachen, dachte ich schließlich.

Natürlich war da immer noch diese Sackpfeife, die angeblich einen Aufruhr anzetteln konnte, wenn man sie spielte. Aber würden die gedrückten, ängstlichen Bewohner dieses Reiches sich tatsächlich dazu aufschwingen, gegen ihren König zu Felde zu ziehen? Er hatte sie allesamt mundtot gemacht.

Irgendwann näherten sich schließlich Schritte, die Tür zum Kerker flog auf und drei Wächter standen vor mir. Einer trat näher heran.

»Aufstehen!«, kommandierte er.

Ich gehorchte.

»Mitkommen!« Er packte mich am Arm und zog mich mit sich fort. Die beiden anderen Wächter gingen vor und hinter uns, während der dritte mich mit eisernem Griff am Arm hielt.

»Wenn du vernünftig bist, wird es ein kurzer, schmerzloser Weg«, sagte er, als wir an eine Treppe kamen, die zu eng für zwei nebeneinander war. »Geh voran, ich bleibe dicht hinter dir. Eine falsche Bewegung, und mein Säbel steckt in deinem Rücken.« Er zog ihn aus der Scheide an seinem Gürtel.

Ich legte keinen gesteigerten Wert darauf, meinem Rücken auch noch diese Erfahrung aufzubürden, also ging ich brav hinter dem vorderen Wächter her, der den Weg wies.

Wir stiegen ins helle Licht des Tages hinauf, das mich blendete. Für einen Moment musste ich die Augen schließen und innehalten. Sofort spürte ich einen spitzen Gegenstand in meinem Kreuz.

»Weitergehen!«

»Das Licht, es blendet«, sagte ich und setzte wieder einen Fuß vor den anderen.

»Das Licht wird dein geringstes Problem sein, wenn dein Kopf erst auf dem Richtblock ruht«, sagte der Wächter, der mir die Spitze seines Säbels gegen den Rücken drückte.

Der vor mir wandte kurz den Kopf. »Ruhe dahinten! Keine unnötige Konversation mit Delinquenten.«

Die Worte klangen, als wäre er weniger über mich als über seinen Wächterkollegen erbost. Ich erkannte die Stimme wieder. Es war der Bass, der von einem Monstrum gesprochen hatte.

Wir verließen das Schloss durch einen Seitenausgang, der vermutlich nur von der Wache und Dienstboten genutzt wurde. Vielleicht war es sogar jener, durch den Adelaide hatte ins Schloss gelangen wollen. Der mit dem Säbel trat wieder an meine Seite, packte meinen Arm und hielt mich. Den Säbel trug er weiter offen in der anderen Hand, sodass er ihn sofort einsetzen konnte, falls ich versuchte, mich loszureißen.

Wir umrundeten eine Schlossecke und erreichten den Vorplatz, den wir gestern mit der Kutsche umfahren hatten. Über Nacht war hier eine hölzerne Tribüne gezimmert worden. Darauf stand ein mit Samt bezogener Stuhl, der wohl einen Ersatz für den Thron darstellte. Der König saß bereits dort. Rechts von ihm befand sich ein Hackklotz, wie meine Mutter ihn zum Zerkleinern von Feuerholz benutzt hatte. Er war lediglich aus einem besonders großen Baumstamm gefertigt. An diesem lehnte eine Axt, die ein breitschultriger Typ in feuerroter Kutte mit einer Kapuze über dem Kopf bewachte. Ich sah ihn nur von hinten, vermutete aber, dass die Kopfbedeckung lediglich Schlitze für die Augen freiließ, sodass er seine Identität nicht preisgeben musste. Das war Tradition bei den Scharfrichtern in allen Ländern.

Die Wachen führten mich eine Treppe zur Tribüne hinauf und nahe an den Stuhl des Königs heran. Jetzt sah ich, dass sich auf dem Gelände nahe dem Schlosstor ein paar Einwohner der Stadt eingefunden hatten, um das Spektakel zu bewundern. Dabei handelte es sich vermutlich größtenteils um Leute, die im Dienste des Königs standen oder ihm anderweitig verpflichtet waren. Es waren nur wenige und sie trugen allesamt Kleidung aus edlen Stoffen, wenn ich das auf die Entfernung richtig erkannte. Aber ich kann mich gemeinhin auf meine Augen verlassen. Sie hatten mir schon immer gute Dienste dabei geleistet, lohnende Ziele für einen Diebstahl auf einem Markt zu entdecken. Nur bei Adelaide hatten sie sich getäuscht.

Die Menge gaffte schweigend zu mir oder dem König oder auch uns beiden hinauf. Ich wusste nicht zu sagen, wer von uns wohl den größeren Schauwert besaß.

Der König erhob sich, trat dicht an die Kante der Tribüne heran und hob die Hände, als wolle er die Sonne anbeten. »Bürger von Hopfenburg, seid gegrüßt«, deklamierte er mit einer salbungsvollen Stimme, die mich schaudern ließ.

»Heil dir, oh König«, tönte es von den Zuschauern zurück.

Er senkte die Arme und deutete mit einer Hand auf mich. »Diese freche, dreiste Spionin ist gestern unter Vorspiegelung einer falschen Identität ins Schloss eingedrungen. Sie gab sich als Abgesandte eines befreundeten Reiches aus, wohl um mein Wohlwollen und das von ganz Hopfenburg zu erschleichen.« Er verstummte, um dem Publikum Gelegenheit zu geben, seinen Unmut über mich zu äußern. Es enttäuschte ihn nicht, sondern sandte Schmährufe nach vorn.

»In meiner Gnade habe ich mich entschlossen, die Delinquentin nicht zu foltern, um ihre Beweggründe zu erfahren«, sagte der König. Hielt er die Behandlung meines Rückens mit einem Rohrstock für eine freundliche Geste?

»Stattdessen wird ihr die Gnade eines schnellen und schmerzarmen Todes zuteil«, fuhr er fort. Na, schönen Dank auch.

»Hat irgendjemand im weiten Rund etwas zur Verteidigung dieses schändlichen Weibes vorzubringen, das mein Herz milde stimmen und die Strafe in Kerkerhaft wandeln könnte?«, fragte er und reckte den Kopf, als suche er wirklich nach einem Verteidiger meines Lebens, woran ich stark zweifelte. Niemand regte auch nur einen Finger.

»Niemand«, sagte der König.

Gerade in diesem Augenblick erklang eine zarte Melodie, die von dem Weg zum Schloss her kommen musste. Jemand blies auf einer Sackpfeife. Es handelte sich um einen einfachen Marsch, der sich in den Himmel schwang und zum Mitsummen anregte.

Ich hörte den König an meiner Seite schnaufen.

»Habe ich den Gebrauch dieses Instrumentes nicht ausdrücklich in einem Dekret verboten und sämtliche Exemplare auf eben diesem Platz verbrennen lassen?«, donnerte er. Er sah sich nach seinen Wachen um. »Hauptmann, fasst diesen Frechling und bringt ihn hierher. Er soll gleich nach diesem Weibsstück auf den Richtblock kommen.« Ein Arm wies fordernd in Richtung der Klänge, die sich den Hügel herauf näherten.

Unter den Gästen der Veranstaltung kam Unruhe auf. Ich sah den Mann, der mich und die beiden anderen Wächter hierhergeführt hatte, die Treppe hinuntereilen. Er brüllte ein paar Befehle. Wächter tauchten auf und bildeten eine kleine Gruppe, die Richtung Schlosstor marschierte. Die Besucher machten ihnen Platz und so entstand endgültig eine Gasse, die es ermöglichte, von der Tribüne aus den Weg einzusehen, der von der Stadt heraufführte.

Eine einsame Gestalt mit wallendem, blondem Haar näherte sich auf einer Sackpfeife blasend.

»Die Renegatin!«, schrie der König, als er sie erkannte. »Packt sie! Schleift sie an ihren Haaren hierher!«

Mitten in die Worte des Königs fielen neue Töne. Es klang, als habe eine ganze Armee von Sackpfeifern die Melodie, die Adelaide gespielt hatte, aufgenommen. Dazu mischte sich das

Schlagen von Trommeln, das Pfeifen von Flöten und der blecherne Klang von Trompeten. Und dann sahen wir sie.

Etwa fünfzig Schritte hinter Adelaide kamen weitere Leute den Hügel herauf. Viele von ihnen trugen Instrumente und spielten darauf, aber weitaus mehr trugen Sensen, Heugabeln, Schmiedehämmer, Schusterahlen, Brotschieber und andere Alltagsgegenstände, die sich jedoch irgendwie als Waffen einsetzen ließen, wenn es darauf ankam.

Die Musik wurde lauter, fordernder. Wie ein Mann marschierte vermutlich die halbe Stadt, wenn nicht gar noch mehr, den Hügel hinauf auf das Schloss zu. Die Wächter, die gerade noch entschlossen Richtung Tor marschiert waren, stoppten.

Inzwischen war Adelaide in Gänze zu sehen. Ihr Blick ruhte feurig auf dem König, als wolle sie ihn allein Kraft ihrer Entschlossenheit durchbohren. An ihrem Gürtel hing die Krone, die sie ihm gestohlen hatte. Als sie das Schlosstor erreichte, griff sie danach und stülpte sie sich auf den Kopf.

»Sie trägt meine Krone!«, tobte Drosselbart. »Entreißt sie ihr!«

Niemand rührte sich.

»Wache! Packt sie!«

Noch immer keine Bewegung. Die Menge, die meiner Hinrichtung hatte beiwohnen wollen, zog sich an den Rand des Schauplatzes zurück. Niemand wollte mit dieser Welle, die auf das Schloss zurollte, kollidieren.

Inzwischen sah ich, dass auch Frauen und selbst ältere Kinder unter denen waren, die sich dem Schloss mit Entschlossenheit näherten. Und dann erhob jemand aus dem Kreis dieser Leute die Stimme und rief: »Nieder mit dem Tyrannen!«

Der Ruf wurde wie von einem Chor wiederholt. Zu der Melodie entwickelte sich ein Wechselgesang, der das Ende des Königs einläutete.

Der lange aufgestaute Zorn der Menge auf all die Repressalien, die auf das Konto Drosselbarts gingen, entlud sich. Adelaide führte eine Armee voller Wut auf den Gegner an, der ihr die Stimme und den Mut zu sprechen geraubt hatte. Der Kampf währte nur kurz, denn die meisten Wächter übten sich in Zurückhaltung oder ergriffen die Flucht. Die Schaulustigen, die mich hatten kopflos werden sehen wollen, waren sowieso nicht darauf eingestellt, zu kämpfen. Als die ersten Städter das Schlosstor erreichten, wichen sie bis an den Zaun seitlich zurück und hoben die Hände.

Am Ende lag Drosselbart gebunden wie ein Bündel Reisig auf der Tribüne. Adelaide, ich und mehrere Dutzend Leute standen um ihn herum und schauten auf ihn hinab.

»Was machen wir mit ihm?«, fragte einer, der eine Heugabel wie eine Pike hielt.

Ein anderer deutete auf den Richtblock. »Da ist der richtige Platz für ihn«, sagte er.

Adelaide hob die Hand. »Halt!«, rief sie.

Alle Blicke richteten sich auf sie. Sie trug noch immer die Krone, hielt den Kopf stolz erhoben und schaute trotz ihrer Körpergröße auf die anderen hinab. Jedenfalls schien es so. »Er muss eine Gerichtsverhandlung bekommen. Wir wollen ihn nicht so behandeln, wie er andere behandelt hat. Sonst sind wir nicht besser als er.«

Manche nickten, andere meldeten Zweifel an.

»Bist du jetzt unser König?«, fragte einer scharf.

»Königin«, sagte Adelaide. »Das war ich bereits, erinnert ihr euch?«

»Wir brauchen keinen König mehr«, rief einer. »Und auch keine Königin. Wir wollen unsere eigenen Herren sein.«

»Gut«, sagte Adelaide. »Komm her.« Sie zeigte auf den Sprecher. Der sah sich zaghaft nach links und rechts um, zeigte dann mit einem Zeigefinger auf sich selbst, um sich zu vergewissern, dass er gemeint war.

»Ja, du, wer denn sonst?«, fragte Adelaide unwirsch.

Der junge Mann schlich zu ihr hinüber.

»Du willst keinen König. Du willst selbst einer der Herren dieses Reiches sein. Das ist eine gute Idee. Was ist dein Beruf?«

»Ich bin Bäckergeselle.«

»Geselle. Sagst du auch in der Backstube deinem Meister, was und wie er backen soll?« Einige Umstehende lachten ob dieser Frage.

»Nein, natürlich nicht.«

»Wäre dann dein Meister nicht besser als Herr des Reiches geeignet als du?«

»Weiß nicht«, murmelte der Jüngling und schaute auf seine Füße.

»Ich auch nicht«, sagte Adelaide. »Aber eines weiß ich. Ein Herr eines Reiches beobachtet nicht seine Fußspitzen, wenn er spricht.« Sie wandte sich zu mir um. »Das wird ein langer Weg«, sagte sie. Dann drehte sie sich wieder zu den Leuten aus der Stadt, reckte sich und fragte: »Weiß einer, wie die Leute in Rosenthal das mit ihrem Herrscher machen?«

Kopfschütteln rundum antwortete ihr.

»Ich will es euch sagen. Jedes dritte Jahr melden sich all jene zu Wort, die das Land regieren wollen. Jeder Rosenthaler darf ihnen bei verschiedenen Gelegenheiten Fragen stellen, wie sie gedenken, das Land zu regieren. Es werden Fragen darüber gestellt, mit welchen Ländern man Handel treiben, mit welchen man Verträge schließen und von welchen man sich fernhalten will. Es werden Fragen zu Steuern gestellt, aber auch darüber, wie die Wache, Schulen, eine Feuerwehr, Straßenbau und Postdienst bezahlt werden sollen. Jeder, der im Land das Sagen haben will, wird von den anderen darauf abgeklopft, ob er kluge Entscheidungen trifft, die allen nützen, oder solche, die nur für ihn und ein paar seiner Freunde gut sind. Danach darf jeder Rosenthaler an einem bestimmten Tag den Namen auf einen Zettel schreiben, dessen Träger er für würdig hält, das Oberhaupt des Landes zu sein. Wer die meisten Zettel mit seinem Namen erhält, wird Kanzler von Rosenthal. So geht das.«

»Das ist kompliziert«, sagte eine Frau. »Da muss man sich ja erst Gedanken machen, welche Fragen man diesen Leuten stellen will.«

»Ja«, sagte Adelaide, »wenn man die falschen Fragen stellt, bekommt man den falschen Herrscher.«

Ein schweres Atmen lief wie eine Welle durch die Menge, die inzwischen größer geworden war.

Adelaide stampfte mit dem Fuß auf wie ein trotziges Kind. »Was wollt ihr eigentlich? Ihr wollt selbst bestimmen, wer euch beherrschen soll. Aber ihr wollt euch keine Gedanken darüber machen, was derjenige tun und lassen soll. Da könnt ihr auch einen König behalten.« Sie deutete auf das Paket Drosselbart zu ihren Füßen.

Murren und Füßescharren waren die Antwort. Die Leute in der vorderen Reihe schauten betreten zu Boden oder auf ihren Nebenmann, als solle der sich darum kümmern, das Dilemma zu lösen.

Adelaide nahm die Sackpfeife von ihrem Rücken. »Ich habe eine Idee«, sagte sie. Sie trat zu dem Bäckergesellen, der ihr noch immer am nächsten stand und hielt ihm das Instrument hin.

Der wich zurück, als handele es sich um einen Sack Vipern.

Adelaide ließ sich nicht beirren. Sie reckte die Arme weiter vor und wedelte ein wenig, dass die Pfeifen aneinanderklapperten. »Nimm schon, er beißt nicht.«

Endlich griff der junge Mann zu.

»Du trägst jetzt die Verantwortung«, sagte sie zu ihm, »auf mich Acht zu geben. Ich werde die Krone und damit die Königswürde für ein Jahr lang tragen. Solltet ihr irgendwann unzufrieden mit den Entscheidungen sein, und zwar so unzufrieden, dass ihr mich nicht einen Tag länger ertragen wollt, so muss der junge Mann hier – wie heißt du eigentlich?«

»Felix.«

»So wird Felix – der Glückliche, wie passend – die Sackpfeifen des Aufruhrs spielen und ihr werdet mich aus dem Schloss jagen. Bedenkt aber, dass ihr von diesem Tage an wirklich auf euch allein gestellt seid. Andernfalls, wenn also niemand vor Ablauf eines Jahres unnötig Anstoß an meiner Regierung nimmt, werde ich nach diesem Jahr abtreten. Bis dahin müsst ihr einen Weg gefunden haben, einen Herrscher aus den eigenen Reihen zu bestimmen. Ich rate euch, ein paar kluge Köpfe nach Rosenthal oder Aquimera zu entsenden, um sich anzuhören und anzusehen, wie man die Sache dort anpackt. Eines weiß ich genau. Es funktioniert nur mit viel reden. Auch mit Streit. Aber es ist besser, man redet sich die Köpfe heiß, als man schlägt sie sich am Ende gegenseitig ein. Es heißt zwar, dass Worte mehr verletzen können als Knüppel und Spieße, aber daran zweifele ich.« Sie trat an einen Mann in mittleren Jahren heran, der zwei Köpfe größer war als sie und zeigte mit dem Finger auf ihn. »Wenn einer dich dumm nennt, so kannst du ihn ignorieren oder versuchen, ihm das Gegenteil zu beweisen. Du kannst sogar darüber nachdenken, ob du gerade etwas Dummes getan oder gesagt hast. Wenn einer dich mit der Pike durchbohrt, hast du keine Möglichkeit mehr, dich zu rechtfertigen.«

Die Umstehenden blickten sich an und nickten einander zu.

Adelaide trat an einen Mann heran, der beinahe so breit wie hoch war. »Du, du bist wahrhaftig dick. Das ist keine Beleidigung, das ist eine Tatsache. Du kannst mir jetzt sagen, dass du einfach gern isst und dich wohlfühlst, so wie du bist. Oder du kannst dir selbst sagen, dass deine Beine sich hin und wieder bei deinem

Bauch beschweren, weil sie ihn schleppen müssen. Dann isst du vielleicht ein bisschen weniger und gehst öfter zu Fuß, statt in der Kutsche zu fahren. Manchmal müssen bittere Wahrheiten ausgesprochen werden. Das gilt für euch und auch für mich, eure Königin. Seid ihr bereit, das zu wagen?«

Allgemeiner Jubel ertönte in der vorderen Reihe und setzte sich immer weiter fort, bis auch jene jubelten, die Adelaides Rede kaum gehört haben konnten.

»Warum jubeln diese Tölpel?«, fragte sie und wedelte mit den Händen in Richtung der hinteren Reihen. »Sie wissen gar nicht, worum es geht. Leute, geht zu ihnen, erklärt ihnen, wie es in Hopfenburg weitergeht und dann sollen sie jubeln oder auch nicht. – So, und jetzt lasst mich und meine Gefährtin gehen, denn hinter uns liegt ein harter Tag und vor uns ein noch härteres Jahr.«

Sie hakte mich unter und strahlte mich an. Die Masse zerstreute sich. Wächter brachten den König in den Kerker.

»Wie habe ich das gemacht?«

»Großartig, wie immer«, sagte ich.

Sie lächelte zufrieden. Arm in Arm gingen wir zum Schlosstor hinaus und in die Stadt hinunter. Wir mussten unsere Siebensachen aus dem Gasthof holen und aufs Schloss bringen.

Unterwegs liefen wir an Leuten vorbei, die sich davon erzählten, was sie gerade gehört hatten.

»Du bist dick«, sagte einer, als wir vorbeiliefen gerade zu einem anderen, der eigentlich ziemlich durchschnittlich gebaut war.

»Du musst doof sein, wenn du nicht erkennst, dass ich gar nicht dick bin«, erwiderte der und beide brachen in schallendes Gelächter aus.

Wir kamen an einem der Schandpfähle vorbei, den gerade jemand mit der Axt fällte. Er lüftete den Hut. »Gutes Brennholz«, sagte er.

Adelaide nickte ihm huldvoll zu.

Leopold stand vor dem Gasthof. Als er uns sah, breitete er die Arme aus und lief uns entgegen. Er umarmte erst mich, dann Adelaide. »Ist alles gut ausgegangen?«, fragte er.

»Ja«, sagte ich.

»Noch nicht«, sagte Adelaide, »aber das wird.«

Wir brachten unser Hab und Gut aufs Schloss und bezogen ein großes gemeinsames Schlafzimmer.

»Was wird nach dem Jahr?«, fragte ich, nachdem wir uns ausgiebig geküsst und geliebt hatten.

Adelaide zuckte mit den Schultern. »Was soll schon werden? Wir machen die Welt unsicher – du und ich. Oder willst du etwa sittsam werden?«

»Wie kannst du so etwas Scheußliches von mir denken?«

Wir lachten schallend, fielen einander in die Arme und waren einfach glücklich. Das Sprichwort hatte recht: Wer zuletzt lacht, lacht am besten.

David Pawn, 15.08.2022